秘剣 双ツ竜

浮世絵宗次日月抄

門田泰明

祥伝社文庫

目次

写真提供　東京国立博物館所蔵
Image：TNM Image Archives
古地図提供　株式会社人文社「元禄二年　江戸図鑑綱目」

第一部

一

「た、大変……き、来たよ、大きな駕籠《かご》が」

表戸の腰高障子《こしだかしょうじ》を乱暴に開けて、斜め向かいの屋根葺《ふき》職人の女房チヨが、土間に飛び込んできた。血相を変えている。

「駕籠？」

春のやわらかな西日が差し込む小さな庭に面した縁側で障子柱にもたれひとり手酌《てじゃく》を重ねていた浮世絵師宗次《そうじ》は、盃《さかずき》を膝頭《ひざがしら》の前に戻して、怪訝《けげん》な目でチヨを見た。

「駕籠だよう。強そうな御侍を何人も従えた大きな駕籠から、若い綺麗《きれい》な姫様……」

「みたいな女が降りて、私《あつし》のボロ家へかえ？」

「そうだよう。蜆《しじみ》売りから帰ってきた仁平《にへい》さんを路地口で摑まえた御侍が、浮世絵師宗次が住む八軒長屋はここか、と訊《たず》ねていたから」

「ふーん。心当たりがねえなあ」

「宗次先生、あんた何処《どこ》かでややこしい悪さをしたんじゃないだろうね」

「悪さなら、あちこちでやっているわさ。ま、チヨさん、心配ねえから家に戻っていてくんねえ」

「そ、そうかえ。そんじゃあね」

チヨが表戸を開けっ放しであたふた土間から出ていった。

宗次は呑み干して空になっている盃に、酒を注いだ。

徳利《とっくり》が優しい音を立てる。

「はあて？」

宗次は小首を傾《かし》げると、盃を口へ運んだ。

幾人もの強そうな侍を従えた大きな駕籠が訪ねて来るような心当たりなどはなかった。心地良い春の陽気で狐《きつね》でも化けやがったのかな、と宗次の口元は緩《ゆる》んだ。

宗次の手が、また徳利に伸びる。

ぬっと土間へ、目つきの鋭い侍が入ってきたのはこの時だった。なんと狐目だ。

　やや右手後ろから土間へ差し込んでくる西日で、侍の右頰から右首筋にかけてが、赤みがかった黄色（橙色）に染まっている。

　宗次は障子柱にもたれたまま、視線を斜めのままで相手を見た。

「浮世絵師宗次とは、その方か」

「お侍《さむれえ》さんは？」

「浮世絵師宗次とは、その方かと訊《き》いておる。問われた事だけに答えよ」

「お侍《さむれえ》さんは？」

「貴様《きさま》……」

「ここは如何《いか》にも浮世絵師宗次のボロ家だ。が、訪ねて来た者が先に名乗るのが、当たり前の作法でござんしょ。たとえお侍《さむれえ》様でもよ」

「う、うぬ」

　侍は狐目を光らせた。年は三十前後であろうか。体格なかなかよく、背丈《せたけ》もあった。目つきは鋭いが、引き締まった面立《おもだ》ちで、人様《ひとさま》を化かす顔には見えない。

「よい高信《たかのぶ》。控えておれ」

表戸の腰高障子に隠れた所で澄んだ女の声があって高信とやらが「はい」と土間の脇へ下がって片膝ついた。

若い女——明らかに大身《たいしん》の姫君の身形《みなり》と判る——が穏《おだ》やかな身動きで土間に入ってきた。

その背後を守るようにして、やはり三、四人の侍が片膝つく。更にその後ろで侍女らしいのが二、三人畏《かしこ》まり、狭い長屋路地はそれだけで塞《ふさ》がった。右端の侍女の背中なんぞはチヨの住居《すまい》の表口障子に殆《ほとん》ど触れんばかりだ。

「高信が大変無作法じゃった。並ぶ者なき剣客ゆえの武骨者《ぶこつもの》でのう。許してくりゃれ宗次。妾《わらわ》は将軍家綱《いえつな》を父とし、お葉《よう》の方《かた》を母に持つ扇《せん》じゃ」

「こ、これは……」

宗次はさすがに驚いて、居住まいを正した。予想さえもしていなかった相手だった。狐を疑っているどころではない。

だが宗次は畳に両手をついて、軽く頭《こうべ》を下げながら静かに切り出した。

「恐れながら……」

「なんじゃ」

「一介《いっかい》の町浮世絵師に過ぎぬ私《あっし》でござんすが、色色な御方様との付き合い殊《こと》の外《ほか》ひろく、したげえやして御訊《おたず》ねさせて戴《いただ》きてえ事が一つ二つございやす」

「構わぬ、申してみよ」

「噂好きな江戸すずめ達の間では今、公方《くぼう》様の御体調あまり優れぬと囁《ささや》かれておりやす。そのような折に上様お血筋の姫様が江戸城を出られましょうや。ましてや一介の浮世絵師を訪ねるために」

「妾《わらわ》の事を贋《にせ》の扇姫と言うか」

「贋や本物を申し上げやす前に、私《あっし》は、お葉の方様及び扇姫様の名を耳にした事が、一度たりともございやせん」

「無礼じゃぞ宗次。少しは遠慮して喋《しゃべ》るが身のためぞ」

「身のためかどうかは存じ上げやせんが、私《あっし》が公方様の御側女性《おそばびと》として耳にした事がございやす御名は、伏見宮貞清親王家《ふしみのみやさだきよ》から出られやした御正室の浅宮顕子《あさのみやあきこ》様……」

「御正室様は四年前、いや三年前の延宝《えんぽう》四年（一六七六）に御他界なされた。一人の御子《みこ》も儲《もう》けぬままにな」

「へい。承知致しておりやす。なお御側室としては、お振《ふり》の方様、お満流《まる》の方様の御二人の名が江戸すずめ達によく知られておりやすが、お葉の方様というのは……」

「聞いたことがない、と申すか」

「へい。それに公方様には今のところ、一人の御子もいらっしゃらねえことも、江戸すずめ達は充分以上に存じておりやす」

「黙れ絵師っ」

扇姫とやらが声を鋭くした。気丈さを漲《みなぎ》らせた声だった。

宗次はようやく顔を上げ、背筋を伸ばして扇姫とやらの顔を見た。

「姫、鎮《しず》めなされよ」

先ほど宗次を威圧した高信という狐目鋭い屈強そうな侍が、脇に控えた姿勢を微塵《みじん》も崩さず扇姫に声をかけた。

が、目は宗次に向けてギラリと凄《すご》みを見せ、左掌《てのひら》で腰の刀の柄頭《つかがしら》を軽く叩いて見せた。

「すまぬ宗次。じゃが、妾《わらわ》の父は誠の将軍、そして母は側室お葉の方じゃ。嘘は申さぬ、信じてはくれぬか」

「信じると致しやして、なぜまた私《あっし》を訪ねて参られやした」

「絵を描いてほしいのじゃ、そなたに」

「絵なら、ご立派な絵師を幾人も、御用絵師として抱えていらっしゃるではござんせんか。そちらへお頼み下さいやし。あっしは下々《しもじも》の人達や下町風の花鳥風月を描くことに追われ、とても御引受けできる余裕がござんせん」

「御用絵師達では駄目なのじゃ」

「なぜでござんす」

「わが父家綱は、そなたの浮世絵を好いておる」

「なんと……」

「誠じゃ。その父に、浮世絵師宗次が描いてくれた、この扇姫の姿絵を贈りたいのじゃ」

「もしや扇姫様、公方様は……」

「もう長くはない。そのせいでか、権力奥の院が少しごたついてきた。扇はそのように見ておる」

「姫っ」と、そばに控える高信がやや慌《あわ》て気味に声を厳しくした。

「町人絵師ごときに迂闊《うかつ》なことを申されてはなりませぬ」

「高信、この宗次の面立ちや目配りをよく見よ。胡乱《うろん》な曇りなど一点も無し、と扇は見た。大丈夫じゃ、それに宗次は、正直にこちらの事情、立場を明かさねば描いてくれそうにない頑固者《がんこもの》のようじゃ」

「な、なれど……」

「高信、そなたは口出しするでない。これは扇姫が、将軍の娘としての立場を賭けた仕事じゃ」

「は、はい」

高信という侍は口を真一文字に閉じ、宗次をひと睨《にら》みしてから、その目を片膝ついた自分の膝先へ落とした。

「そうでございやしたかい。公方様の御体調やはり宜《よろ》しくないのでございやしたか」

「妾《わらわ》は父が大好きじゃ。父がかなり絵に精通しておることを知っておるか宗次」

「存じておりやす。絵のみならず多くの方面に優れた才能をお持ちの将軍であると、江戸すずめ達の噂しきりでございやす」

「その通りじゃ。その父を残して扇は嫁には行けぬ」

「嫁？……」

「扇は近いうちに越後高田《えちごたかだ》藩二十六万石へ嫁がねばならぬ身じゃ」

「えっ」と、宗次の表情が変わった。

　高信が顔を上げ、宗次を睨み据《す》えるように見たが、真一文字に閉じたその唇はぶるぶると震えていた。

「越後高田藩へ嫁ぐと仰《おつしや》いますので」

「そうじゃ。尤《もつと》も嫁ぐというよりは、半ば力ずくで嫁がされると言った方がいいかのう。宗次は高田藩のことは、よく存じおるか」

「いいえ。知りやせん。絵仕事で江戸屋敷からお呼びがあったことも、まだありやせん」

「それでな、余命長くないと見られる父に宗次が描いた妾《わらわ》の姿絵を差し上げたいのじゃ。十八年間、大切に育ててくれた御恩に報《むく》いるためになあ」

　そう言い終えると気丈と思われた扇姫の両の目から、不意に大粒の涙がこぼれた。いきなりの涙に、扇姫自身がややうろたえている。

驚いたことに高信とやらも、うなだれて肩を震わせているではないか。歯ぎしりしているのか、その微《かす》かな音が宗次の耳に届いた。

「よござんす。引き受けやしょう」

宗次は頷《うなず》き、穏《おだ》やかに言った。

「そうか、引き受けてくれるか宗次。ありがたや。春の西日の中を期待して城を忍び出た甲斐《かい》があったわ」

そう言うと、扇姫は右手指先で右の目尻の涙を軽く拭《ぬぐ》った。

涙を見せたことを恥ずかしいと思うような微かな笑みが、十八歳の美しい顔の中にあった。

（この姫の美しさは絵になる春の花の美しさじゃ、いい絵になる）

宗次は胸の内で呟《つぶや》いた。

「で、姫様。このあとの段取りは何処《どこ》の誰と打ち合わせればよござんすか」

宗次は高信という侍に視線を向けつつ、扇姫に訊ねた。

「ここに控えている小野派一刀流《おのはいっとうりゅう》の皆伝者《かいでんしゃ》、諏訪左衛門《すわさえもん》高信で承知してくれぬか。いささか気性の激しいところはあるが、扇が最も信頼している男じゃ」

「この宗次に異存などございません。諏訪様と打ち合わせさせて戴きやす」

「頼むぞ宗次。わがままを言うて済まぬが、この扇はなるべく早く父に妾《わらわ》の姿絵を差し上げたいのじゃ」

「承《うけたまわ》りやしてございます。狭い土間にお立ちのままで、申し訳ございません。なんせ御覧の通り荒屋《あばらや》で」

「ほんに汚ない荒屋じゃのう。天下一の浮世絵師というから大きな屋敷に住んでいるものと思うていたが」

「これはまた姫様、手厳しいお言葉なことで」

「言い過ぎたか。許してくりゃれ」

扇姫がそう言った時であった。何の予告もなく凄まじい事態が襲いかかってきた。

「姫っ」

戸外にいた侍の内の一人が土間に飛び込むや、姫の背に楯《たて》となる形で立った。

諏訪左衛門高信が反射的に立ち上がり、他の供侍三人は抜刀して長屋路地を入口方向へと走った。

このとき宗次はすでに扇姫の手首を摑んでいて、土間から畳の上へ一気に引っ張り上げていた。侍女達が無言で姫と動きを共にする。

諏訪左衛門高信が「おのれ一体何者」と抜刀した。

「吉岡《よしおか》。姫は私が護《まも》る。お前は長屋口へ加勢に行けい」

「はいっ」

諏訪高信に命じられて、吉岡という侍は外へ飛び出した。刃の打ち合う音が、宗次の耳にはっきりと届いた。

「姫、簞笥《たんす》のこの陰にじっと潜《ひそ》んでいなせえ。諏訪様が必ず守って下さいやす」

「宗次、一体何事じゃ。何事が起こったのじゃ」と、扇姫の声が震えた。

「さあ、この宗次には判りやせん。いずれにしろ姫様。此処《ここ》へ来るところを誰かに尾行されていやしたね」

「尾行……」

刃の打ち合う音にまじって呻《うめ》きが生じた。

一人の呻きではなかった。

誰かが斬られたのだ。

複数の者の足音が長屋路地の溝板《みぞいた》を鳴らし宗次のボロ家に駈け近付いてくる。

最初によろめき飛び込んできたのは、血まみれの吉岡という侍だった。

土間に倒れ込んだ吉岡は、白目をむきながら「皆、斬られ……」とまで言うと、ガクンと首を折りこと切れた。

「宗次、これを振り回すだけでよい。とにかく姫をお護り申し上げてくれ」

諏訪は吉岡の手から刀を取りあげると、宗次に差し出した。

宗次が頷《うなず》きも答えもせず刀を受け取ると、戸外に春の西日を浴びて三人の浪人が血刀を手に立った。

諏訪は狭い土間で戸外の敵に対し、「貴様ら……」と腰を沈めて下段に構えた。

と、猫の額《ひたい》ほどの庭先から、信じられない速さで二つの人影――まさに影としか言い様のない――が、戸外の浪人達を見ている宗次の背に襲いかかった。全く音を立てない。

侍女達が悲鳴を上げ両手で顔を覆《おお》う。

この瞬間にはもう、刺客《しかく》の切っ先は宗次の後ろ首に達しかけていた。

が、扇姫は信じられない光景を見た。

宗次が上体を沈めざま、ふわりと右へよろめいたように見せつつ振り向き、途端、刺客は右膝から下を斬り飛ばされていた。

それだけではなかった。ほとんど同時に、もう一人の刺客が右肩を腋《わき》から上に向かって斬り離され、もんどり打って扇姫の眼の前に叩きつけられたのだ。畳がドンッと鳴る。

両手で顔を覆い怯《おび》え小さくなって震えている侍女達は気付かない。

よほどに気丈らしい扇姫一人が見た、刹那《せつな》的な凄まじい光景だった。

戸外の浪人三人に刃を向ける諏訪左衛門高信は、相手に全神経を集中させているからであろうか、自分の背後で生じた〃激変〃にまだ気付かない。

しかし、戸外の浪人三人は、宗次の壮烈な剣法を見逃さなかった。

三人ともくわっと目を見開き、だが口を薄く開いて茫然の態《てい》。

けれども三人のその驚愕は長くは続かなかった。ほんの一呼吸か二呼吸のあと、三人の浪人はまるで申し合わせたように身を翻《ひるがえ》した。

「逃げるか、待てい」

高信も土間から外へ出て、三人の後を追った。

宗次は土間に下りると、改めて絶命した吉岡という若い侍の顔を眺めた。

(哀れな……成仏《じょうぶつ》せよ)

胸の内で呟いた宗次は、血刀を息絶えた吉岡の手に握らせた。そうする事が、闘って命を落とした若い侍に対する、宗次らしい思いやりでもあった。闘ったことの証明だ。

「そなた達、早く懐剣の鯉口《こいぐち》を」

宗次の後ろで、叱りつけるような扇姫の声。

「ただ怯えていただけとあっては、この扇姫付の侍女として、あとあと高信から厳しい叱りを貰うことになろうが」

やはり気丈な扇姫であった。やや眦《まなじり》を吊り上げ、美しい顔に怒りの色を見せてはいるが、侍女達のことを思いやっている。

侍女達が震える手で、懐剣を抜き放つのを見届けて、宗次は外に出た。

高信は追跡を断念し、長屋口を少し入ったあたりで倒れている朋輩《ほうばい》達に「しっかりせい。傷は浅い」と声をかけている。

長屋の住人達は、部屋の中で息を殺しているのか誰も外に出てこない。突然に長屋路地で生じた剣戟《けんげき》の響きに動転しているのであろう、静まり返っている。

「チヨさん、もう大丈夫だ。手を貸してくれ」

宗次は、屋根葺職人の家に声をかけた。

チヨは直ぐに出てきた。丸い顔が強張《こわば》っている。

「チヨさん、お侍さんが傷を受けなすった。すまねえが焼酎《しょうちゅう》と晒布《さらし》を手に入れてくんねえかい」

「あ、あいよ。焼酎なら蜆売りの〝酒呑み仁平さん〟家《ち》だ。晒布ならうちにもあるよ」

「すまねえな」

「足らなきゃあ長屋中かき集めれば何とかなるよ」

チヨの地声は大きいから、たちまち貧乏長屋のあちらこちらで腰高障子が開き始めた。

晒布が盛んに用いられるようになったのは江戸時代だが、養老《ようろう》の頃（七〇〇年代前半）から既に存在する。

長屋路地の入口そばに住む蜆売りの〝酒呑み仁平〟が小瓶《こがめ》を抱えて外に出てきて、高信のそばに恐る恐る小瓶を置いた。

「すまぬ。金はあとで払うゆえな」

「め、めっそうも。へい」

チヨをはじめ幾人かの女房《かみ》さん達が晒布を手に、〝酒呑み仁平〟のあとに続くようにして倒れている侍達に駈け寄った。

仁平が、後ろを振り向き振り向き、宗次のそばへやってきた。

「宗次先生よ。ありゃ深手だわ。医者へ運ぶにしても大八車《だいはちぐるま》がいるんじゃねえのか」

囁く仁平に宗次は頷いて見せた。

「いるな。車屋《くるまや》元造《もとぞう》は直ぐ其処《そこ》だ。すまねえが大き目の大八車を一台、借りてきてくんない。これで足りるだろ」

宗次は仁平の手に小粒《こつぶ》を摑ませた。

「よっしゃ。じゃあ、ちょっくら行ってくら」

言い残して仁平は長屋路地の狭い裏口に向かって駈け出した。

いつの間にか春の西日は茜《あかね》色となって、空一面に夕焼けを広げていた。

長屋と路地も赤い色に染まり、その中で長屋の女房達は深手を受けた侍達の応急手当に懸命に立ち働いた。

二

「ここでよい。下ろせ」

駕籠の中で扇姫の澄んだ声がして陸尺《ろくしやく》（駕籠舁《か》き）達が、そっと駕籠を下ろした。頑丈な体格の陸尺達ではあったが、扇姫護衛の侍が高信を残して全員死傷したため、紅牡丹《べにぼたん》を思わせる夕焼け空の下でその顔はひきつっていた。不安そうに辺りを見まわしている。

駕籠が下ろされたのは江戸城の内濠に架かった桁橋《けたばし》の手前。

まだ真新しい橋で木の香りを漂《ただよ》わせており、幅七、八尺ほどの小振りな造りの橋だった。渡り口の左右ではすでに巨大な篝《かがり》火《び》が炎を立ち上げており周囲《まわり》は明るい。

橋を渡った向こうは山桜の並木で、満開の桜の花に見守られるようにして矢張り小振りな御門があった。その御門が江戸の人々から〃忍び御門〃あるいは〃桜御門〃と呼ばれていることを宗次は知っていたが、木の香り漂わせている真新しい木橋については、今の今まで知らなかった。

「宗次」

「へい」

駕籠に付き添っていた宗次は、簾《すだれ》が下ろされた窓そばに片膝ついている。

長屋の男達に引かれた大八車が、高信の指示を受けて先に木橋を渡り出した。

大八車の上には死傷した手練《てだれ》侍達が乗せられているから、驚いたのは矢張り篝火で明るい〃忍び御門〃の門衛三人だった。

刀の柄に手をやり、チラチラと降り落ちる桜の花の下を無言のまま大八車めがけて走り出した。

扇姫が力なく言った。

「騒がせてしまったのう宗次。許してくりゃれ。長屋の者達へはきっと償《つぐな》いをするゆえな」

「今日のことが長屋の外へ漏れることがないよう、私《あっし》が気配り致しやす。ご安心なさって下さいやし」

「そうか。それを聞いて安心じゃ。ご苦労だがひとつ頼みます」

「へい。必ず」

「次に会えるのを楽しみに致しておるぞ」

「絵師として、私《あっし》も同じ思いでござんす」

「高信、参る」

「お発《た》ちじゃ」

高信の指示で陸尺達が再び駕籠をかついだ。大八車が、門衛に左右を挟まれ、長屋の住人ともども忍び御門の中へと消えてゆく。

そのあとに駕籠が続いた。それは駕籠というよりは乗物と称すべきものだった。厳密には「駕籠」は下級の者が用いるものを指している。

だが宗次にとっては、そのような区別はどうでもいいことだった。駕籠は駕籠なのだ。絵師宗次の目には。

暫《しば》くして貧乏長屋の男達と大八車が忍び御門から出てきたので、宗次の表情がホッとしたように緩《ゆる》んだ。門衛に何事か言われて、長屋の男達は頻《しき》りに頭を下げ腰を折っている。

が、一人一人のその表情を宗次が読み取るには、紅牡丹を思わせていた夕焼け空は一部を残して、すでに墨《すみ》色に覆われ夜の帳《とばり》が下り出していた。どうやら今夜は無月《むげつ》の夜だ。

大八車が篝火に見送られ降り落ちる桜の花の中、木橋を渡り出したので、宗次は橋の半ばまで行って長屋の男達に黙って頷いて見せた。

「そ、宗次先生よう。こ、怖かったあ」

蜆売りの仁平が今にも泣き出しそうな顔で囁いた。

宗次はそれには答えず、自分も大八車の梶《かじ》に手をやって、長屋の男達と歩調を合わせた。

宗次は警戒していた。

一度として江戸庶民の間に噂の的《まと》となったことがない、いや、その名さえ聞いたことのない将軍家の扇姫とやらが、貧乏八軒長屋に突如《とつじょ》として現われたのだ。

(下手をすると扇姫の知らぬ内に、諏訪左衛門高信が動いて私や長屋の者達を消しにかかるやも……）

それを心配する宗次であった。自分の身よりも、長屋の住人達のことを。

（それにしても相当な遣《つか》い手と見たあの刺客どもの狙いは、扇姫であったのか、それともこの私であったのか……）

宗次は辺《あた》りに注意を払いつつ考えた。誰に狙われても不自然でない賑《にぎ》やかさが自分の過去にあることを承知している宗次だった。

長屋の男達の足は、自然と速くなっていた。たとえようもない不安が、彼らを我が家へと駈り立てていた。

宗次は我が家に、二人の刺客の骸《むくろ》を残したままだった。扇姫と死傷した護衛の侍を兎《と》にも角《かく》にも江戸城へ送り届けることを優先した。

表戸には突っ支《か》い棒をし、裏の庭口から細い路地伝いに出てきた宗次だった。庭口の木戸にはこれといった錠前なんぞはなく、その気になれば誰でも入れる。が、そのような事を気遣っている事態ではなかった。

むろん自分のボロ家へは誰も入るな、とチヨをはじめ長屋の者達へは強く釘を刺してあった。

大八車を車屋元造へ戻し、皆が無言のままに長屋に戻ってきた時は、江戸の名物〝一寸先も見えない夜の闇〟だった。僅《わず》かな月明りさえない真っ暗な長屋路地には誰の姿もない。シンと静まりかえっている。

鰯《いわし》油の行灯《あんどん》の明りを点《とも》す余裕のある家なんぞ、宗次を除いてはほんの二、三軒だ。その明りにしても腰高障子を透《とお》して長屋路地にもれるほどの強さはない。

「先生、こ、怖かったよう。くわばら、くわばら」

蜆売りの仁平が、宗次にすり寄るようにして、また囁いた。

「皆、ありがとうよ。今日はもう暗いから明日にでもこれで一杯やってくんねえ」

宗次は小声で言って、男達一人一人の手に小銭を握らせた。

礼を言って我が家に消えてゆく男達を見届けてから、宗次はいったん長屋路地の外に出て、隣の長屋との間を仕切っている幅二尺あるかなきかの路地へと入っていった。足音を立てない。

路地の左右は板塀で、この塀の向こう側がそれぞれ各家の小さな庭になっている。

宗次は自分の庭の木戸に手を掛けたが、そのまま動きを止めた。

（どうやら誰もいねえな……）

と読んだ宗次は静かに木戸を押した。

かすかに一度軋《きし》んで、木戸が開いた。

闇の中で白い障子紙だけが、ボウッと浮いているように見える。

そして、閉めて出た筈《はず》のその障子は、開いていた。

（矢張り留守客があったのかえ）

と、宗次は舌を小さく打ち鳴らして庭に入り木戸を閉めると、踏み石に雪駄《せった》を脱いで、部屋にあがった。

明りを点すまでもなく、二つの骸が消えているのが宗次には判った。

宗次は大蠟燭《ろうそく》を点した。八軒長屋で高価な大蠟燭を点せるのは、浮世絵描きの夜なべ仕事が多い宗次の所だけだ。

「ほう……」

宗次は思わず苦笑した。二つの骸だけではなく、飛び散っていた筈の血しぶきも綺麗《きれい》に拭《ふ》き清められていた。

宗次は大蠟燭を手に取って、改めて眺めた。

「なるほど、留守客はこれを使いやがったか。長さが短くなっていやがるぜ」

点す時は気にならなかった大蠟燭の長さは、確かに減っていた。

大蠟燭を手に宗次は丹念に室内を見て回った。

一体幾人が留守を狙ってやって来たのか、見事に血痕は拭き消されていた。畳の上には足跡もない。が、さすがに畳は湿りを残している。

庭先へも明りを向けてみたが、やはり土の上にあるのは今入ってきた宗次の足跡だけだった。

「この部屋では全く何事もなかった、と演じやがったのかえ。こいつあ……忍び仕事だな」

宗次は呟いた。

簞笥の引出しを開けてみたが、あるべき大小刀は、ちゃんとあった。金子《きんす》も奪われてはいない。

浮世絵師だというのに宗次は何故、大小刀を簞笥に隠し持っているのか？

宗次は土間に下りて大きな水瓶に明りをかざした。

満杯に近かった水は著《いちじる》しく減りはしていたが、血の色に染まってはいなかった。

別の何かに汲《く》み取って室内を清めたと思われる。短時間でこれだけのことを仕上げてしまうのは「やはり忍び仕事としか考えられねえ」と、宗次は確信した。

表戸を誰かが叩いた。

恐る恐る叩いている感じだった。

「チヨさんかえ」

「先生よ、無事に帰ってくれたんだね」

「ああ、大丈夫でい」

宗次は大蠟燭を行灯に戻すと、土間に下りて腰高障子を開けた。

夕飯をのせた盆を豊かな胸にかかえるようにして屋根葺職人久平《きゅうへい》の女房チヨが立っていた。硬《かた》い表情だった。

「心配かけたねチヨさん。大八車を引いた皆も今しがた家へ戻ったから安心しな」

「そうかい、よかった」

「腹が減ってんだ。有難いよ」

「仁平さん家《ち》から貰った蜆の味噌汁と鯖《さば》の味噌煮と大根の味噌漬しかないけど食べるかえ」

「御馳走だよ。チヨさんの料理、うめえから」

「じゃあ、これ」と、盆を宗次の両手に預けたチヨだった。時にチヨには朝飯、晩飯のみならず洗濯の世話にまでなっている宗次だった。あっけらかんとした性格のチヨを、宗次は実の母のように大切に思っている。チヨの亭主の久平もこれまた、善人を絵に描いたような男だった。

「久平さん、昨日《きのう》から見ねえが」

「板橋《いたばし》の善空寺《ぜんくうじ》さんの大屋根葺きで、十日ばかり向こうで泊まりだよ」

「そうかえ、淋しいねい」

「耐えられなくなったら、宗次先生の寝床に潜《もぐ》り込みにくるから」

「うん、そうしな。いつでもな」

「御飯、お代わり要《い》ったら大声出しとくれ」

「わかった」

「小便で黄色く染まった褌《ふんどし》や汗臭い下着があったら出しときな。明日《あした》は天気よさそうだから洗濯しとっから」

「でも、今夜は月も星も出ていねえぜ」

「馬鹿。女には洗濯日和《びより》なんぞ、直ぐに判るのさ。味噌汁が冷たくならない内に早くお食べ」

「わかった」

「それからさ。宗次先生は今や、天下一と言われる程の人気浮世絵師じゃない。大名家や旗本家への出入りも少なくないんだから、ぶっそうな事に首突っ込んで怪我《けが》して貰っちゃあ困るよ。あんた、長屋の誇りだからさあ」

「ありがと、チヨさん」

「じゃあね」

チヨは勢いよく腰高障子を閉めると、誰かに出会ったのか「おや、爺《と》っつあん。今まで仕事かい。今日は遅《おそ》いねえ。温《あった》かい味噌汁ならあるから、要るなら遠慮なく言っとくれ」

「今夜は、うちもたぶん味噌汁だわさ。ありがとよ」

老人らしいかすれ声が返って表戸の閉まる音がし、あとは静かになった。

宗次は湿りを残している畳に薄汚れた座布団を敷いて姿勢正しく正座をすると
「いつもすまないね母《かあ》さん。嬉しく戴くよ」

と合掌《がっしょう》してから、箸《はし》を手に取った。

浮世絵師宗次——屋根葺職人久平の女房チヨが言うように、今や江戸では並ぶ者のない名浮世絵師としての評判が高かった。しかも二十八歳と若い。背丈すらりと伸び、その面立ち整ってさながら役者の如《ごと》しであった。

なかでも旗本や大店《おおだな》の後家達が、「老いゆく前の自分の美しい肢体《したい》を」と宗次に依頼する〝妖し絵〟——自分の裸体画——が異常な人気を呼んでおり、表筋から頼めないだけに、裏筋から裏筋伝いに宗次の元へ注文が殺到していた。

相場は、かつて一画一両だったものが、現在《いま》では三両。べつに宗次が定めた訳ではなく、「家格と美しさ」に自信のある後家の誰かが「先生、これが御代で、これは駕籠代にでも」と二両を付け足して支払うと、いつの間にかそれが相場として流れる、という具合だった。

しかし宗次自身は、一画一両の相場の考えを崩してはいない。そして今や、その人気はじりじりと大坂、京にまでさえ広がり出していた。

「うめえ。チヨ母《かあ》さんの飯はうめえや。味噌汁と御飯がもう少し欲しいが……ま、いいか」

宗次はそう呟いて箸を置いた。

その宗次の表情がとまって、目つきが厳しくなったのはこの時だった。

「用があるなら遠慮はいらねえ。入ってきな」

宗次は低い声で言いつつ、大小刀が入っている簞笥の方へチラリと視線をやったが、それだけの事であった。立ち上がらないし、声も穏やかで落ち着いている。

表戸が用心深い動きで開けられ、一人の男が土間に入ってきた。

彼は直ぐに表戸を閉め、突っ支《か》い棒に気付くと黙ってそれを表戸の背に斜めに突っ支えた。

扇姫護衛番士の諏訪左衛門高信であった。肩衣半袴《かたぎぬはんばかま》だった衣装を、なんと着流しに替えていた。表情は穏やかである。

「これはまた、いやに早過ぎる再会でござんすが……何ぞ?」

「うむ。姫の御許しを戴いて、目立たぬよう、この恰好《なり》で参ったのだが」

「さ、お上がりなすって。畳が少し湿っておりやすが」

「湿っている？」

「いやなに、こちらの話でさ。さ、どうぞ」

宗次は自分の尻の下にあった座布団を、空になった椀《わん》や皿がのった盆の向こうへ移した。

諏訪高信は腰の刀を取って難しい顔つきで座った。

「さっそく絵を描く段取の打ち合わせに来て下さいやしたので？」

「いや」

「で、しょうねい。幾ら何でも、あの騒動があってまだ何刻《なんどき》も経っていやせんから」

「姫が大層気にしておられる」

「気に？」

「そなた、この部屋で庭先から侵入した刺客二人を、あっという間に斬り捨てたというではないか」

「やはり扇姫様は諏訪様に打ち明けなさいやしたかい」

「当然であろう。私は姫の護衛番を率いておるのだ。見たこと、聞いたこと、何ごとも私には打ち明けて下さる」

「ま、そうでなくては、諏訪様も護衛の任を充分果たす事が難しくなりましょうね」

　宗次は隠す必要もないと思ったから、二人の刺客が風のように庭先から襲いかかってきた一部始終について語った。ただ二つの骸が消え去ったことについては省《はぶ》いた。言う必要もあるまい、と思った。

「それでは外の敵に対峙《たいじ》している私の直ぐ背後で、そなたは二人を倒したというのか」

「諏訪様が気付かなかったのも無理ありませんや。外の三人だったかも、えれえ強そうな感じでしたから」

「姫様が仰るには、二人を叩き斬った其《そ》の方《ほう》の太刀筋は尋常のものではない凄さだったとか……」

「それは、ちと大袈裟《おおげさ》でござんすよ。姫様に怪我があってはならねえと、諏訪様が私《あっし》に仰いましたように無我夢中で刀を振り回しただけのことでございやして」

「宗次……」

「へい」

「私の問いに正直に答えてくれ。何者とも判らぬ刺客に斬られた私の配下の者達は、姫様護衛番士の中でも手練中の手練。それが、あっけなく斬られたのだ」

「お気の毒に思いやす」

「その恐るべき刺客の仲間と思われる二人を、人気浮世絵師が一刀の元に斬り捨てた」

「ですから無我夢中でと……」

「話を繕《つくろ》うのは止《よ》せ。この部屋で其の方が斬り捨てた二人の骸はどうしたのだ。飛び散ったであろう血しぶきは？」

　仕方がねえか、と思った宗次は、扇姫を送って戻って来たら、この通り二つの骸は消え、室内は綺麗に清められていた、と打ち明けた。

「う、うむ。面妖《めんよう》な……」

　と、諏訪高信は腕組をした。

「確かに面妖なことでございやす」

「それにしても宗次。其の方、一体何者だ」

「浮世絵師でございやす」

「そうだとは言わさぬ。真《まこと》の正体を明かせ」

「幾度訊《き》かれやしても、私《あっし》は一介の町浮世絵師でござんす」

「真の素姓《すじょう》を明かさぬなら、扇姫様の姿絵は描かせてやらぬぞ」

「姫様護衛の番士の方々が死傷なさった大騒動の直後に、再びわざわざ御出《おいで》になったのは、私《あっし》を怪しいと睨んだからですねい」

「否定はせぬ」

諏訪高信の声は終始低く穏やかであったが、重々しく威圧的であった。

「結構でござんすよ。私《あっし》の方から姫様を描かせて下せえと申し上げた訳でもありやせんから」

「宗次、貴様……」

「何をそんなに心配なすっているのです諏訪様。私《あっし》が姫様の姿絵を描いている最中に斬りつけるとでも思ってんですかい。殿中《でんちゅう》では私《あっし》なんぞ小刀一本、持たせて貰《もら》えないんでござんしょ。絵筆じゃあ、突きかかったって、くすぐったいだけでさあ」

「不意の刺客二人を一刀の元に斬り伏せておきながら、どうしても町浮世絵師であると頑固《がんこ》に言い張るのか。その刺客は、もしや仲間が演《えん》じていたものではないのか」

「無茶を言って貰っちゃ困りますぜい。私《あっし》は浮世絵師ですとしか言いようがありませんや」

「あの刺客は仲間ではない、と言い張るのだな」

「無茶を言うのは、もうこの辺で止してくんない。町人でも本気で怒りやすぜ」

「う、うむ……」

「諏訪様と同じように扇姫様も、私《あっし》のことを薄気味悪く怪しい奴と思っていなさるんですかい？」

「出過ぎたことを訊くな」

諏訪高信が腕組をして睨《にら》みつけるので、宗次は苦笑《にがわら》いを残して立ち上がり土間へ下りた。

「諏訪様……」

「なんだ」と、ぶっきらぼうな諏訪の返事だった。

「扇姫様は仰っていたじゃあござんせんか。将軍様ご病気のせいで、権力奥の院が少しごたついてきた、と。襲ってきた連中に諏訪様こそ心当たりねえんですかい」

「………」

「ま、いいや。諏訪様は御酒《ごしゅ》は嗜《たしな》まれますので？」

「嫌いではないが、今夜は勧《すす》められても呑まん」

「ま、そう仰らずに」

宗次は水屋《みずや》から冷酒《ひや》の入った大徳利とぐい呑み盃二つを取り出し、諏訪の前に戻った。

「人間、酒が入ると隠していた素姓が覗《のぞ》くと言いやす。ま、呑みませんかい。そして、酒が入った宗次を見て下せえ」

宗次は、ぐい呑み盃二つに酒を満たすと、盃一つを諏訪に「どうぞ」と差し出した。

眼光鋭かった狐目を少し緩めた諏訪は、盃を苦虫《にがむし》を嚙み潰《つぶ》したような顔つきで受け取った。

二人は黙って盃を口に運び、宗次は一気に呑み干した。

諏訪は用心深かった。宗次が呑み干すのを見届けると、舌の先で軽くペロリと酒を舐《な》めて警戒してから、少しを口に含んだ。

「ふん。美味い酒を呑んでおるな」

「酒だけは灘《なだ》のものを楽しんでいやす。毒入りの酒は呑みやせん。ご安心なすって」

「灘の酒か。道理で」

諏訪はまたフンと鼻先を鳴らしてから、盃の酒を呑み干した。

「宗次よ」

「また素姓ですかい」

「いや、もう訊かぬ。だが将軍家お止《と》め流である小野派一刀流の皆伝者として訊《たず》ねたい。一瞬の間に刺客二人を倒したという浮世絵師宗次なる者の剣法は一体何流じゃ。一人の剣客諏訪左衛門高信として知りたい。この通り教えてくれ」

そう言うと諏訪高信は手にあった盃を右膝の前に戻し、軽くだが丁寧《ていねい》に頭を下げた。

これには宗次も困った。小野派一刀流の皆伝者であるという諏訪左衛門高信が剣士として、礼・作法を前面に押し出してきたのだ。

口先で「だから喧嘩剣法でして、へい」と軽くあしらっていいものではなかった。

宗次は二杯目、三杯目の盃を手酌《てじゃく》で呑み干すと、汚い天井を仰いでフウッと一つ溜息《ためいき》を吐いた。

諏訪は、じっと宗次の口元を見守った。

剣士としての礼・作法というものを大切にする宗次は本当に迷った。だが相手は将軍家の姫君の護衛番組頭と思われる小野派一刀流の剣客である。その剣客が

「……教えてくれ」と頭を下げたのだ。

ややあって宗次は「承知しました」と、口調を少し改めた。

「但《ただ》し、私が打ち明けまする以上の事については絶対に追及せぬ、と約束して下さいまするか」

侍言葉となった宗次に、諏訪ははっきりと表情を硬くして頷《うなず》いた。

宗次も頷き返し、辺りを憚《はばか》るような低い声で語り出した。

「私の父は今は亡き、従五位下《じゅごいのげ》・梁伊対馬守隆房《やないつしまのかみたかふさ》でござる」

「な、なんと……撃滅剣法といわれるほど激しい剣法で知られた、あの揚真流《ようしんりゅう》兵法の開祖……」

「はい。ただ、父とは申しましても、私は生まれて直ぐ事情あって梁伊隆房に預けられ育てられましたる身ゆえ、正しくは養父と申しましょうか」

「それでは幼少の頃より揚真流兵法の剣術、槍《そう》術、棒術、柔術、馬術、手裏剣術などを学んでこられたか」

「ええ。それはそれは厳しい父でありましたな。その一方で慈愛深い寡黙《かもく》な人格者でもあり、私は深く尊敬してきました」

「そうであろう。梁伊対馬守隆房様と申せば天下に二人と出ない大剣客とまで言われた孤高の聖人として知られた人。いやあ、それは凄い人を父とし師となされた。道理で不意打ちの刺客二人を物ともせず斬り倒せた訳じゃ」

「父が健在の頃は目黒《めぐろ》村泰叡山《たいえいざん》近くに小さな庵《いおり》を結んで住んでおりましたが」

「目黒村泰叡山と言えば、故《なき》三代将軍家光《いえみつ》様の〝放鷹《ほうよう》の御膳所《ごぜんしょ》〟があった所。ならば御父上の墓所も矢張り目黒村におありなのであろうか。いや、これは余計なことを訊いたかな」

「なに、構いませぬ。はい、父の墓は目黒村養安院《ようあんいん》にございまする」

「ならば近いうちにでも是非ともご一緒に墓参させて戴きたいものじゃ。大剣客、大剣聖といわれた梁伊隆房先生の墓前で拙者《せっしゃ》に合掌《がっしょう》させて下され宗次殿」

「左様ですか。では機会あらば墓参にお付き合い下され」

「揚真流兵法と申せば、会得《えとく》することこの上もなく困難なる〝奥傳《おくでん》炎《ひ》の鳥《とり》〟というのがあるというのを耳にしたことがござる」

「はい。剣の業として〝双《ふた》ツ竜《りゅう》〟、投げの業として〝炎の鳥〟の二通りがありまする」

「そのうち是非ともその業の型を見せて下され宗次殿」

「貴様」あるいは「宗次」と呼び捨てにしていたものが、ついに「宗次殿」となって、今さらながら偉大な養父《ちち》の凄さを思い知らされ思わず胸の内で小さく苦笑する宗次だった。

そのあと、二人の酒は進んだ。

諏訪高信は酒に格別強くも弱くもなかったが、機嫌よく盃を重ね、次第に赤顔《せきがん》となっていった。

だが、宗次との約束は守って深入りした余計な問いは避け、それにより宗次は諏訪高信の信頼できる人柄を摑み得たのだった。

「さてと、酒はこの辺りで止すとするかな」

どれ程か経ってそう切り出し、真顔《まがお》になって盃を置いたのは、諏訪高信の方だった。

「左様ですか。では、これ迄《まで》と致しましょう」

と、宗次も無理には勧めなかった。相手の赤ら顔から、そろそろかなと思っていたところだった。

「ところで人気浮世絵師殿に強く申しておきたい事がある」

諏訪高信の真顔が少し厳しさを見せた。

「お聞き致しやしょう」

宗次は言葉の調子を変えて、浮世絵師宗次に戻った。

「扇姫様の姿絵を描く時だが、絶対に手の届かぬ間を隔《へだ》てて描いて貰いたいのじゃ」

「私《あっし》がまだ信用できないのでござんすね。いつ豹変《ひょうへん》して姫様に対し牙をむくやも知れねえと」

「いやいや、これは作法じゃ。基本的なる作法を言うておるのじゃ。意地悪ではござらぬ。少なくとも三間《さんげん》以上は間を取って貰いたい」

「三間以上とは、これまた……」

「この申し渡しは厳命と捉《とら》えて貰いたいのじゃが」

「扇姫様が、そのように仰っておられますんで？」

「そのような事を浮世絵師が知る必要はなかろう」

と、諏訪の眼光が、宗次が大剣聖に育てられたことを知る前に戻った。どうも一本気な諏訪のようであった。

「ですが諏訪様。姿絵とは案外に難しいものでござんす。ましてや扇姫様がご体調すぐれぬ父君である公方様に贈りたいとする絵でござんすよ。顔の向き、腕や掌《てのひら》の様子、足元の位置など、私《あっし》が姫様の体に触れるようにして、最高の形を決めねばなりませんやな」

「ならぬ。それはならぬ。姫様の体の小さな一部にしろ浮世絵師の手指が触れるような事があってはならぬ」

「これは困りやしたな」

「たとえ困っても駄目なものは駄目じゃ。宜しいな、きつく申し渡しましたぞ」

諏訪高信は最後は早口となって眦を吊り上げ言い切ると、脇に置いてあった刀を手に、すっくと立ち上がった。

「ちょっとお待ち下せえ諏訪様。もう一度訊きやす。不意に襲いかかってきたあの刺客達に、心当たりありませんので？」

「ない。ともかく、いい酒でござった。また、こういう機会が持てれば嬉しいのう」

そう言い残し急ぎの態《てい》で荒屋《あばらや》から出て行く諏訪高信であった。

「なんでえ、一体《いってえ》あれは……」

宗次は呆《あき》れたように呟き、そして苦笑するしかなかった。

三

諏訪高信が去ったあと、宗次は腕組をして暫く動かなかった。

(好むと好まざるにかかわらず、私もこれ迄に様々な事件に触れてきた。したがって私に向かってくる刺客がいたとしても不思議ではない。だが……此度《こたび》の奇襲は前後の様子から見て恐らく綿密に計画されたもの……あれは扇姫暗殺を狙ったものだ。まず間違いなく)

そう確信しようとする宗次であったが、「自分には関係のない権力階級の出来事」と、割り切ろうとした。

しかし、たやすく割り切れる性格ではないことを、自分が一番よく知っている宗次だ。

舌を小さく打ち鳴らして、宗次は腰を上げた。

「どうも気になる……全く面倒な」

宗次は、親しく付き合っている神田《かんだ》の名煙管《きせる》職人・甲州《こうしゆう》屋《や》金三郎《かねさぶろう》に作って貰った総鋼《はがね》製の長煙管《ながぎせる》を腰帯に通した。

腰帯が微かにヒュッと鳴って、長煙管が吸い口から三寸ほどのところで止まった。その位置、管の上下に一寸ばかりの突起が、管の先に向かって僅かにまがる形で付いている。

風がわりと言えば風がわりな長煙管だった。

宗次は雪駄を履《は》いて外に出た。ほんわり、とした夜風が春らしく頬に心地良い。

「ほほう、いい月だな。チヨ母さんが言ったように明日は洗濯日和かも知れねえ」

夜空を仰いで宗次は満足そうに、頷いた。

どれ程か呑んだ酒で熱くなっている体に、春の月明りは夢見心地を思わず誘った。

溝板を踏み軋ませて長屋口から表通りへ出た宗次は、行く先を定めてあるのか迷いなく急ぎ足となった。

諏訪高信とはじめて盃を交わすなかで、宗次は高信自身の口から、扇姫様護衛番組頭であること、忍び御門のほど近くに幕府御用屋敷を濠の向こうに見るかたちで四百石の旗本屋敷を拝領していること、今の御役目は二年前に亡くなった父の役職を引き継いだものであること、などを聞かされていた。

宗次の足は忍び御門の方向へ急いだ。

(頑固な一面がありそうだが、悪い性格《たち》の人間ではないな)

諏訪高信を、宗次はそう見ていた。不快な感じが残っていないのだ。

桜御門とも呼ばれている忍び御門は鎌倉《かまくら》河岸を西の方角へ外濠沿いに十町《ちょう》ばかり行った雉子橋《きじばし》御門そばにあった。

この辺り、町人は普段あまり立ち入らない。御用屋敷や大名屋敷の多い一画だ。

神田橋御門外を過ぎ、一ツ橋《ひとつばし》御門外の手前近くまで来た時、宗次は彼方《かなた》の月明りの下に懐手《ふところで》らしい歩き様の諏訪高信の後ろ姿を捉えた。

と、月が雲に隠れ、一気に闇が降ってきた。

一ツ橋御門の警衛の篝火が赤赤と見えはしたが、それは厚く重い闇に溶けて、か弱い明りでしかなかった。

御門警備の侍はいるのだろうが、門の内側(お城側)で立ち番しているのか、視力に優れる宗次にもその姿は認められなかった。

「ん?」

宗次の足が止まり、思わず闇の彼方をうかがうような姿勢となった。ギンッという微かな鋼《はがね》特有の音が聞こえたような気がしたのだ。

また聞こえた。

宗次は走り出した。

一ツ橋御門外を走り過ぎると、今度は鋼と鋼の打ち合う音が続け様に聞こえ、しかも彼方で青白い火花が散った。

(まずい。諏訪の旦那はかなり酔っている)

そう思って、韋駄天《いだてん》の如く走る宗次だった。

月が出て皓皓《こうこう》たる明りが降り注いだ。

堀端の桜を背にした諏訪高信と、覆面をした侍三人が対峙していた。三人とも巨漢だ。身形は整っている。

宗次は双方の間へ走り込んだ。ほんの一瞬だが、降り落ちる桜の花びらが、宗次の右目を塞《ふさ》いだ。

「おう、宗次殿」

と声に出した諏訪高信の息は飲酒のせいでかすでに喘《あえ》いでいた。

宗次はそれには答えず、覆面の向こうから覗いている三人の目を見た。

突然に現われた宗次にも、平然の態であった。

（こいつあ相当に遣《つか》いやがる……）

と、宗次は読んだ。

「これを宗次殿」

諏訪高信が自分の小刀を宗次に手渡そうとする様子を見せたので、「いりやせん」と宗次は即座に言った。

刹那、三人侍の内の一人が「すきあり」と読んだのか無言のまま宗次に打ち込んだ。気遅れの全くない凄まじい面打ちだった。

宗次の腰帯がヒュッと唸《うな》って、長煙管が相手の打ち込みを受ける。

ガチンッと鋼と鋼が打ち合って唸り青白い火花が散った。

その後の侍の攻めは、壮烈だった。しっかりと開脚して低くした腰の上で上体が激しく左右に揺れ、宗次の左右の横面を連打した。

名人甲州屋金三郎の長煙管がそれを受ける、また受ける。

目にも止まらぬ光の如き横面打《よこめんう》ちだった。両足の位置はなんと全く動かない。

「いえいっ」

六打目で相手がはじめて低い気合を発した。

月明りを吸った青白い刃が、横面を襲うと見せ、夜気を切り鳴らしながら宗次の胴を払った。この時だけは、はじめて右足が踏み出た。

が、宗次の長煙管はそれを読み切っていた。読んで受けた長煙管が、まるで宗次の手から離れたかの如く、相手の顔面中央に向かって伸びた。ぐぐーんと伸びた。

相手が、のけ反《ぞ》って避けようとするのを長煙管は許さなかった。まるで相手の顔面に吸いつくような意思を見せるや、その鼻の下へ強烈な一撃をくれた。

「ぐあっ」と声にならぬ声を発した侍が、仰向けに後ろへ叩きつけられ、そのまま頭を軸として大きく一回転するや、もう一度腹から大地へ打ちつけられドンと鈍い音を立てた。

残った覆面侍二人は二歩退《さ》がって呆然と宗次を眺めた。いや、呆然の態は覆面侍二人だけではなかった。

諏訪高信も同様だった。

（み、見えなかった……）

諏訪高信は呟いたが、言葉になっていなかった。

「さ、仲間を連れて退《ひ》きなせえ。でねえと次はどちら様かの腹を、この長煙管が抉《えぐ》りますぜ」

「貴様、町人ではないな」

一人が覆面で曇った声で言い半歩前に出た。宗次に対する驚きを隠そうとでもするかのように。

「なあに町人でさあ、騒動が大嫌いな気弱い町人でござんすよ」

宗次がそう言ったとき、倒れていた覆面侍が苦し気に呻いた。

「さ、退きなせえ、退かねえと大声を出して一ツ橋御門の御門番を呼びますぜ」

「チッ」

二人の覆面侍は申し合わせたように舌を打ち鳴らすと、倒れている仲間の左右へ腰を下げた。

「行きやしょう」

宗次は諏訪高信を促《うなが》した。戦力を残している二人の覆面侍が同時に襲いかかってきたなら、苦戦になると思っていた。

諏訪高信は素直に頷いて宗次の後に従ったが、千鳥《ちどり》足だった。

（よくぞこの酔い様《よう》で斬られなかったものだ。さすが小野派一刀流皆伝の剣客……）

と感心しながら、月明りのなか宗次は諏訪高信の体に傷が無いことを確かめた。

刺客二人が倒された仲間に手を貸し、反対の方角へと去っていく。

「お聞きしやした諏訪様の御屋敷は確かこの近くでございやしたね」

「直ぐそこじゃ。寄ってけ。もう一杯呑もう」

「もう酒は止しなせえまし。刺客三人がこの辺で現われたということは、諏訪様の御屋敷を奴等《やつら》きっと知っておりやすぜ」

「ふん。べつに恐れる事はない」

「奴等三人に心当たりは、ねえんですかい。三人が三人とも相当な手練と見やしたが」

「心当たりはない。素姓が判れば、そのうち私の手で捕縛して首を落としてやるわ」

「念のためでござんす。今宵《こよい》は諏訪様の御屋敷に泊めて戴《いただ》きやす」

「ふん、浮世絵師ごときが、この私を護ると申すか。笑わせるな」

と不機嫌そうに強気を吐く諏訪高信であったが、宗次に対する〝驚愕の念〟は胸の内でまだ強く尾を引いていた。なにしろ宗次の長煙管の動きが全く見えなかったのだ。

私ほどの練武《れんぶ》の者が見えなかったとは、と衝撃は大きかった。

「此処《ここ》だ」

諏訪高信が、潜《くぐ》り門を左右に備えた立派な四脚御門の前で、よろりと足を踏ん張った。

「浮世絵師はもう帰れ。泊まらずともよいわ。自分の身は自分で守る。それとも、もう一杯やるか」

と、やや呂律《ろれつ》が回らない高信であった。足元も泳いでいる。

「酒は結構でさあ。諏訪様はあとから酔いを深める体質《たち》でござんすね。これでまあ、よくぞご無事でござんした。さすが諏訪様と言うべきか……」

宗次は苦笑して潜り門に近付いていった。

「酒を飲まぬなら帰れ、と言うに……」

「それほど仰るなら帰りやすが、これからは四百石の御武家様らしくお供《とも》の者を二、三人は従えて出歩きなすって」

「何を言いやがる。護衛番士は目立たぬよう行動せよ、というのが御定めだ。派手に目立ってはいかんのだ。常に一人、が私の御役目じゃ」

「声をもう少し抑《おさ》えなすって。響きわたりやす……」

「ふん」

宗次が門の右側に備わっている潜り門を叩こうとすると、それを待っていたかのように内側に開いて老爺《ろうや》が姿を見せた。

「これは旦那様」

「嘉助《かすけ》、この浮世絵師を追い返せ」

「えっ、浮世絵師？」

高信は宗次を押しのけるようにして潜り門の中へ足を踏み入れると、よろめく体を老爺に支えられた。

老爺は宗次と目を合わせた。

「私《あつし》と楽しく盃を交わしやしてね。少し過ぎてしまいやした」

「あなた様は？」

「浮世絵師の宗次、と申しやす。へい」

「す、すると、あの天下一と名高い宗次先生で……」

「天下一かどうかは知りやせんが、へい、浮世絵師の宗次でござんす」

「それは御世話を掛けました。旦那様のことはこの年寄りにお任せ下され」

「そうですかい。それじゃあ私《あつし》は帰らせて戴きやしょう。御免《ごめん》なさいやして」

宗次は踵《きびす》を返すと、門の前を離れた。

「足元に御気を付けなさいまして宗次先生」

老爺の声が、宗次の背中を追った。

潜り門の閉じられる音が伝わってきたので、宗次は足を止めて振り向いた。離れた位置から改めて眺めて見ると、四脚御門の構造ではあったが、左右に潜り門を備えているため、中央の重々しい両開き門扉は冠木門《かぶきもん》の造りで、その上に綺麗に葺《ふ》かれた茅葺屋根がのっていた。

なかなかに珍しい美しい造りの御門である。

「将軍家扇姫様おそば付の護衛番組頭と言うからにゃあ、諏訪家は旗本の中でも名家なんだろうぜ。一体何《いってえ》が扇姫様のまわりで起きようとしていやがるのか……」

呟いて宗次は、月明りから隠れるように外濠そばの桜の巨木の陰へ体を寄せた。ささめ雪のように、宗次の肩に桜の花びらが舞い落ちる。

「今宵ひと晩だけ護ってあげやすぜ。小野派一刀流の練士殿」

再び呟いて、桜の巨木にもたれる宗次であった。

どこかで夜烏《よがらす》が一度だけ鳴いて、月が雲に遮《さえぎ》られた。

四

宗次にとって穏《おだ》やかな何事もない日々が、過ぎていった。やはりあの刺客達は自分に対し差し向けられたものではない、と確信できる穏やかな〝日捲《ひめく》り〟だった。扇姫からの使者が訪れる様子もなく、姿絵描きは刺客騒動によって取り止めになったか、と宗次に思わせた。

絵仕事で多忙な毎日の宗次にとっては、何としても扇姫を描いてみたいと考える程でもなかった。なるほど扇姫は陽春の花のように美しかったが、権力に護られた階級に在《あ》って豪奢《ごうしゃ》な生活をしている者へは余り近付きたくなかった。取り止めならむしろ有難い、とすら思っている。

この朝――。

宗次は早目に寝床を離れ、長屋路地の井戸端に出て顔を洗い、桶《おけ》に張った水鏡で丹念に寝乱れの髪を整えた。

「おや、今朝は馬鹿に早いね先生」

後ろで嗄《しわが》れ声がしたので、宗次は振り向きつつ腰を上げた。

腕のいい屋根葺職人久平の女房チヨが、開《はだ》けた胸元に手を入れ大きい乳房をポリポリ掻《か》いている。

「今日は品川南本宿《しながわみなみほんじゆく》の有馬《ありま》様下屋敷の襖絵《ふすまえ》を仕上げなきゃあならねえんだ」

「品川南本宿とは少し遠いね。いま用意するから朝飯を食べてお行き」

「すまねえ。甘えるよ」

「目刺しに蜆の味噌汁と漬物、それに生玉子でいいかい」

「上等以上だあな」

チヨの姿が消えると、宗次はもう一度しゃがんで水鏡に顔を写した。今日は有馬様の下屋敷へ、奥方が襖絵の仕上がりを見に参られることになっていた。

この奥方、家臣や小者の身嗜《みだしな》み、とくに髪の乱れには口うるさかった。顔に短い髪一本垂れ下がっていても大層不機嫌になる。

「これでよし……今日一日は肩が凝《こ》りやがるぜ全く」

宗次はぶつぶつ言いながら部屋へ戻った。

そこへチヨの上の娘花子《はなこ》が、古盆に朝飯をのせて運んできた。

「先生おはよう。今日は品川へ行くの？」

「や、お花坊、今朝は早いな、今日は絵仕事で品川だ。お花坊もそのうち一緒に連れてってやるよ」

「本当に連れてってくれる」

「うん、約束するよ」

「嬉《うれ》しいなあ。花は品川の海が見てみたいんだ」

「よしよし、連れてってやるぞ」

チヨに似て、ほんの少し嗄れ声の花子であったが、十二になる丸顔で色白の可愛い娘だった。

「これでな、母ちゃんと出かけた時にでも、飴でも買って貰いな」

宗次は花子のまだ小さな手に、小粒を握らせた。

「はい」と頷きにこにこ顔で花子が戻っていくと、宗次は盆に向かって手を合わせ（ありがとよ、チヨおっ母《か》さん……）と胸の内で呟いてから箸を手にした。

チヨから食事の膳を差し出されたとき、必ずこの合掌を欠かさぬ宗次だった。

隣近所に憚《はばか》らぬ声高《こわだか》で冗談を言い合い、時にきわどい話を明るく交わし合う双方であったが、チヨに対する宗次の感謝の念は非常に強いものだった。

母親――その匂いを宗次はいつもチヨに感じている。

宗次は母親の温《ぬく》もりを知らなかった。顔も知らず、したがって話しかけられたり抱いて貰ったり遊んで貰った記憶はない。

宗次の心身深くにしみわたっているのは、養父梁伊対馬守隆房の鍛練の厳しさと、まれにフッと覗かせる父親としての慈愛だけだった。目黒村泰叡山に梁伊隆房が結んでいた庵には無口な働き者の老夫婦が下僕としていたが、これといった特別な思いはなかった。

「うまかったな……」

宗次は食べ終えて箸を置くと、もう一度感謝の合掌をしてから立ち上がった。

そこへチヨが「食べたかえ」と、顔を見せた。膳を出してからどれくらいで食べるかの呼吸を心得ているかのような、チヨの現われ方だった。

「御馳走さま、美味《おい》しかったよ」

「花に過分な小遣《こづか》いありがとね。けど、もう止しとくれ。気を遣われるのは好きじゃないから」

「だって、生玉子一つにしたって決して安くはねえんだから、たまの過分な小遣いくらいは構わねえだろうに」

「屋根葺職人久平の日当は結構いいんだ。生活になんぞ困ってやしない。心配しなくていいから、私《あたし》の好きなようにさせとくれ。わかったね」

「うん。わかった、すまねえ……」

「洗濯物は？」

「あ、これ……」と、簞笥《たんす》の脇にあったこの二、三日の汚れ物を宗次は遠慮がちな顔つきでチヨに手渡した。

「すまねえな。チヨさん」

「なに言ってんだい馬鹿」

　チヨはそう言うと、汚れ物をいきなり自分の顔に押し当てて出ていった。その意味するところを心得ている宗次が、苦笑しながら出かける身形を整えているところへ、花子がクスクスと笑いながらやってきた。その笑いの意味も、宗次には判っていた。

「母ちゃんがね、宗次先生の汚れ物は、どうしてこうもいい匂いがするんだろうって、顔に押し当てて嗅《か》ぎまくってるよ」

「仕様がねえなあもう」

「それに比べて、うちの父ちゃんの洗い物の匂いはまるで納豆みたいだって」

「おいおい、そんなこと間違っても父ちゃんに言うんじゃねえぞお花坊。汗水流して父ちゃんは一生懸命働いているんだから」

「わかってる」

花子はおかしそうに首をすくめて小さな舌を出すと、空になった椀《わん》がのっている盆を手に出ていった。外に出ても、まだクスクスと笑っている。

「まったく底抜けに明るい母子だぁな」

宗次は苦笑を続けながら帯を縮緬《ちりめん》のものに取り替え、着流しの上に素早く巻いて片挟みで結んだ。

そのあと僅かな迷いを表情に見せたが、頷いて甲州屋金三郎の長煙管を静かに帯に通した。

宗次は手ぶらで八軒長屋を出た。絵道具は品川南本宿の有馬家下屋敷に置いてある。

十八日間にわたって時に泊まり込みで描いてきた襖絵も、今日で仕上がりだった。

襖とは言っても、こぢんまりとした書院の丸窓隠しの襖であったから、さほど大きなものではなかった。有馬公御正室がこの書院から眺める枯山水《かれさんすい》の庭をことのほか気に入っており、ここで月のうち三分の一は琴を弾《ひ》くことを楽しみにしている。

長屋を出た宗次は外濠沿いに対岸の桜並木を眺めながら鎌倉河岸を東へ向かった。諏訪左衛門高信の屋敷方向へ背を向けるかたちだ。濠に向かって春のそよ風に弄《もてあそ》ばれながらチリチリと舞い落ちていく花びらが美しい。

間もなく掘割口に架かった竜閑橋《りゅうかんばし》を渡って、お城を外濠の向こう西の方角に眺めつつ一石橋《いっこくばし》方向へ二町ばかり行った宗次が、ふと動きを止めた。

大店《おおだな》が多いことで知られている本石町《ほんこくちょう》一丁目の通りを、見紛《みまご》うことのないすらりと伸びた後ろ姿の女性が、遠ざかっていくところだった。

その名を知らぬと江戸者《もん》ではない、とまで言われている高級料理茶屋「夢座《ゆめざ》敷《しき》」の女将《おかみ》幸《こう》の後ろ姿であった。

「はて?……こんな朝っぱらから大店通いかえ」と思った宗次の表情が、訝《いぶか》し気となった。

若侍が一人、幸の後をつけている様子なのだ。

「夢座敷」の女将幸——抜きん出た美貌で知られた平安前期の女流歌人小野小町《おののこまち》といえど足元にも及ぶまい、と言われている程の絶世の美女であった。しかも肌が白雪のように色白なことで知られた幸である。年は三十一とも二とも言われているのだが、誰が見ても二十一、二にしか見えない若々しさだ。

江戸の男どもは、幸の白い肌にせめて指先軽くでもいいからチョンと触れてみたい、と熱狂的に憧《あこが》れている。

だから若い侍が幸の後をつけても、とくに不自然ではなかったが（もしもの事があってはならない……）と、宗次は暫く若侍の後について歩いた。たとえ神楽《かぐら》坂《ざか》の「夢座敷」まで見守ってやったとしても、たいした距離ではない。

しかし幾らも行かぬうちに、宗次の足は止まった。若侍が天を仰いで大仰《おおぎょう》に溜息を吐いたかと思うと、自信無さ気にがっくりと肩を落として、幸を見送ったからだ。

大店の主人《あるじ》風が幸とすれ違いざま、うろたえ気味に声をかけ、幸も言葉短く返して軽く頭を下げた。歩みは緩《ゆる》めたが止めない。

その主人風も、去っていく幸の背を眺めて「ああ……」というような表情を見せる。

宗次は唇の端に少し笑みを浮かべると、踵を返した。今日の宗次にとっては、有馬邸も大事だ。約束の刻限に遅れると、奥方に叱られかねない。

宗次が半町と行かぬ所で何気なく振り向いてみると、なんと幸が宗次に短い距離だが見守られ、後をつけられていた事を知っていたかのように、こちらを見て微笑んでいる。

宗次が「うん」と頷いて見せると、幸が右の肩のあたりで手を小さく振ってみせた。これだけで互いの情が通じ合う、宗次と幸の仲であった。

江戸の男どもにとっては、それこそ気を失いそうになるほど妬《ねた》ましい一瞬だ。が、二人のこの仲を知る者は数少ない。

「行きなせえ」

と、宗次が左手で仕草をしてみせると、幸は「はい」と頷きを見せて宗次に背を向けた。

若侍も大店の主人風も、もう幸を見ていなかった。彼等の視線は品川へ急ぎ出した宗次の背に向けられていた。距離があり過ぎたから、恐らく人気浮世絵師宗次とは気付いていないだろう。

好いて好かれた男前の亭主を亡くして気落ちした幸が、自分の美しい今を残しておこうと決心して宗次に妖し絵(裸体画)を描いて貰ってから、どれ程が経つであろうか。

それ以来のことであった。絶世の美女、と言われている幸の宗次への燃えるような想いは。

五

宗次が海に間近い目黒川に架かった木橋を渡って、品川南本宿一丁目に入る頃、日は照っているというのに小雨が降り出した。

「ややこしい天気になりやがった……」と、宗次は顔をしかめた。雨――湿気《しっけ》

——には、宗次は特に気を遣った。自分流の色調子が、時に冴《さ》えない色に燻《くすぶ》ってしまうことがあるからだ。特に塗り終えた色が乾燥し始める段に。

が、どうやらその心配はなさそうだった。

目黒川に広い屋敷の東側を接するかたちになっている豊肥藩《ほうひ》（大分）二十万石有馬家下屋敷に宗次が着くのを待っていたかのように、雨はやんで春の青空がひろがった。

「ありがてえ」と、宗次が立派な長屋門右手の潜り門を叩こうとすると、見附窓（物見窓）の連子格子《れんじこうし》の向こうで「あ、宗次先生。今お開け致します」と若くないと判る声があった。

潜り門は待つ間もなく直ぐに開けられて、宗次とすでに馴染《なじ》みとなっている中間《ちゆうげん》の戸吉《ときち》が顔を見せた。優しい人柄の老爺だ。

「もう御見えでございますよ宗次先生」

「矢張り私《あつし》の方が遅うござんしたかえ戸吉っつあん」

「お仕事場の御書院ではなく、先ず離れに参るようにと、奥方様の御申しつけでございます」

「ご機嫌は？」

「それがあまり……」と、老爺は苦笑しながら声を潜《ひそ》めた。

「まいったな」

「お気を付けなさいまして」

老爺戸吉に玄関式台まで付き添われた宗次は、小さく息を吸ってから雪駄を脱いだ。

「浮世絵師宗次、ただいま参りました」

宗次は静まり返っている屋敷の奥へ向けて告げてから、式台《しきだい》に上がった。

玄関式台に接する供《とも》の間《ま》の襖が開いて、これも顔馴染みとなっている奥方付の腰元が「御出《おいで》なされませ」と三つ指ついて宗次を出迎えた。

「案内《あない》はいらねえ。自分で行くよ。離れの間だったな」

「案内なしでは、私《わたくし》が困りまする」

「もう屋敷の隅々まで知ってんだ。面倒臭えことは無しにしてくんない。叱られやしないよ」

「では充分と、お気を付けなされまして」

腰元は老爺戸吉と同じことを小声で告げて、また丁重《ていちょう》に頭を下げた。見守っていた戸吉が苦笑《にがわら》いを見せて、玄関式台から足早に離れていく。

宗次は勝手知ったる長い廊下を奥へ向かって進んだ。

下屋敷詰めの若侍とすれ違ったのは一度だけで、そのあとはシンとした静寂の中での一人歩きだった。

「必要なら屋敷内の何処を見て歩いてもよい」と、奥方にはじめて目通りした日に宗次は奥方から直接許されている。

大広間の角を右へ折れて短い渡り廊下を渡ると、離れだった。宗次にとって、離れははじめてだった。御主殿は描く絵の参考になるかも知れないと思って、ほとんど見て回っている。台所や物置の中までも。

宗次は障子が閉じられている離れ座敷の広縁《ひろえん》に正座をした。

中へ声を掛けようとすると「宗次先生じゃな」と、先に澄んだ声があった。はじめの三、四日は「宗次」と呼び捨てであった奥方が、絵が完成の段階に入ると「宗次先生」に変わり出していた。

「はい、宗次でございます。遅くなり申し訳ありません」と、宗次の話し方は、さすがにいつものべらんめえ調ではない。かと言って侍言葉でもない。

「構わぬ、お入りなされ」

「では、失礼させて戴きます」

宗次は室内に入って障子を閉めると、丁重に頭を下げた。

「固苦しい作法は抜きじゃ。もっと近《ちこ》う」

「いえ」と、宗次は顔を上げ、有馬公御正室お円《えん》の方様と目を合わせた。年が三十六歳であるらしい事は、老爺戸吉から聞かされている。

「絵師として、奥方様に近付きすぎぬ事は守らねばなりませぬ」

「いつも固い先生じゃのう」と、奥方は微笑《ほほえ》んだ。

「ところで宗次先生……」

「はい」

「今日の妾《わらわ》はどうじゃ」

「お美しゅうございます。とくに今日は一段と」

「いつも口のお上手な先生ぞ」

「絵師は美しさについて述べるとき決して冗談は申しませぬ。本心からの言葉でございますれば」

「そうか、では信じましょうぞ」

「お信じ下さいませ」

ここまでは二人が顔を合わすと必ず交わされる言葉だった。

が、奥方お円の方は確かに美しい女性《ひと》だった。単に美しいだけではなく、やや肉感的な体はどことなく妖《あや》しい雰囲気を上品に漂わせている。

とくに「目に妖しさが満ちている」と、宗次は絵師として感じていた。

その奥方の目が、今日は違っていた。妖しいだけではなくきらきらと輝いていた。まるで少女が喜びを見せる時のように。

「いよいよ今日が襖絵の仕上がりじゃったな」

「夕方までには出来上がりましょう。さきほど小雨が降って、絵色の冴えを心配いたしましたが、今の青空なら冴えた絵色で満足したものに仕上がりまする」

「そうか、それはよい。で、妾《わらわ》は幾ら先生に御支払いすればよいのじゃ」

「それは奥方様が御決め下さい」

「無理を申してはいかぬ。妾には難しゅうてとうてい出来ぬ相談じゃ」

「ま、私の絵に幾ら御支払い下さるかの額は絵が仕上がる夕刻になってから考えることと致しませんか」

「それでは落ち着かぬ。三百両でどうじゃ先生。手を打ってくりゃれ」

「それは余りにも御支払い過ぎです」

「いや、実はもう一枚の絵の分が加算されておるのじゃ」

「はて、もう一枚の絵とは？」

「宗次先生……」

奥方お円の方は美しい表情に真剣さを漲《みなぎ》らせて、腰を上げようとした。若くして「天下一の浮世絵師」の名を恣《ほしいまま》にするようになった宗次ではあったが、妖し絵に於《お》いても今や引く手あまたの人気である。しかも明るい表の社会には知られていない、御大尽《おだいじん》や大身武家などの妻女・後家に限られたいわば「裏社会」での隠れ人気だ。

したがって奥方お円の方が、「宗次先生……」のあとにどのような言葉を吐くか、見通せぬ宗次ではなかった。

宗次は軽く右手を前に出して首を小さく横に振った。

「お止しなされませ奥方様。それから先は申されてはなりませぬ」

「妾が何を望んでいるか、判ると申すか」

「判ります。御立派な藩公に傷が付くことがあってはなりません。ご慎重であって下さいませ」

「今この私が望んでいることは、藩公のお望みでもあるのじゃ。藩公は宗次先生が描く妾の妖し絵を強くお望みじゃ」

「恐れながら俄《にわか》には信じられません。藩公有馬豊信様は文武で知られた御方。藩政に於いても素晴らしい業績を残して参られた、と聞いております。奥方様の妖し絵をお望みなどとは、とうてい信じられませぬ」

「無礼ぞ。この妾の言葉は嘘だと言うか」

「嘘のも少し手前。とうてい信じられぬと申しております、はい」と、宗次はやわらかく微笑んだ。

すると、「宗次……」と呼び捨てて、眦をキッと吊り上げる奥方お円の方だった。

「姿絵ならお描《か》き致しましょう。藩公が溜息《ためいき》を吐かれるほど美しく描いて御覧にいれます。それでなくとも奥方様はお美しくていらっしゃるのですから」

「姿絵をか……」

「はい。御代は頂戴いたしません」

「なんと。宗次先生ほどの絵師が、妾のために無代で絵筆をとってくれると申すか」

「御書院の襖絵を描かせて下さいました御礼でございます。それに白百合《しらゆり》のようにお美しい奥方様を描かせて頂きますのは、絵師としてこの上なき名誉」

「扇姫様よりも美しく描くと約束してくれるか。いや、扇姫様よりも必ず美しく描いてくりゃれ」

「えっ……」と、宗次は驚いた。予期せぬ言葉、大変な言葉が有馬公御正室お円の方の口から出たのだ。

「扇姫様とは、一体何処のどなた様のお姫様であられますか」

「とぼける必要はないぞ宗次先生、妾は全て承知しておる。宗次先生が間《ま》もなく扇姫様の姿絵を描くことは、扇姫様ご自身の口から妾に対し告げられたのじゃから」

「なんと……」

さすがに絶句の宗次であった。考えもしていなかった事態に直面したのだ。しかもお円《えん》の方の真顔は、冗談や思いつきを言っている表情ではなかった。

扇姫と護衛番士が八軒長屋で刺客の奇襲を受けたあの日の光景が一瞬、宗次の脳裏《のうり》に甦《よみがえ》って消えた。

「驚きましたな。余りに思いがけなくて……」

「そうであろう。この話をせんがため、妾はわざわざこの離れ座敷を選んだのじゃ。書院とこの離れは妾の許しがない限り誰も入れぬ」

「恐れながら、奥方様と扇姫様とは、どのような御関係であられますか」

「宗次先生は大名旗本家への出入り少なくないと聞いておるから、妾の父の名は恐らく知っておろう。妾の父は書院番頭《しょいんばんがしら》、旗本八千石加東備前守忠介《かとうびぜんのかみただすけ》でな」

「おお、左様でしたか。加東備前守様なら御名前はよく存じ上げております。確か念流《ねんりゅう》の達人としても知られた御方でございますね」

「妾の夫、有馬の殿も念流に熱心な御人でな。それが縁で妾は有馬家に嫁いだのじゃ」

「なるほど……頷けるお話でございます」

「扇姫様の生みの母じゃが……今から申すこと大名旗本家に出入り少なくない宗次先生じゃから信頼して打ち明けるが、但し決して他言無用ぞ」

「お誓い致しましょう」

「扇姫様の生みの母は、有馬家上屋敷に幾人もいた下女達のそのまた下で働いておった女でな。庭回りの掃除仕事を一人黙黙と引き受けておった」

「ほほう……」と、宗次の目が静かに尖《とが》った。

「あるとき若き将軍家綱様が、狩りの帰りに大勢の供の者と有馬家上屋敷へお立ち寄りになり、庭先にいたアキ、扇姫様の生みの母の名じゃが、が目に止まった。釘付け、と申してよい程に」

「で、アキ様に家綱様の御手がついたと」

「これは、と感じられた有馬の殿は直ぐ様《さま》アキを召して体を清め衣装を改めさせたところ、これが稀《まれ》に見る美貌でな。妾が十七で有馬家に嫁いだばかりの頃じゃったが、今でもあの時のアキの美しさは覚えておる」

「それでアキ様はご懐妊を？」

「有馬家上屋敷で扇姫様を産んで五日後に亡くなった。難産じゃった。以来、扇姫様は有馬家上屋敷で育てられたのじゃ」

「なぜに将軍家へ引き取られませぬ」

「アキが庭の汚れ仕事を任された下女だったのでな。有馬の殿様はアキに〝お葉《よう》の方〟と名付けはしたが、その懐妊と扇姫様誕生をひたすら伏せてこられたのじゃ」

「よくある話でございますね」

「が、扇姫様いよいよ美しく育ち、一方で家綱様のご体調、年と共に優れず、有馬の殿様はついに切腹を覚悟で二年半前、扇姫様の存在を打ち明けなされてのう」

「家綱様は喜ばれましたか」

「それはもう大変なお喜びで、有馬公は切腹どころか二万石の加増をたまわった。なにしろ子の縁に薄い家綱様じゃったから」

「一つお尋《たず》ねして宜《よろ》しゅうございますか」

「遠慮無用じゃ」

「扇姫様は近いうちに、越後高田藩二十六万石へ嫁がれること、奥方様はご存じですか」

「存じておる」

と頷いた奥方お円の方の表情が、悲しそうに暗く沈んだ。只事《ただごと》でない暗さだった。

六

「今宵は泊まっていきなされ」と、奥方お円の方に強く勧められた宗次であったが、妖しさを増した肉感的なお円の方の目つき、表情を警戒した宗次は、「いずれ近日、描き料頂戴で、上屋敷にてお目にかかりましょう……」と言い逃れて、有馬家下屋敷を辞した。

勧められるまま泊まっておれば「妾《わらわ》には魅力がないと申すのか」と、寝床に押し入ってくることを、宗次は感じ取っていた。

夜道を、宗次はのんびりと歩いた。品川の宿場だから、日が沈んでも真っ暗とはならない。宿宿の軒下提灯《のきしたちょうちん》が結構に明るかった。それに月も出ている。

「ちょいと。そこの様子のいいお兄さん、寄ってかない?」と、色宿《いろやど》の女客引きが甘い声をかけても耳に入らない宗次だった。

お円の方と交わした会話が、まだ耳の奥にはっきりと残っていて、色女《いろおんな》の声が入る余地などなかった。

「哀れにも扇姫様は、人身御供《ひとみごくう》で越後高田藩へ赴《おもむ》くようなものじゃ。嫁ぐというよりは嫁がされる、いや赴くと申した方が矢張りよかろう」

「それはまた何故にでございますか」

「越後高田藩が今、二つに分裂して深刻な対立状態にあることを知っておるか」

「いいえ、知りません。今のところ江戸の町衆の間にもそのような噂は流れてはおらぬようですが」

「そうであろうな。幕府も越後高田藩江戸屋敷も、噂として広がる事を懸命に抑えてきたのでなあ。なにしろ血で血を洗う余りにも醜いお家騒動じゃから」

「血で血を……でございますか」

「毒殺騒ぎも生じたりのう」

「なんとまた……」

「その騒動を穏やかに鎮《しず》める目的もあって幕府は扇姫様を越後高田藩へ赴かせることを決意したのじゃ。姫の賢明さに期待してのう」

「まだお若い扇姫様に、そのような大役が務まりましょうか」

「有馬の殿は実にすばらしい藩公ぞ。扇姫様には幼き頃より学問教養を積ませ、また殿様ご自身と盟友でもあるわが父、加東備前守忠介が念流剣法をも熱心に教え込んでな」

「ほう……」

「今や有馬の殿も妾の父も、扇姫様に三本挑んでようやく一本取れるか取れないかじゃ」

「それは凄い」

なるほど八軒長屋での刺客の奇襲にも動転しなかった扇姫の様子はそこに理由があったか、と宗次は納得した。

「宗次先生もすでに存じておろう扇姫様の御体格は、あの通り男に劣らぬすらりとした背丈に恵まれ、しかも文武に通じているゆえ……」

「越後高田藩への目付としての、白羽《しらは》の矢となりましたか」

「まさに嫁目付じゃな。が、いかに文武に優れた扇姫様とて、苦労するであろうことは目に見えておる。哀れじゃ。哀れ過ぎる。藩江戸屋敷へ嫁ぐのであればまだしも」

「それにしても幕府は、将軍の姫君をお家騒動の藩へ嫁がせるなど、思い切った決断を下したものですな」

「将軍家血筋の名家じゃからだ。越後高田藩がな」

宗次は、お円の方の言葉を思い出しながらゆっくりと歩いた。

着流しの懐《ふところ》手《で》で歩く宗次は、宿場通りが尽きる右手、見事に枝を張った大松の下に赤提灯を下げている居酒屋を認め、「一杯やっていくか」と呟いた。

が、汚れた薄暖簾《のれん》に頭を突っ込んで、直ぐにひっこめた。立ち飲みしている者がいるほどの大変な混みようだった。

「帰ろ……」と、宗次は歩き出した。宿場の軒下提灯はやがて切れて、月明りだけの街道となった。

が、宗次にとっては歩き馴れた道だ。

「まったく、えれえ藩へ嫁ぐことになったんだな、扇姫様は……いくら将軍家血筋の藩か知らねえが、可哀そうによ」

越後高田藩の藩主は松平光長《まつだいらみつなが》六十五歳。祖父に徳川家康《とくがわいえやす》の次男結城秀康《ゆうきひでやす》を置き、母は二代将軍徳川秀忠《ひでただ》の三女勝子《かつこ》である。この血筋と中将の官位などから、松平光長は「越後の御中将様《ちゅうじょう》」とも呼ばれていた。

しかし、この越後の御中将様、国元の政治は筆頭家老小栗正高《おぐりまさたか》、次席家老荻田《おぎた》隼人《はやと》に任《まか》せ切りだった。

幸いだったのはこの二人の国元家老が極めて優れた人材だったことである。相談し協力し合って幾多の藩事業を展開し、二十六万石の藩の実収を四十万石近くまで伸ばしていた。

この豊かな藩を寛文《かんぶん》五年（一六六五）の十二月、突如不幸が襲った。大地震である。豪雪厳寒の高田城下は、家屋の倒壊と火災により死者二千に迫り、多数の重軽傷者を出す壊滅的な大惨事となった。

しかも国元の藩政に欠かせない筆頭・次席の両家老までが、この大地震の犠牲となったのである。

越後高田藩の権力争いは、藩公光長を弾《はじ》き飛ばす程の陰惨さで、筆頭家老職を継いだ小栗美作《みまさか》、次席家老を継いだ荻田主馬《かずま》の間でやがてくすぶり出し、藩公光長の嫡男綱賢《ちゃくなんつなかた》の病死（延宝二年・一六七四）で一気に爆発。毒殺説が流布《るふ》されるなど収拾のつかぬ険悪な状態となり、綱賢死亡からすでに五年以上が経とうとしているのに、今なお小栗派・荻田派双方の憎悪は激しく燃えさかっていた。

それが、宗次が有馬家御正室から「内緒ですよ」と念押しされ、聞かされた話だった。

「いやだね、権力亡者《もうじゃ》ってえのは」

呟いて、たまらなく一杯呑みたくなる宗次であった。

宗次は月夜の道を休まず歩き続けた。絵道具は明日早くに有馬家の小者によって八軒長屋へ届けられるから両手は空いているし、二枚の襖絵を仕上げて本来なら身軽で気分いい夜である筈だったが、扇姫の哀れを考えてどうしようもなく重い気分だった。

（将軍の血をひく姫君でも、幕府にとっちゃあ、まるで小道具扱いだな。一体誰《いってえ》が音頭を取ってやがるんでえ……）

そう思って胸の内がむかついてくる宗次だった。

(嫁ぐといったって高田の藩公は、もう爺様《じいさま》だ。それに江戸詰めが多い藩公の元へ嫁ぐのではなく、遠い国元へ嫁がせるとはな……)

藩公松平光長の正室が壮健なのかどうか、お円の方に訊ねるのを失念した宗次であったが、関心もなかった。健在ならば、扇姫は正室ではなく側室として嫁ぐことになる。たとえ正室扱いで迎えられたとしてもだ。

健脚宗次が、右に袖ヶ浦《そでうら》を見、左に武家屋敷、寺院が連なる高輪《たかなわ》の通りに入ると、さすがにぱったりと人の通りは絶えて夜は濃さを増した。天には確かに月はあったが、袖ヶ浦も(月を映して鏡の如く青白く輝き……)という具合にはなっていなかった。

まるで墨を流したような、黒い海だ。

高輪南町、中町を過ぎやがて北町に入った宗次の足が、フッと止まった。

前方の寺院の山門の陰から、人影と呼ぶほかないものが現われた。

一つ……また一つ。

それは五つを数えて、高輪の通りの端から端を塞《ふさ》いだ。

明らかに宗次の行く手を塞ごうとする現われ様だった。

「今度は私《あつし》に刺客でござんすか」と呟いた宗次は、帯に通してあった名人甲州屋金三郎作の長煙管を滑らせた。

帯がヒョッと鋭い音で鳴る。

宗次は自分からは動かなかった。待った。

向こうが横に広がって迷いも見せず次第に近付いてくる。

中央のがっしりとした体格の背丈ある影は、早くも抜刀していた。

だらりと下げたその刀が、月明りを吸って鈍い光を放っている。

双方の間が詰まって、共に相手の姿形を見誤らせぬ距離となり、十を数える足が申し合わせたように止まった。足元で地面がジリと鈍く軋み鳴る。

五つの影は、こういう場合よくある浪人ではなかった。博徒《ばくと》でもない。

身形正しい侍だった。五人が五人とも年齢《とし》は三十前後か。覆面をしていない顔は一言も発せぬ覚悟を見せているかのように無表情である。覆面をしないのは、宗次を倒す自信があるからか。

中央の背丈ある侍が、静かな動きで刀を正眼《せいがん》に構えた。

それが合図でもあったのか。

残り四人が一斉《いっせい》に抜刀して鞘《さや》が薄紙を引き裂くような音で唸《うな》った。

四人も正眼の構え。

（ほほう……）と、宗次は背筋を凍らせた。

五人の構えを見て、相当以上の手練と認めた。

五人が五人とも、構えた切っ先に微塵《みじん》の揺れもない。ぴたりと静止している。

宗次はゆっくりと左足を引いて、右膝を緩い〝くの字〟としつつ腰を落とした。

右腕を中央の侍に向けて真っ直ぐに突き出し、手にした長煙管を垂直に立てる。

左手は、端の侍に向け五本の指をバラリと開いていた。意気地なし男が「ちょ、ちょっと待っておくんない……」という様《さま》にどこか似ている。

が、宗次のその構えに、月下の五人の侍は明らかに表情を硬《かた》くした。

硬くしたが五人は足先を揃《そろ》えて、ジリッと宗次との間を縮《ちぢ》めた。

宗次は、やはり動かない。「待った……」の構えも崩さない。

中央の偉丈夫《いじようふ》侍が正眼の切っ先を、ぐいっと大上段へ持っていった。

残りの四人がその逆、下段の構えをとる。

(くそっ……こいつあ強え)

宗次は胸の内で舌を打ち鳴らした。

そのまま双方とも全く動かなくなった。それとも動けないのか。

月が雲に隠れて、漆黒《しつこく》の〝大闇〟が六人を呑み込んだ。この大闇が、袖ヶ浦の波の音を六人に聞こえさせた。それまでは、全く聞こえなかった音だった。

雲が流れ過ぎ、芝居の幕が上がるかのように、月明りが六人の頭上に再び降り出した。

六人とも全く同じ位置、同じ構えだ。

違うのは、また波の音が聞こえなくなったことであった。

恐ろしい程の緊張感、宗次はそれを味わっていた。恐怖、恐れではなかった。緊張感である。宗次の備えは長さ一尺半の総鋼製の長煙管のみ。

だが、名人甲州屋金三郎作のこの長煙管の恐ろしさを、やがて知ることになる五人の侍たちであった。

「ぬんっ」

中央の偉丈夫侍が宗次にスキありと捉えたのか、腹の辺りから重い気合を発して、月夜を高く飛んだ。

宗次は……退がった。飛翔《ひしょう》せんとする相手の爪先《つまさき》の変化を一瞬先に捉えて、宗次は退がった。引き波のような速さで退がった。

偉丈夫は虚をつかれた。獲物のいない所へ着地して構えが乱れたところへ、宗次が一条の光となって突っ込む。速い！

長煙管が相手の喉元を狙《ねら》って矢のように伸びた。

背を反らせて避けざま偉丈夫は不充分な体勢のまま、宗次の右胴へ刀を打ち込んだ。

宗次が長煙管を戻して、危《あや》うく凶刃《きょうじん》を受けた。

ガチンという大きな音。飛び散る赤い火花。

宗次は踏み込んだ。離れては危ないと読んだのか組み合うかのように踏み込んだ。

長煙管が相手の面を打つ。

偉丈夫が上体を左へ振って逃げ、宗次に面を打ち返した。

双方、猛烈な速さだった。残った四人の侍たちは手が出せない。手を出すことで仲間の偉丈夫がやられる恐れがある、と読めているのか。

宗次が尚も面、面と二連打。

偉丈夫は体を右へ揺らして一打目は避けたが二打目を耳へ食らった。

だが動きを落とさず、真っ向から宗次の顔面を打ち返した。

長煙管がそれを受け、宗次の膝がガクンと折れる。そのまま偉丈夫が、宗次の頭上へもう一度、刃を打ち込んだ。長煙管の上へ打ち込んだ。

凄まじい打撃力だった。長煙管が宗次の額《ひたい》を圧《お》して皮膚が裂け、血が噴《ふ》き散った。

糸のような出血ではなかった。噴き散った。

ここで偉丈夫は誤った。もう一撃、と三度目を打ち込もうとした時、宗次の左手は相手の腰から小刀を奪い取っていた。

大刀を振り上げた刹那《せつな》の偉丈夫の喉元を、宗次の小刀が下から薙《な》ぎ裂く。

揚真流剣法「左手薙ぎ払い」の妙技であった。

「があっ」

偉丈夫が最期の呻《うめ》きを発し、もんどり打って後ろに倒れた。

宗次は肩で大きく息をした。次に備えて呼吸を整える必要があった。それほど宗次の息は乱れていた。かつてない程に。

しかし、残った四人の侍は動かなかった。

五人の侍の中で、おそらく偉丈夫侍は抜きん出て手練だったのであろう。

「さ、もう止しなせえ。月のある夜だ。そのうち人が来やすぜ。お仲間を抱えて消えて下せえ。でないと次は大声を出しますぜ」

宗次は言って小刀を投げ捨て、五、六歩を退がった。

四人の侍はお互いに顔を見合わせてから、刀を鞘に納めた。

七

近くの小さな寺院で「つまらねえ事で喧嘩《けんか》してしまいやして……」と般若湯《はんにゃとう》で傷口を洗って貰った宗次は、町駕籠で鎌倉河岸の八軒長屋へ向かった。顔や頭部を負傷すると傷口は小さくともびっくりするほど出血することを宗次は承知している。

今度の傷も、皮膚の裂け様《よう》はそれほどでもなく、手当してくれた寺の住職もべつだん迷惑そうでもなく驚きもしなかった。

宗次を人気浮世絵師と気付いていなかった様子も、宗次には有難かった。

夜の町駕籠は手当を大層弾んで貰えるのが相場であったから、勢いがよかった。

町駕籠は延宝《えんぽう》の年までは禁止されていて、御公儀によって「ま、いいだろう……」と許されたのは延宝三年（一六七五）に入ってからで、当初は三百梃《ちょう》に限っての営業許可だった。

但し、「なに言ってやがる。手前達《てめえ》二本差しは駕籠を重宝《ちょうほう》してやがるくせに」と反発精神旺盛な江戸っ子は、ちゃんと闇駕籠の備えを怠《おこた》らなかった。病人や怪我人や妊婦などは大八車に加え闇駕籠をも使った。

延宝二年には三代将軍家光《いえみつ》の正室鷹司孝子《たかつかさたかこ》（中の丸様）が病没。延宝三年に入って将軍家兵法師範柳生宗冬《やぎゅうむねふゆ》の嫡男宗春《むねはる》が二月に病没。直後に宗冬自身も病床に臥《ふ》す（九月二十九日没）などがあって、病人弱者にとっての駕籠の重要性が改めて見直され町駕籠許可につながった、という見方も存在している。

宗次は途中の宇田川町《うだがわちょう》（浜松町あたり）にある〝夜通し酒場〟で駕籠舁《か》きの兄《あん》ちゃんにたっぷりと旨い物を馳走《ちそう》などして充分に休ませ、また八軒長屋へと走らせた。

「着きやした。此処《ここ》でござんすね」と、駕籠が地に下ろされたのは、間もなく東の空が白む頃だった。

「遠い所までありがとよ、これでいいかい」

宗次が夜駕籠の相場以上を支払ってやると、「これはどうも」と、駕籠舁き二人は破顔《はがん》して腰を折った。

「気を付けて帰ってくんねえ」

「へい。それじゃあこれで」

「宇田川町の夜通し酒場は、この刻限もうやってねえ。真っ直ぐに家まで帰んな」

「そりゃあもう」

二人の駕籠昇きは、上機嫌で帰っていった。
朝の動きが早い八軒長屋ではあったが、目覚めるにはまだ少し刻限が要《い》った。
宗次は長屋路地の溝板を踏み鳴らすのを避けて、そっと我が家に近付いた。
「はて？」と宗次は立ち止まった。
表戸の障子がほんのりと明るい。
般若湯で洗った額が、この時になって針で刺されたように痛んだ。
宗次は表戸に手をかけた。
内側から険悪《けんあく》な気配が向かってくる様子はなかった。
宗次はそろりと表戸を引いた。
敷居に一度引っかかって小さな音を立てた表戸であったが、そのあと静かに滑った。
（なんとまた……）と、宗次が思わず呆《あき》れ顔をつくった。
息苦しいほど狭い部屋に不似合いな、香り立つ一輪の美しい春の花が咲いていた。
その美しい春の花が、わが夫を迎えでもするかのように畳に両手をついて、丁《てい》寧《ねい》に頭を下げた。

扇姫であった。狭い部屋には探すまでもなく一人の供の姿も無い。

「お戻りなされませ」と、蚊《か》の鳴くような小声で言った扇姫の前へ、宗次は呆れ顔のまま座った。扇姫はまだ畳に手をついたまま顔を上げない。念流の達人域に達しているとかいうのに、親に叱られる寸前の小娘のようだった。

それよりも宗次が呆れているのは、扇姫の身形だった。なんと髪は総髪《そうはつ》に変え、胸元からは黄紬《きつむぎ》の襦袢《じゅばん》が覗《のぞ》いてその上に紺縮緬の着流しだった。帯は御納戸《おなんど》色で小刀を差し通し、座位の右側には白柄黒鞘の大刀を置いている。

要するに若く美しい着流し侍の身形だった。

「一体全体どうなさいやしたい。その御様子は」

「宗次、扇はもう耐えられませぬ」と、扇姫はようやく顔を上げた。

「何かございやしたので？」

宗次はなるたけ穏やかに訊き返した。自分の方から、あれかこれか、と想像して問い返すことは避けた。

と、扇姫の両の目に大粒の涙が湧き上がった。

「宗次……」

「はい」

「扇はこのまま越後高田へ嫁入りしとうない。嫌じゃ」

「なれど幕閣がお決めなされたのでござんしょう。上様も御承知のことではありませんので？」

「大老酒井忠清《さかいただきよ》（五十五歳）とその一派が主導したのじゃ。扇は好き好んで越後高田へなどは行きとうない」

「大老酒井忠清様には宮将軍を次の将軍として迎えようとする野心があるとかないとかの噂が、江戸すずめ達の間で囁かれておりやすが」

「その通りじゃ。大老酒井忠清とその一派は、京都の宮家から有栖川宮幸仁親王《ありすがわのみやゆきひと》を次期将軍に迎えようと画策しておる。その大老酒井にとっては、この扇が邪魔なのじゃ」

「なぜ？……姫様は政治《まつりごと》に深くかかわっていなさいますので？」

「大老酒井の宮将軍招聘《しょうへい》に真っ向から反対しておるのは老中堀田正俊《ほったまさとし》（四十五歳）で、扇を大層可愛がってくれておる。じゃから扇も堀田正俊を応援しておるのじゃ」

「なるほど。それで姫様の存在を、大老酒井様は煙たく思っていらっしゃるのですな」

「扇は越後高田へ嫁いでもいい。じゃがこのままでは嫌じゃ宗次。このままでは行きとうない」

「姫様は越後高田藩のお家騒動については御存知ですな」

「無論じゃ。しかし、宗次はなぜその事を存じておる。この騒動は秘中の秘ぞ」

「私《あっし》は絵仕事であちらこちらの大名旗本家へ出入りさせて戴いておりやす。いくら秘中の秘の騒動でも、噂の端っこくれえは耳に入って参りやす」

「扇は高田藩のお家騒動を恐れている訳ではない。老いた藩公に嫁ぐ事を嫌悪している訳でもない。ただ、自分の望み、思いを偽りなく自分の胸に収めて嫁ぎたいだけなのじゃ」

「自分の望み、思い？……」

「そうじゃ。だから宗次……」

「はい」

「扇を抱いてくりゃれ。宗次の手で扇を女にしてくりゃれ」

扇の目から大粒の涙がこぼれた。

宗次は扇姫に近寄った。予想できていた扇姫の言葉だった。

「姫様……」と、扇姫の頰を両の掌《てのひら》で挟んで、宗次は優しく言った。

「それは出来やせんよ姫様」

「何故《なぜ》じゃ。宗次は扇が嫌いか。扇を美しいとは思わぬか」

「姫様を抱けば、私《あつし》はある女性《にょしょう》を裏切ることになりやす。私《あつし》を心から信頼してくれている女性を」

「宗次には好きな女《ひと》がいたのか」

「おりやす」

「ならば、いてもよい。いてもよいから扇を抱いてくりゃれ。扇を女にしてくりゃれ」

「わがままを言っちゃあなりません姫様。この宗次を大事な実の兄とでも思って下さいやし。兄と見て下さいやしたら、私《あつし》は姫様がどれほど遠くに居なさろうと、必ずお守り致しやす」

「扇を守る？」

「へい。必ずお守り致しやす。必ず韋駄天《いだてん》の如く姫様の元へ駈けつけやす」

「本当か」

「お約束しやす」

扇姫は宗次にしがみつくと、その胸に顔を埋めてすすり泣いた。

（可哀そうに……）と、宗次は扇姫の背を幾度も幾度も撫でさすった。

嗚咽《おえつ》が鎮《しず》まるまで長い時を要して、扇姫は力なく宗次の胸から離れた。

「お城へ帰る……」

「その身形で、警戒厳しい江戸城からよくぞ出られたもので」

「扇にとっては、城から脱け出ることなど訳もない事じゃ」

「夜が明けてきやしたが、まだ暗さが残っていやす。忍び御門まで送りやしょう」

「いらぬ」

「そうは参りませぬよ。この部屋に刺客が飛び込んできた事を忘れやしたか」

「手をつないでくれるなら、送ってくれてもよいぞ」

「判りやした」

「宗次、そなた額に怪我をしておるな」

「酒場でちょいと喧嘩事がありやして」

「ふうん。喧嘩をしたのか……腰帯に通したその長煙管、兄宗次のことを越後高田で思い出すためにも姫にくれぬか」

「よござんすとも」

宗次は頷いて長煙管を姫に手渡した。

それを眺める姫が、長煙管の中程を指先で差し示して見せた。

「ここ、かなり深く切れておるな。刃を受けた跡《あと》のようじゃが、これも酒場の喧嘩でか宗次」

「その通りで……」

「余程の手練相手に酒場で争ったのじゃのう」

「それはともかく、姫様の姿絵、二、三日の内にでも描かせて下さいやせんか」

「判った。迎えを寄越すから城へ来て描いてくりゃれ」

「承《うけたまわ》りました」

扇姫は立ち上がると、まだ座ったままの宗次に上から覆いかぶさるようにして、宗次の右の頬に唇を押し当てた。

「宗次の馬鹿……」

呟いてくるりと背を向け、土間に下りた扇姫だった。

宗次は簞笥の引出しをあけ、大小刀を取り出して腰帯に通した。

振り向いてじっと見つめる扇姫が「名刀か？」と訊ね、宗次は「鈍《なまく》らです」と応じた。

「姫様をお城までお守りするにゃあ、丸腰という訳にも参りやせんのでね、へい」

「宗次は矢張り町人絵師ではなかったのじゃな。ひと目見た時から扇には判っておったぞ。その証拠に其方《そなた》は襲い来た刺客を一撃のもとに打ち倒した。あれは凄かった。扇はびっくりした」

「なんと申されようと、この宗次は町人絵師でござんす」

「扇はこれでも念流をやる。剣をやる者の目は確かぞ。宗次の体にはきっと侍の血が流れている。間違いない」

それには答えず、「参りましょう」と扇姫を促《うなが》す宗次であった。

八

その大広間が何と呼ばれている部屋であるのか無論、宗次の知るところではなかった。

江戸城忍び御門を入る直前、駕籠の中にあった宗次は丁重にではあったが目隠しをされ、大広間に入ってからそれを解かれたのである。

扇姫は今、宗次の目の前にあって彼の指示通りの立ち姿をとっていた。豪奢《ごうしゃ》な姫様衣装ではなく宗次が持ち込んだ紅梅絣《こうばいかすり》の小袖を着て、少し小首を傾げ描き手を見るまなざしでニコリと微笑んだ立ち様《よう》だった。右手を肩のあたりにまで上げ、今にもくるりと回さんばかりの仕草で長煙管を持つ演《えん》じ様《よう》は心憎いばかりである。あの刃の傷跡を残す甲州屋金三郎作の長煙管であった。

大広間の二方は襖が固く閉じられ、二方は開け放たれて満開の彼岸桜《ひがんざくら》で埋まった春爛漫《らんまん》の庭が広がり、目の覚める美しさだった。

つまり二方を庭に面した大広間は廊下の角に位置していて、宗次と扇姫の二人がいるだけだった。護衛番士も御殿女中も廊下に控えている気配はない。閉じられた襖の向こうにも、宗次は人の気配を感じていなかった。

ただ、広い庭のかなり向こうには、数人の侍の姿がチラホラとうかがえる。

（あの庭侍の中に諏訪左衛門高信殿はいるのだろうか。今日のこの絵仕事は諏訪殿が段取りを整えて下さる筈であったのに、結局は扇姫様が迎え駕籠を寄越すなど勢いよく御前《おんまえ》に出てこられて……）

宗次は、ふっとそのような事に気持を奪われて絵筆を宙で止めた。

迎えの駕籠の供侍は、宗次の全く見知らぬ若い顔ぶれ三人だった。尤も、扇姫の護衛番士たる者が宗次を迎える駕籠の供をする訳がないのだが。

「どうしたのじゃ宗次、絵筆が遊んでおる」

言って扇姫は美しく笑った。

「あ、いや。この辺りでちょいと休みやしょうか姫様」

「妾《わらわ》はまだ我慢できるぞ」

「慌てちゃあなりません。姫様が父君である上様にお贈りになる絵でござんす。

時間をかけてじっくりと描かせて下さいやし」

「わかった。宗次のそばへ寄ってもいいかえ」

「構いやせんが、絵は出来上がるまでは御見せしやせん」

「うん」と扇姫がどことないあどけなさを見せて頷き、宗次は未完の姿絵の上に自分で拵《こしら》えた綿紙《わたがみ》をふわりとかぶせた。

扇姫が腰帯に長煙管を通して宗次のそばにやってくると、宗次は軽く右手を前に出した。

「そこまで……そこまでになせえ。さ、そこにお座りなせえまして」

「もっとそばに寄っては駄目か」

「駄目でござんす。ご覧なせえ。彼岸桜が満開の庭の中に潜むようにして監視の侍たちがいやす。あの様子じゃあ姫様の動き様《よう》ひとつで、私《あっし》の帰り道が危のうござんす」

「今回は大小刀を持ってこなかったのか」

「冗談じゃありやせん。私《あっし》は侍じゃあなくて浮世絵師でござんすよ」

「その浮世絵師が何故に、鎌倉河岸の八軒長屋の箪笥に大小刀を隠し持っておるのじゃ」

「またその話ですかい。あれは絵図を考える時、とくに団十郎《だんじゆうろう》や吉之助《きちのすけ》といった役者絵の絵図を考える時の参考に用いるんでござんすよ。たとえば長屋の者に派手な着物を着せ大小刀を腰に差して貰いやしてね……」

「ふうん。でも扇は宗次のそばに寄るぞ」

扇姫はそう言って笑いながら宗次の右横にぴたりと座った。

庭の向こうの侍達の動きが止まった。皆一斉にこちらを見ている。

「困った扇姫様でござんすね。私《あつし》が帰り道に不幸に陥っても宜しいので？」

「宗次が帰り道に不幸に？　それは宗次に襲いかかった者が受ける言葉じゃ。再び言うが扇は八軒長屋で宗次の剣をはっきりと見たのじゃ。あれは免許皆伝どころの腕ではない。念流の心得ある扇にはよう判る。よう判るのじゃ。本当にあれは凄かった」

「やれやれ……」

「のう宗次」

「はい？」

「妾は宗次が好きじゃ。このような気持になったのは生まれて初めてじゃ。寝ても覚めても宗次のことばかり考えておる」

「ありがたく名誉なことでござんす」

「なんじゃ、その応じようは。扇はな、昨夜は宗次の手で乳房を優しくさすられた夢を見たぞ。体中が熱くなって、涙が出て……扇はもう宗次なしでは生きられぬ」

「宗次は姫様の兄になる、と約束いたしやした。それ以上にはなれやせんし、それ以下にもなりやせん」

「意地悪じゃ。宗次は人間が出来ておらぬ。意地の悪い鬼男じゃ」

「へい、鬼男でござんす」

扇姫は宗次の膝に突っ伏してしまった。

宗次は姿勢正しく座って凜としたまなざしを庭の向こうへ向け、しかし右手は姫の背を軽く優しくさすってやった。

（あの庭侍ども……もしや大老酒井忠清の息がかかった者達ではあるまいか。そうだとすれば……）

そう思った宗次は何を考えたか「姫……」と小声をかけた。

姫が突っ伏した姿勢のまま顔を上げた。泣いてはいなかったが、今にも泣き出しそうな表情であった。

宗次はその姫の形のいい顎にそっと手を触れて寄せると、なんと頬と頬を触れ合わせた。そして一度離れ、ふたたび触れ合わせた。今度は、長かった。

ようやくのこと二人の頬は離れたが、扇姫はまだ泣き出しそうだった。

「しっかりしなせえよ姫様。将軍家の血を引いた姫君は少々の事では涙を見せてはなりませんぜ。念流の剣士たるものは、涙があっちゃあおかしいやな」

「姫が何処にあっても、宗次は本当に必ず助けに来てくれるのじゃな。本当じゃな」

「必ず……私《あっし》の命がたとえ八ツ裂きにされようとも」

「おお、宗次……」

扇姫はまた宗次の膝にしがみつくようにして突っ伏した。

「今の私《あっし》の頬の熱さをしっかりと胸の内に秘めて、越後高田へ赴《おもむ》いて下さいやし。この場で私《あっし》が姫様にしてあげられる事は、それくらいの事でござんす。いや、姿絵はもっと熱く私《あつし》の情を込めて美しく仕上げて御覧にいれやしょう」

突っ伏したまま扇姫が答えた。

「私は宗次に嫁いだと思うて越後高田へ行く。凄腕の浮世絵師に嫁いだと思うて」

「そう言って下さいやすと、この宗次の気持も少しは安らぎやす」

「けれど扇は越後高田で何人もの男達を斬り伏せる事になるやも知れぬぞ。そのような気がする」

「…………」

「斬って斬られて、全身血みどろ傷だらけとなって醜い姿で逃げ戻ってくるやも知れぬ。そのような醜い姫でも救うてくれるか」

「斬って斬られる前に、何としても私《あつし》に連絡を下せえ。早馬を飛ばしに飛ばしてこの宗次、越後高田へ駈けつけやす。だから短気はいけやせん。宜しいな。腕に覚えがあっても短気はいけやせん。腕に覚えがあっても……」

「……判った」

扇姫は顔を上げて頷いた。目に涙を浮かべていたが、唇を一文字に結び気丈さを覗かせている。

宗次は天井を見上げ、心配そうに小さな溜息を吐いた。

「のう宗次、はじめに申したが、今日は城に泊まってくれるのであろうな」

「私《あつし》もその積もりで参っておりやす。私《あつし》のような一枚物の描き手は、描いた後の色直しにも慎重でなければなりやせん。出来上がる迄は御城の片隅に泊めて戴きやす」

「扇の隣の部屋はどうじゃ」

「何をまた馬鹿な事を仰いますんで。そんな事をすりゃあ、朝目が覚めたら首を切り飛ばされていまさあ」

「だけど宗次は今、扇の頬を奪ったではないか。庭向こうの侍達にもはっきりと見られたであろう。何を思って扇の頬を奪ったのじゃ。扇の隣の部屋に泊まるよりも、妾《わらわ》のこの頬を奪ったことの方が監視の侍どもは激怒しようぞ。何を企《たくら》んでの事なのじゃ宗次。え？」

「…………」

「ま、いい。扇は嬉しかったから」

扇は愛らしく、ニッと目を細めた。

「さてと、そろそろ始めますかい。ご自分で先程の立ち姿を拵えて御覧なせえまし。小さいところは宗次が直してあげやすから」

「うん」

扇姫は宗次の右手を力を込めて握ってから、立ち上がって離れた。

庭向こうの侍どもを見る宗次の日頃は涼しい二重《ふたえ》の目が、ほんの一瞬であったがギラリと凄みを見せた。

九

扇姫は宗次と夕餉《ゆうげ》を共にすることを強く望んだが権力の奥の院がそれを許さなかった。父であり将軍である徳川家綱が許さなかったのではない。幕府権力という目に見えない圧力が扇姫にそれを許さなかった。

ただ昼の膳は「部屋を替えない」という条件で、絵仕事場の大広間で認《したた》められた。

その大広間を出た宗次はいま長い廊下を「ついて来なされ」という言葉に従って歩いていた。

前を行くのは少なくなった白髪を頭の後ろで短く束ねた小柄な老人であった。貧相な体つきのくせに肩を怒らしたようにして歩いている。年齢《とし》は六十前後か。

日が没しかけて薄暗くなった庭に面した廊下を三度曲がると、両側に部屋を並べる内廊下となった。長押《なげし》に等間隔で防火工夫の掛行灯《かけあんどん》がかかっているから、案外に明るい内廊下だ。

が、城詰め侍の姿は、一人として見かけない。

（へえ、これが夜に入っていく殿中《でんちゅう》かね。陰気だねえ全く……）

チッと小さく舌を鳴らした宗次は、これじゃあ気力あふれる若い扇姫の毎日はたまるまい、と思った。

先程大広間を出たとき、宗次の前に立って、ほんの短い間を案内したのはまだ十五、六と思える茶坊主だった。

その茶坊主から宗次の案内を引き継いだのがいま前を行く小柄な老人だ。

「筆頭表《おもて》絵師《えし》の濱山了兼《はまやまりようけん》先生でございます」

宗次を老人に引き合わせた茶坊主は、そう言い残して役目から離れていった。濱山了兼が発した言葉は「ついて来なされ」だけである。宗次が丁重に腰を折り頭を下げて名を告げても、返ってきたのは「ふん……」という冷ややかな目つきだけだった。

幕府に抱えられる御用絵師には二通りがあった。一つは将軍へのお目見えが叶う〝奥絵師〟。そしてもう一つがお目見えの叶わない〝表絵師〟である。

御用絵師の最高実力者は五年前の延宝二年に七十三歳で没した狩野探幽《かのうたんゆう》である。江戸狩野派の開祖と評される探幽の鍛冶橋《かじばし》門外にある拝領屋敷は一〇三三坪もあった。これは大身旗本二千五百石級の拝領屋敷一〇八九坪に匹敵する広さだ。

が、探幽の表《おもて》石高は僅かに二百石。これは石高だけを見れば町奉行所の与力に肩を並べる。

けれども探幽は幕府の仕事だけではなく、朝廷はもとより大名旗本家や神社仏閣からの大仕事をも引き受けており、時には幕府から多額の賞与も出るなどで、その地位と実収入は町奉行所与力とは比較にならない。たとえ町奉行所与力が商家筋から相当な袖の下収入を得ていたとしてもだ。

　それに探幽には余程の者でないと手に出来ない特権的な勲章があった。それが「将軍お目見え身分」という位《くらい》である。しかも寛文二年には、「宮内卿法印」の地位にまで昇りつめている。「法印」とは僧綱《そうごう》の最高の位であり、並《なみ》はずれて優《すぐ》れた画工や仏師に対しても授けられた位だ。

　これに対して表絵師は、御用絵師とはいえ恵まれていなかった。幕府からの収入は五人扶持《ぶち》から多くて二十人扶持。拝領小屋敷を与えられない場合すらあり、将軍にお目見えも出来ないとあって、内心に不満が無い筈がない。

　そのへんの事を充分に承知している浮世絵師宗次は、前を行く濱山了兼の怒ったような肩の張り様にそれが出ている、と思った。

　やがて濱山了兼は宗次を殿中の外へと導いた。まだ西の空の端が、ほんの少し明りを残している。

　外に連れ出されても宗次はべつだん驚かなかった。夕餉を扇姫と共に出来ないと判った時から、歓迎されない事態が待ち受けているのでは、と予感できていた。

濱山了兼の足がとまって振り向いた。

右手に幾つかの篝火が点された馬場と判る千草《ちぐさ》に覆われた真四角な広場があった。数十本はあろうかと思われる桜の木に囲まれた広場で、篝火の明りの中をチリチリと舞い落ちる花びらが小雪を思わせる。その桜広場の西隅に三棟の小屋が建ち並んでいた。小屋とはいっても江戸城中のそれであるから破れ小屋という印象はない。

薄闇が迫った篝火の明りの中で、しっかりとした造りと宗次には見えた。

その三棟の内の真中の小屋の窓から明りが漏れている。

「浮世絵師宗次とやら。其方《そなた》なかなかの人気のようじゃな」

了兼が嗄れ声で言った。

「まだ駈け出しの下町絵師でございますよ。今後いろいろと御教え下さいやし」

「どうじゃ。投げ出さぬか」

「投げ出す？」

「扇姫様を描く自信がなくなった、と投げ出さぬかと訊いておる」

「途中で投げ出すなんてこたあ……」

「あとは筆頭表絵師の私が引き受けよう。私は人物画を得意としておってな。とりわけ女性《にょしょう》を描くことについては絶対の自信があるのじゃ」

「それは私《あっし》に手を引け、と言う意味でござんすね」

「その方、姫様に狼藉《ろうぜき》を働いたであろう。庭で警護に当たっていた侍衆が見ておる」

「とんでもございません。それは見間違いと言うものでございましょう。姫様の耳元で立ち姿の拵えについて細かく囁くようなことは致しやしたが、狼藉などは……」

「ふん。ふてぶてしい奴。その方が無理矢理姫様を……」

「およしなせえまし。うかつな事を言いやすと、筆頭表絵師様の首が飛びかねませんぜ」

「き、貴様……」

「心配しているんでござんす。あなた様のことを……」

「ま、いい。要するに、投げ出す気は毛頭ないのだな」

「へい」

「二十両でどうじゃ。私にとっては精一杯の妥協じゃ」

「おことわり致しやす」

「そうか……なら馬具小屋でひとり淋しく夕餉をとれ。あの真中の小屋じゃ」

馬具小屋を顎の先で示した了兼は、そう言い置いて足早に立ち去った。

宗次はその馬具小屋の引き戸を引いた。

重い引き戸であったが、さすがに城内の建物だけあって手入れ良く、滑らかにすべった。

宗次は小さく苦笑した。入った土間の三方は棚になっていて幾種類もの色・形がある鞍や、力革《ちからがわ》、鐙《あぶみ》、大滑《おおなめ》、鞍褥《あんじょく》、手綱《たづな》などがきちんと並んでいた。

かすかに馬肌の匂いがする。

土間の奥は大行灯の他は何もない六畳ほどの板の間で、大行灯の明りそばに小膳がポツンと置き忘れられたようにあった。

座布団は無い。春の日が落ちて板の間はそれなりに冷えているであろうに。

宗次は開いていた格子窓をそのまま、小膳の前に正座をした。食事のとき宗次は決して胡座《あぐら》を組まない。八軒長屋の屋根葺《ふき》職人久平の女房チヨから食事を差し入れられた時の宗次の正座の姿勢は特に美しい。

それがチヨに対する宗次の感謝の表れだった。

いま小膳の上にのっているのは麦飯、味噌汁、目刺しの焼いたの三匹、玉子焼き少々、それに茶だけだった。酒は付いていない。

宗次は一つ一つの匂いを嗅ぐと、次に味噌汁に指先を軽く触れて舌の上に持っていった。

（大丈夫だな……）

頷いて宗次は、飯、目刺し、玉子焼き、の少量を次々と噛んでゆき、飲み込まずに汁椀の蓋の裏に戻した。そして最後に舌の先で茶を……。

暫く宗次は間もなく生じるかも知れない〝舌の変化〟に全神経を集中させた。

だが、何事も起こらなかった。

（ま、毒殺という手段を私に対し、どの権力筋かが極秘裏に用いたとしても、つまるところ若年寄支配の御膳奉行、御賄頭《おまかないがしら》を巻き込んだ大騒ぎとなろうから、そのような馬鹿はすまい……）

そう思う宗次の脳裏に、宮将軍招聘《しょうへい》を画策する大老酒井忠清五十五歳と、扇姫を可愛がっているという老中堀田正俊四十五歳の名が、浮かんで消えた。

奥絵師、表絵師は若年寄支配下にあるとは言っても、大老は老中首座から上がる権力統括の最高位であるだけに、奥絵師、表絵師に対するその支配的影響は避けられない。

宗次が食事を始めると、開いている格子窓から桜の花びらが一片、フワリと舞い込んできた。

その一片の花びらと重なるようにして、不満を漲らせた表絵師濱山了兼の顔が宗次の目の奥に甦っていた。

（扇姫を描き始めた第一日目に〝投げ出せ〟と不満をぶっつけてきたという事は、余程の覚悟があっての事だなあ……）

妬《ねた》み嫉《そね》みを剝《む》き出しにした卑《いや》しい顔つきだった、と不快を新たにする宗次だった。

奥絵師は本丸の大奥に御絵師部屋があって、御小納戸には御絵掛二人前後、御絵番坊主十人前後が交替で詰め、奥絵師への諸事御用を務めている。

表絵師濱山了兼の地位は、この奥絵師の足元にも及ばぬほど低いと言えた。

ただ、まれにだが大藩の御抱え絵師として出世する者もある、と宗次は耳にしたことがある。

食事を済ませた宗次は緑茶で口を清めると、することもないので春冷えの板の間に静かに横になった。

窓の外で小鳥が心細そうに鳴いている。なんの鳥であろうか。

(今年は桜の散り様が少し早いな……)

目の前からなかなか消えぬ了兼の顔を追い払おうとして、宗次は胸の中で呟いた。

行灯がジジッと小さな音を立て、明りが揺れた。

静かであった。寝ている体が引き込まれそうな程の静けさだ、と宗次は思った。

やがて訪れた眠気が、宗次を心地よくしていった。

(ままよ……眠るか)

と、宗次は全身から〝気〟を抜いていった。

また行灯がジジッと鳴る。

小鳥のか細い囀《さえず》りがやや賑やかになったが、宗次は一層のこと眠気に甘《あま》えていった。

やわらかな闇が宗次をゆったりと包んでいく。

どれほど眠ったであろうか。

宗次は覚醒した。非常によく眠った、という感じがあった。

大蠟燭を用いた行灯は、まだ明りを点していた。

しかし……小鳥の囀りは静まっていた。

宗次は布団の上に体を起こして、耳を研《と》ぎ澄ました。小鳥の囀りとは似ても似つかぬ気配が近付きつつあるのを、宗次は感じた。

一つの気配ではなかった。

宗次は立ち上がって行灯を手に土間に下りると、(何ぞ武器になるものは……)と馬具が並ぶ棚を見て回った。

「ほう……」

予想だにしていなかった思いがけないものが宗次の目にとまった。

なんと、大小刀である。しかも見覚えがあった。美しい若侍の身形で八軒長屋を訪れた扇姫が所持していた、白柄黒鞘だ。

(扇姫は私がこのような事態に追い込まれると読んで、ここへ白柄黒鞘を隠しなされたか……さすが念流の剣客)

宗次は有難いと思うよりも感心しつつ、大小刀を腰帯に通し、行灯を板の間に戻した。

近付きつつあった気配が、申し合わせたように消えた。

(忍びではないな……)と宗次は思った。

忍びにしては近付き様《よう》が大胆であり過ぎる。私に気付かれるかも知れないことを、全く恐れていない、と宗次は感じたのだ。

つまり腕に覚えのある連中である、ということだ。

再び気配が動きを起こした。いよいよ引き戸――表戸――に迫ってくるのを捉えて、宗次は己れも引き戸に近付いた。

自分の動きも相手に捉えられているであろうことは覚悟の上だ。

宗次は左脚を引いて軽く腰を下げ、鯉口を切った。

途端、バリッと音を発して表戸が左上から右下にかけて斬り裂かれ、刃が行灯の明りを吸って躍り込んできた。

　同時に宗次は凄まじい速さで抜刀していた。下へ向けて激しく躍り込んできた敵の切っ先を〝扇姫刀〟の峰で更に下へ叩き下げるや、掬《すく》い上げるようにして引き戸を裂き割った。

「ぐうっ」と鈍い悲鳴が生じて敵の切っ先が引き退がり、それを追うようにして形を失った表戸が外側へ倒れる。

　胸から下顎にかけてを深々と断ち割られた侍が、下半身を表戸の下敷きとして悶絶していた。

　まだ一滴の血も飛び散っていない。

　そうと判る程の皓皓《こうこう》たる月明りであった。その月明りを更に篝火が助けている。

　宗次は倒れた表戸を踏み鳴らして外に出ると夜空を仰いだ。間近に迫っていた幾つもの殺気が一斉にザザッと音立てて退《さ》がる。

「いつの間に出たのか美しい月じゃねえか。だというのに不粋な野郎どもだ……」

呟きながら扇姫刀を静かに月下に翳《かざ》し見る宗次であった。役者絵にもなりそうな、その瞬間の宗次の立ち姿をもし感情豊かな扇姫が近くで見ていたなら、それこそ体を震わせてわが胸を抱きしめた事だろう。

しかし、ここは今、歌舞伎芝居の舞台ではなかった。修羅を迎えようとする場であった。

扇姫刀の鍔元から切っ先まで刃毀《こぼ》れ一つ無いことを確かめた宗次は、「まだやるかえ……」と弧《こ》を描く侍どもへ一歩、歩を進めた。

弧がまたしてもザッと地面をすり鳴らして、広がった。

表戸の下で悶絶が鎮まり、ようやく笛が鳴るような音がして血飛沫が噴き上がった。

「なんたる名刀……」

呟いて宗次はまた扇姫刀を眺めた。

「殺《や》れっ」

はじめて侍の一人が言葉を発した。巨漢だ。

侍どもが描く弧がゆるやかに縮まり出した。

月下のその顔はいずれも三十前後かと思われた。仲間を一瞬の内に倒されたというのに、侍どもの表情には恐れも気遅れもない。

誰もが見事に正眼に構えている。

「殺れ……急がねばならん」

巨漢の侍が正眼の構えを微塵《みじん》も崩さずに、また言った。それこそ、はち切れそうな気迫を全身に漲らせている。

宗次はその巨漢に向け、すすっと足を運んだ。

相手は退がらなかった。受けて立つ睨み返すような顔つきだ。侍どもの一番上に立つ身分なのであろうか。

(確かにどの侍も相当な手練……)

宗次はそう読んで、自分もかなり傷つくであろう、と覚悟した。

左脚をやや深目に引いた宗次は扇姫刀を目の高さで、切っ先を右上として斜めに身構えた。なんと右手片手だけで。

更に驚きは左手で腰の小刀の鯉口を切ったことだ。

その構えを真正面にした巨漢侍が、表情に小さくない驚きを見せて、思わずか半歩を退がった。

「揚真流……双ツ竜その一、二転《にてん》の構え」

別の侍が呟いた。

「ほほう、ご存知でやしたか。となると、相当な修練を積《つ》まれたお歴歴ですねい……こいつあ厄介《やっかい》な」

宗次は言葉を返しつつ、「双ツ竜その一、二転の構え」を解き小刀の鯉口を戻した。

それを読んでいたのか巨漢侍が、その巨体に似ぬ速さで、宗次に打ち込む。まさに、いきなりであった。いや、いきなりという形容を超える閃光のような打ち込みだった。

宗次の左横面で扇姫刀が、それを受けた。

また受けた、また受けた。

猛烈きわまる連打であった。しかも横面、首、横面、首と高さを変え稲妻のごとく斬り込んでくる。

ガツン、チンッと鋼《はがね》と鋼がぶつかり合って月下に大粒の火花が散った。

攻め切れぬ、と悟ってか巨漢侍が、ふわりと鮮やかに退がる。その肩の上で、桜の花びらが小雪のように舞った。

宗次は追わずに、下段の構えを取った。

ほとんど直立、役者絵の如し。

「貴様、矢張りただの絵師ではないな」

巨漢侍が息ひとつ乱すことなく言った。

「矢張り……とは？」

「…………」

「もしやお歴歴は、わが貧乏長屋を襲いやがった野郎どもかえ」

「侍だな、貴様」

「私《あっし》は下町の絵師でござんす」

「町絵師ごときに揚真流は熟《こな》せぬ。とくに双ツ竜・二転の構え、などはな」

「さあ、それはどうでござんしょ」

宗次が言葉を返した瞬間、左端の侍が散り降る花びらのなか眦を吊り上げ滑るように宗次に迫った。月下のその形相《ぎょうそう》に、宗次は気押された。

「むんっ」

胆《はら》から発する敵のはじめての重い気合が宗次の頬を打った。宗次の喉元を狙って〝暗殺剣〟が矢のように伸びる。ぐぅーんと伸びる。

直立構えだった宗次が、くるりと体を右へ回し辛うじて避けると、暗殺剣は吸いつくように宗次の動きを追って、左脚へ抉《えぐ》るように襲いかかった。離れない。たまらず宗次は、地を蹴って後方へ飛翔した。それは宗次が滅多に見せることのない〝逃げ〟であった。

逃げなければ、大腿部は深深と抉られていた。

（す、すごい切り返しだ……）

宗次は尋常でない刃の速さに戦慄するよりも感嘆した。さすが将軍の居城、恐ろしいほど手練《しゅれん》の速さを会得《えとく》した侍がいる、と思った。忍びの速さではない。侍である。

宗次は再び下段に構えた。

と、その表情が微かにだが「ん？」となった。対峙する切り返しの凄かった侍の顔に、明らかに怯えがあった。

（はて？……）と宗次は胸の内で小首を傾げたが、実は目の前の〝切り返し侍〟こそ、いま暗殺陣を張っている中で最強の武《ぶ》の者《もの》であった。その奴の必殺の切り返しを、〝逃げ〟業とは言え宗次は、ほとんど危な気なく躱《かわ》したのだ。

（か、かわされた。一度として敗れたことのない俺の切り返しが……）

そうなのだ。最強侍はそう思って、背筋を思わず寒くさせたのだった。

それが、しかし逆に侍の気力を激情へと走らせた。

彼は地を蹴って、それこそ雷光と化した。

宗次は退がらず受けた。

暗殺剣が宗次の左手首、右手首と打ち狙い、扇姫刀が弾き返す。

返された暗殺剣が宗次の面、肩、胴と矢継ぎ早に変幻自在に攻める攻める。

宗次は一歩も退かない。しなやかに上体を揺らし、扇姫刀が凶刃を受ける、また受ける。

バチンッ、ギンッと月下に響く、鋼と鋼の相当な激突音。

夜気を巻き上げて飛び散り舞い上がる火花は、月下を桜の花片《はなびら》と共に遠く高く星のように流れた。

「死ねっ」

侍がわざと空《くう》を切って下げおろした光のような袈裟斬りを、ひと呼吸の間も置かず、宗次の股間で刃を返し、斬り上げた。

ブンという恐ろしい程の風切り音。地にあった花びらが浮き乱れた。

次の瞬間、宗次の扇姫刀は相手の右肩を、ひねり上げるような抉《えぐ》り業《わざ》で割っていた。

体から離された侍の右腕が、刀を振り回しながら巨漢侍の後ろまで飛んでゆく。

右腕をなくしたというのに、侍はまだ気付かない。必死の形相で宗次に斬りかかる様《さま》を見せている。わが手にまだ刀あり、の積もりなのだ。

「哀れなり……御免」

宗次は相手を思って、その左胸へ扇姫刀の切っ先を打ち込んだ。

左腕を上にあげ、虚空を摑むような様を見せた侍は、歯をギリギリと嚙み鳴らすと、後ろへ倒れた。怯えたように花びらを月夜に散らす桜の木立。

暗殺陣は茫然となって動きを止めた。

いや、動けなかったのだ。

切り返し侍と宗次の攻守、とくに宗次の「受け」と「攻め」が、彼らには全く見えていなかったのである。

つまり一瞬の内に勝敗が決まった〝長い勝負〟であった。

「もう止《よ》しねえ。大老酒井様の秘命であろうと、奥絵師御一同の差し金であろうと、私《あつし》には関心ござんせん。町人絵師宗次にとっちゃあ、面倒臭えんでござんすよ。こんな無様な斬った張ったってえのは」

「…………」

「それでもまだ向かってきなさるんなら、この町人絵師、次は本気を出しやすぜ」

「…………」

「私《あつし》も斬られるだろうが、あんた方《がた》も一人として生かしちゃあおかねえ。家に戻りゃあ妻もあり可愛い子もいなさるんじゃあねえんですかい。武士の意地よりも家族が大事《でえじ》だ。さ、刀を納めなせえ」

「扇姫様の姿絵を描き終えたなら、大人しく下城すると約束できるか」

巨漢侍が刀を鞘に戻しながら顔を歪め、一歩前に進み出た。

「私《あっし》に関心あるのは絵を描く事だけでござんす。難しくややこしい政治《まつりごと》なんぞには興味ござんせん、美しいがじゃじゃ馬な扇姫様に対してもよこしまな関心興味は針の先ほどもござんせん」

「誠か」

「約束致しやしょう」

「判った」

巨漢侍が仲間の者に対し頷きを見せると、数本の刀は一斉《いっせい》に鞘に納まった。

宗次は油断なく血刀を下げたまま、犠牲者二人を抱え去る暗殺者達の後ろ姿が月下の彼方に消えるまで見送った。

「全く面倒臭え……不快極まるぜ」

呟いて馬具小屋へ戻ろうとした宗次は、左脚に鋭い痛みを感じて「うっ」となった。

篝火に近付いて痛みを感じた部分を見てみると、なんと着物の左膝の上あたりが、二寸ばかり横に切り裂かれている。

宗次は着物の裾をめくり上げた。

皮膚が浅くではあったが斬られ、血が流れ出していた。

あの切り返し侍の切っ先は、宗次の左脚に届いていたのだ。

(危なかったな……それにしても凄い切り返しだった)

そう思いつつも宗次は、倒した二人の刺客の冥福を祈らずにはおれなかった。

誰かの秘命を受けての行動であったにしろ、絶命した二人には三十前後に見えるその年齢《とし》から、妻も子もいた筈である。

「つまらねえ……武家の社会というのはよ」

首を小さく横に振って、宗次は馬具小屋に戻った。

棚の端に汚れた何枚かの手拭いがあったので、それで扇姫刀の血脂を丹念に拭い清め、行灯の明りに刃を近付けた。

あれほど激烈な〝受け〟と〝攻め〟をやってのけた刃であるというのに、小さな刃毀れが鍔近くの二か所にあるだけだった。

「とんでもねえ名刀だが、この刃毀れを見た姫様はあれこれとまた、うるさい事だろうぜ」

そう思いつつ宗次は扇姫刀を鞘に戻した。

十

その後、何事も起こらぬまま宗次の絵仕事は順調に捗《はかど》った。

その間、扇姫はすこぶる上機嫌だった。

「寝間や夕の膳は、きちんと整っていたかえ宗次」

扇姫が心配そうに訊ねたのは馬具小屋での騒動があった翌朝の一度だけである。

「へい。充分以上に満足させて戴きやした」

宗次が騒動を打ち明けることなく、そう応じると扇姫は安堵したのか、次の日から同じことを訊くことはなかった。

二人の間に筆頭表絵師の濱山了兼が割って入ることもなく、権力奥の院が表に現われて口を挟むこともなかった。庭向こうの監視の目は消え、扇姫の護衛番士である諏訪高信さえも何故か姿を見せない。

実に穏やかな春の日が続いた。

宗次と扇姫のまわりで諸用をつとめるのは、幾人もの若い腰元たちだけだった。

(へん、城中の御偉方達《おえらがた》にゃあ、馬具小屋で目的が果たせなかった事が、余程に衝撃だったのかねえ。全く、しゃらくせえ)

宗次は、そう思って胆《はら》の内で笑った。

絵仕事をはじめて十二日目の朝四ツ半頃、扇姫の絵姿は色の微調整をも終え出来上がった。この日あたりから、桜の花びらは散る勢いを増し始めた。

「さ、ご自身の姿絵を姫様ご覧なせえ」

「見てもよいのか」

「出来上がりやした。ここへ来て、さ、見てみなせえ」

「うん」

立ち姿を見事に演じ続けてきたその位置から、扇姫はいそいそと宗次のそばにやってきた。

「おお、綺麗じゃ。見事じゃ宗次」

「扇姫様がお美しいから、絵の出来栄《ば》えもなかなかの物に出来上がるんでござんすよ」

「妾《わらわ》ではないようじゃ。本当に綺麗じゃ」

「何をおっしゃるんで。これはまぎれもなく姫様のお姿でござんすよ。さすが念流を極めていなさる扇姫様。三日目あたりから立ち姿に微塵のぶれも無くなりやした。ご立派でござんしたよ」

「絵師が宗次じゃったから立ち続けられたのじゃ。妾は宗次の顔を見続けておった。絵筆を手にした時の宗次は、さすがに針の先ほどのスキも無いのう」

「城中に於ける私《あつし》の用は、ここ迄でござんす。大事なやり残し仕事を幾つも抱えておりやすんで、今日のところは、これでお解き放ちさせて戴きやしょう」

「なに、城下がりをするというのか」

「へい」

「駄目じゃ駄目じゃ。扇と一緒にこの絵を上様……父上の前まで持って行って貰うぞ」

「冗談じゃござんせん。私《あつし》は一介の町絵師。お目見えの身分でない者が、上様の御前《おんまえ》に進み出る事など出来やせん。また、してはいけやせん」

「しかし父上は、宗次に是非とも会いたいと申されておるのじゃ」

「恐れながらご辞退させて戴きやす。私《あっし》が上様の御前《おんまえ》に進み出れば騒ぎとなりかねやせん。それは姫様のためにもなりやせん。やってはいけねえ事でござんす」

「宗次……その方……」

宗次を見つめる扇姫のまなざしが鋭くなった。剣士のまなざしだった。

「それが浮世絵師宗次の着方《きかた》かと気にもならなかったが、着物の右と左が逆合わせじゃな。立ってみよ宗次。これは将軍家の姫としての命令ぞ」

宗次は、仕方がないか、という顔つきになると、言われるままに立ち上がった。

扇姫の白い手が、宗次の着物の前を軽く開いた。

着物の膝上のあたりが二寸ばかり切られているのを、念流の心得ある扇姫が見逃す筈がない。

姫の美しい顔が、今にも泣き出しそうになった。

宗次は静かに座って小声で告げた。

「そ知らぬ振りをしていなせえ姫」

「痛むのか」と、姫も小声になった。

「なあに、引っ掻き傷程度でさあ」

「いや、痛むのであろう。それに耐えてずっと姫を描いてくれていたのじゃな」

「私《あっし》は姫の兄でありやすからね。そのくれえの事は」

「扇は宗次が好きじゃや。本当に心から好きじゃや。宗次から片時も離れとうない」

扇姫は目に涙を浮かべたが、直ぐにキッと厳しい目つきとなって腰元達が控える広縁へ顔を向けた。

「綾乃《あやの》これへ」

「はい」

若い腰元達の中では最年長と思える、如何《いか》にもしっかりとした印象の腰元が、座敷内へ二、三歩入ったところで正座をした。

「そなたに隠し置きを命じた妾の大小刀を、急ぎ馬具小屋から取って参れ」

「承知いたしました」

命じられて綾乃という腰元は座敷から出ていった。

宗次に視線を戻した扇姫がまた小声となった。

「傷薬を奥医師に持ってこさせよう。いや、奥医師に診て貰っておくれ。それでないと姫は心が安まらぬ」

「そのような事をすれば、私《あつし》が傷ついた体であることが一気に城中に広まりやしょう。そうなると、城下がりして忍び御門を出るか出ぬ内に、多数の刃が襲いかかってくるに違いありやせん」

「卑劣な奴らめ。姫は許さんぞ。そなたに手を出したのは、きっと扇を邪魔とする大老酒井の手の者に相違ないわ」

「証拠も無いのに決めつけるのは、かえって危のうござんす。腹立ちまぎれに誰《だれ》彼《かれ》を睨みつける事は、してはなりやせん。姫様の立場が一層のこと、まずくなりやす」

「そうじゃな、判った」

頷いた扇姫はまた広縁へ顔を向けると、

「類《るい》これへ」と声を掛けた。

あどけない顔つきの腰元の返事があって、先程の綾乃の位置まで進み出た。

扇姫は澄んだよく通る声で命じた。

「老中堀田正俊に伝えて参れ。扇の姿絵が出来上がったゆえ、これより上様にお見せしたいが御体調いかがか、とな」

「承知いたしました」

類が平伏して座敷から出て行った。

宗次は訊ねた。

「扇姫様お付きの御女中は、幕閣首脳の方方へは容易に近付けるのでござんすか」

「扇の命を受けた用であれば相手が誰であろうと近付けるようになっておる」

「護衛番士の諏訪高信様も？」

「無論じゃ。それに高信は、お目見えの身分であるから将軍にも目通りは出来る。尤も、うるさい権力層が将軍の手前に、幾重《いくえ》にも立ち塞がってはおるがな」

「まこと幕府の職制とは、うるさく面倒なところでござんすね」

「そうじゃな……その通りじゃ」

と、扇姫が頷いた所へ、腰元綾乃が扇姫の大小刀を収めた細長い朱塗りの箱を手にして戻ってきた。側面に将軍家葵《あおい》の御紋が黄金色《こがねいろ》に彫《ほ》られている。如何に将軍家姫君の大小刀とは言え、この箱に収めぬ事には、殿中は持ち歩き出来ない。

綾乃が朱塗りの箱を扇姫の前に置くと、姫は優しい口調で言った。

「ご苦労じゃった。下がって障子を閉めておくれ」

「はい」

「妾《わらわ》が許す迄は誰も此処へ入れてはならぬ。あ、類だけは入れておやり。いま、老中堀田の所へ用を命じたのじゃ」

「心得ましてございます」

綾乃が広縁に退がり、扇姫は朱塗りの箱から大刀を取り出して鞘を払った。

刃を眺める扇姫の目つきは、すでに美しい女の目ではなかった。念流を極めた剣士の目になっていた。

刃毀れを認めたのであろう、形のいい扇姫の唇の間から小さな溜息が漏れた。

「一体幾人が襲いかかったのじゃ宗次」

「過ぎた事でござんす。姿絵もうまく出来上がりやした。騒ぎにしないでおくんなさいまし」

「すまぬな宗次。妾がそなたに姿絵を頼んだばかりに、そなたを汚れた権力の蠢《うごめ》きの中へ巻き込んでしまったようじゃの。許しておくれ」

「許すも許さぬも、この宗次は姫様の兄者になることを約束いたしやした。私《あつし》のことは何の心配もいりやせん」

「じゃが宗次……」

と、扇姫が悲し気に宗次の手を取ろうとしたとき障子の外で、老中堀田正俊の元から戻ってきた腰元類の声がした。

明るくはない声であった。

十一

矢張り宗次の、健康すぐれぬ上様への目通りは許されなかった。扇姫は類に続いて綾乃を老中堀田の元へやったが、結果は同じであった。

ただ「そのかわりに……」と、宗次が越後高田へ嫁ぐ扇姫を忍び御門前で見送ることは許され、加えて、御門前直《す》ぐから濠を渡っているまだ新しい橋——無名の橋——に宗次が命名することも許された。これは異例中の異例と言えた。

その無名の橋を渡って宗次は、雲の上の淀《よど》んだ世界から明るく活気に満ちた現実の社会へ引き返した。

橋を渡り終えた宗次は、桜の巨木に抱かれているように見える小振りな忍び御門を振り返って思わず溜息を吐いた。扇姫のすすり泣きが聞こえてくるようであった。

宗次は貧乏長屋——八軒長屋——へ足を向けた。

扇姫のことを考えると、重い気分だった。何処かで一杯やりたかったが、お日様はまだ頭の上にあって青々として明る過ぎる空だ。

扇姫の姿絵に対し公儀は三百両を宗次に支払おうとしたが、宗次は「姫様を描かせて戴きやした事が描き料でござんす」と受け取らず、城を後にした。

八軒長屋近くまで戻ってきた宗次は、見誤ることのない後ろ姿の女性《ひと》を、少し先に認めた。

すれ違う商人風や旗本風が、相好《そうごう》を崩してその女性《ひと》に声を掛け、あるいは振り向き立ち止まったりしている。

この江戸にあって小野小町か楊貴妃《ようきひ》（唐の第六代皇帝玄宗の妃）か、はたまた天女《てんにょ》の生まれかわりか、と江戸の男どもから囁かれている絶世の美女、高級料理茶屋「夢座敷」の女将幸であった。

宗次は足を速めて、幸との間を詰めた。

「お幸……」

宗次に声を掛けられて振り向いた幸は、いとしい男《ひと》に呼び止められたと判っている者の表情だった。目を涼しく細め、品よくしかし名状し難い妖しさを見せて微笑んでいる。

「いま、八軒長屋をお訪ねしたのですよ」

「そうか……何ぞ用かえ」

二人は肩を並べて歩き出した。

「お前様、今日は私《わたくし》と一緒に光命寺《こうみようじ》へ行って下さいまし」

「光命寺と言やあ、お幸の亡くなった御亭主の……そうか、今日は祥月《しようつき》命日だったな」

「あい」

「判った。付き合おうか。けど、御亭主の墓参りに声を掛けてくれるのは初めてだな。何ぞあるのかい」

「ええ。でも墓前に着く迄は、待って下さいまし」

「ほう、何だか気になるねえ」

肩を並べて、と言うよりは幸が宗次に寄り添うようにして歩く様に気付いた往《ゆ》き交う男どもが、「えっ……」というような顔つきで立ち止まり茫然の態で目で追う。

「あら女将さん、今日は宗次先生とどちらへ？……いいなあ」

さらりと声を掛け腰を折って行き過ぎるのは、好いて好かれた二人の仲を承知している茶屋小料理屋に出入りの玄人《くろうと》の女達（芸妓）だった（間もなく、この玄人の女達が「芸者」と呼ばれる時代が訪れることになる）。

幸は美しい笑みを返すだけで、言葉では答えない。

光命寺は八軒長屋からは近かった。大身旗本澁澤《しぶさわ》家と、鉄砲組小屋敷が建ち並ぶ間の見返り坂を上がり切って、小さな千弦神社《せんげんじんじゃ》の前を右へ折れると、その先に光命寺の立派な山門が見える。

「お幸の御亭主は、まれに見る美しい恋女房を残しては、とても死に切れなかっただろうなあ」

「でも、身を切られるようなその淋しさを素敵《すてき》なお前様が支えて下さっています」

「私《あつし》のような者がお幸のそばにいて、安心してくれているかねえ御亭主は」

「そのような言い方は、お前様らしくありませぬ。この幸が誰よりも誰よりも大事な御人《おひと》と思えば、亡くなった夫は安心致しておりましょう」

「それならいいのだがね」

「あい、お前様」

幸は宗次の手に雪のように白い自分の手をそっと絡ませて、光命寺の山門を潜った。

本堂の手前を左へ行くと細長い庫裏《くり》の建物に突き当たる。

その庫裏の右側に沿うかたちで真っ直ぐに延びる白玉石を敷き詰めた道を東へ

向かうと広い墓地であった。

幸の亭主の墓は、墓地へ入って直ぐの所にあった。

宗次がはじめて見るそれは、質素な墓であった。高級料理茶屋「夢座敷」の創業者らしくない質素さだ。

その質素さに、幸の何事につけても奥ゆかしい人柄が表れている、と宗次は思った。

その墓前で幸は「お前様……」と、宗次の手を強く握った。

「どうしたね」

「お前様は夫の墓に手を合わせる私《わたくし》の後ろに立って、私《わたくし》が夫に語りかけることを黙って聞いていて下さいまし」

「そうしろってんなら、そうするが」

「あい。そうしてくんなまし」

幸は御色言葉《おいろことば》でやわらかく言って微笑むと、夫の墓に向き合って腰を下ろし手を合わせた。

「あなた、私《わたくし》はいつものように、この通り元気ですからご安心下さい。今日は私《わたくし》の大切な御人《おひと》、浮世絵師の宗次先生と一緒に参りました。いつでしたか私《わたくし》は、あなたに正直に打ち明けましたね。私《わたくし》は宗次先生と必ず仕合わせになりますから安心して下さいって。それから今日は御許しを戴きたい事があります。あなたは今際《いまわ》の際に現世に一人とり残される私《わたくし》の身を心配し、油断なきしっかり者に見せるため年齢《とし》を三十過ぎに偽るように、と申されました。でも、それは今日までにさせて下さい。私《わたくし》を命を賭けて護って下さる御人には偽りの年齢《とし》のままではいたくありません。宜しいですね、あなた」

今日この瞬間に、夫との思い出の全てを断ち切ろうとでもするかのように、幸の両の目から大粒の涙がこぼれ落ちた。

幸は静かに立ち上がり、宗次に向き直った。

「お前様……」

「お幸、いいんだ。お前の年齢《とし》がたとえ五歳であろうと百歳であろうと」

「いいえ、お前様。私《わたくし》は私《わたくし》の全てについて、お前様には正直でいたいのです。正直な私《わたくし》をこれからも大事にして下さいまし」

「お幸……判った……うん」

「私《わたくし》の年齢《とし》は二十三。十七歳で夫の元へ嫁ぎ、目黒村の大庄屋である父の力強い援助もございましたけれど、一生懸命に夢座敷を育ててきました」

「年齢《とし》以外の事についちゃあ、先刻承知だあな。いや、年齢《とし》についても三十過ぎである訳がねえ、とは思っていた……なにしろ、その若さ、その美しさだ」

「お前様、偽ってきたこと、ご免なさい」

「いいってことよ」

幸は宗次の胸に倒れかかるように顔を埋めた。

宗次は幸の背をさすってやりながら墓に向かって、しんみりとした口調で告げた。

「御亭主。お幸はこの宗次がしっかりと預かりやした。世の諸悪に指一本触れさせるもんじゃござんせん。命を賭けてこの宗次がお幸の全てを護りやす。安心しておくんなさい」

幸は温かな宗次の胸の中で、小さく啜《すす》り泣いた。夫が病没してからは、油断しないように油断しないように、と緊張の連続だった。それこそ夢中で「夢座敷」を支えてきた。心細くて世の中が怖くて、幾度となく「夢座敷」を手放しかけた。

それを許さなかったのが、幸のまれに見る美しさであり、清楚この上もない人柄だった。

江戸の男どもは、幸にひかれ「夢座敷」を応援し続けた。職人も商人も侍達も。加えて、寺院の僧侶達までが。

そして「夢座敷」の素晴らしい現在《いま》がある。

「お幸……」

「あい」と幸は宗次の胸から離れて目を合わせた。

「私《あつし》は今少し御亭主の墓と向き合っていてえ。お幸は店へ戻りな」

「私《わたくし》もお前様と一緒に此処にいさせて下さい」

「男と男。御亭主と二人だけになりてえんだ。言うようにしてくんな」

「男と男？」

「そうよ。男と男だぁな」

「判りました。では、お店に戻ります」

「それからな、お幸。私《あつし》は今ややこしい大きな問題を背負っちまっている。暫く会えねえかも知れねえが、心配しねえで待っていてくんない」

「危ないこと?」

「危なくない、とは言い切れねえ。だから当分の間は八軒長屋に近付くのも止すんだ。とばっちりを食らっちゃあ、いけねえから」

「あい。ではそのように致します。くれぐれも動きに慎重であって下さいまし」

「心得ているよ」

宗次が剣を取っては並の腕前でないことを充分以上に承知している幸であったが、それでも不安そうな表情を見せて、墓地から出ていった。

宗次は、幸の亭主の墓前に腰を下げた。

手を合わせるかわりに、墓石をじっと眺めた。左右に並ぶ墓石に比べると、うんと小さかった。

実に長い間、宗次は幸の亭主の墓石を眺め続けた。

どれ程が経ったであろうか。宗次は立ち上がりながら呟いた。

「安心しなせえ。心配いりやせん」

そこで宗次は、ようやく手を合わせ、頭《こうべ》を下げるのだった。

十二

八軒長屋へ戻った宗次が水屋から酒が入った大徳利とぐい呑み盃を取り出し、城中仕事の疲れをとるため「さあて、久し振りに昼酒でも呑むか」と思ったところへ、「入るぞ」と声があって表戸が開き、扇姫の護衛番組頭諏訪左衛門高信が肩衣半袴のきちんとした姿《なり》で土間に入ってきた。

「そ、宗次先生……」

「これは諏訪様。一体どうなさいやした」

宗次は驚いて、口元まで持っていったぐい呑み盃を膝の前に戻した。諏訪高信の顔つきが尋常ではなかったからである。此処まで駈け続けてきたのであろうか、少し髪は乱れ目は相当に血走り、両の肩を大きく波打たせていた。

「宗次先生、私は……私はどうすればいいのだ」

言うなり畳の上に上がり込んだ諏訪高信は大刀を腰の右に置き、両膝の上で握りしめた拳を、わなわなと震わせた。

「何がありやした。諏訪様ほどの御人《おひと》が、どうか落ち着いて下さいやして」

宗次はぐい呑み盃に灘の酒を満たして、諏訪高信に差し出した。

高信はそれを一気に呑み干すと、次は自分で盃に注ぎ、やはり背を反らすようにして胃袋へ流し込んだ。

「宗次先生……」

「へい」

「扇姫様は明日朝早くに、越後高田へ嫁いでいく事になった」

「なんですって……明日の朝とはまた急な」

「大きな力が動いたのだ。病床にあられる上様ではとても抑え込めぬ大きな力が」

「大老酒井様の権力筋でござんすね」

「幕臣である私の口からは、幕閣の誰がどうのと具体的なことは言えぬ」

「何を言っていらっしゃるんですかい。姫様は越後高田へ嫁いでしまうと恐らく二度と江戸へは戻ってこれないかも知れませんぜ。あと二月《ふたつき》や三月《みつき》、上様の身傍《みそば》にとどまることは出来ねえんですかい」

「事態はすでに強い力で動いてしまっている。もう誰にも止められぬ」

「姫様を可愛がって下さっていると聞いておりやす老中堀田正俊様は、力を貸して下さらねえんですかい」

「ご老中堀田様は蟄居《ちっきょ》謹慎を命ぜられなされた」

「なにいっ」

宗次は思わず片膝を立ててしまった。

「老中堀田様に対し誰が蟄居謹慎を命じたのでござんすか」

「私の口からは、大きな力が、としか言えない」

「大老酒井様とそれに与《くみ》する堀田様以外の老中勢力でござんすね。扇姫様を大事とする堀田様に対し上様が蟄居謹慎を命じる筈《はず》がない」

「宗次先生、私は苦しい胸の内を先生に打ち明けたい。私は……不謹慎であるが……私は扇姫様に心を奪われておる。どうしようもないほど奪われておる」

「諏訪様……」と、宗次は新たな驚きに見舞われた。想像だにしていなかった諏訪高信の〝打ち明け〟だった。

「本心ですかい」

「本心じゃ。偽りで言える事ではない」

「諏訪様には妻子がいらっしゃるのではないんですかい」

「おる……おるが姫様を忘れる事が出来ぬ」

「しゃらくせえっ」

「なにっ」

「しゃらくせえ事を言うんじゃありませんや。男一匹、妻子の生涯を守り切れねえで、何《なあに》が〝あの女〟が好き、でござんすか」

「私を見損のうたと言うか」

「おうよ。見損ないましたぜ。それで慌てたんでござんすね。姫様の江戸発ちが明日の朝だと知って」

「本心で姫を想うておるから慌てたのだ。純粋な気持で慕《しと》うておるから動転したのじゃ。それを汚れておると言うのか」

「だから、しゃらくせえ、と言っているんでござんすよ。侍の純粋な想い心というものは、妻や子に向けるものでござんしょ。ケッ、それでも姫様護衛番組頭を任されている練達の剣客ですかい」

「き、貴様。この諏訪高信を愚弄《ぐろう》するか」

それまでの〝宗次先生〟が〝貴様〟に変わって、諏訪高信は腰の右にあった大刀をわし摑みにして立ち上がった。

「私《あっし》を斬って気が済むなら、お斬りなせえ。手向かいは致しやせん」

「私にどうせよと言うのだ。どのようにして今の気持を鎮めよと言うのだ。宗次先生は激しく恋をしたことがないのか」

と〝宗次先生〟が戻った。

「ご自分で解決しなせえ。私《あっし》の出る幕ではありやせんや」

「…………」

「諏訪様の御役目はひたすら姫様を守る事でございやしょう。越後高田まで姫様を守って付いていきなさったら如何でござんすか」

「我ら護衛番組は、嫁ぎの行列には同行の対象とはなっておらぬのだ」

「気持を鎮め、道理を通して護衛同行を権力筋へきちんと申し出れば、いかなる腹黒い権力筋ではあっても、首を横に振る筈はないと思いやす。但し、任務を終えたなら速《すみや》かに江戸へ帰参することを明確な約束事とせねばなりやせん」

「聞き入れてくれるだろうか。そのような申し出……」

「やってみなければ判りやせんでしょうが」

「やってみなければ……か」

諏訪高信は呟いて頷くと、むすっとした顔つきのまま長屋から出ていった。

宗次は水屋から新しいぐい呑み盃を持ってくると、「なんてえ世の中だい……」

と暗く沈んだ表情で酒を呑み出した。

十三

翌朝まだ日が昇らぬ内に、宗次は八軒長屋を出て朝もやの中を忍び御門へ足を向けた。考えてみればこの度の城中仕事には合点のゆかない事が幾つもあった。まず扇姫側からの姿絵描きの依頼が余りにも突然であり、しかも急ぎ仕事であったという点である。

「もしや姫は、もっと早くに越後高田へ行くよう権力筋から強く迫られていたのでは……」

宗次は早朝の春冷えの中を歩き歩きそう思った。つまり、その〝急ぎ嫁ぎ〟を一日でも延ばしたく、窮余の策として浮世絵師宗次起用を考えていたのではあるまいか、と。

その窮余の策を思いついたのは、扇姫自身なのか、側近の諏訪高信たちか、あるいは上様ご自身なのか、そこまではさすがに絞り切れぬ宗次であった。

「おや宗次先生、今日はまた随分とお早いことで」

「おう銀三《ぎんぞう》さんも早いじゃないかえ」

「へい、今日は板橋向こうの仕事なもんで」

「そうかえ。気い付けて頑張りなせえ」

八軒長屋と背中合わせになっている十軒長屋の大工銀三と擦れ違いつつ短い言葉を交わした宗次は、忍び御門に向けた足を少し急がせた。

「昨日《きのう》の今日」という余りにも不自然極まる扇姫の旅立ちだった。扇姫自身も恐らくは知らされていなかったのであろう。知っていたなら昨日の内に宗次に耳打ちした筈である。

「権力……か。全く、しゃらくせえ事をしやがる」

宗次はカリッと歯を噛み鳴らした。実は、宗次は扇姫から姿絵の依頼を受けた時、少し警戒していた。扇姫をではない。幕府重鎮達をである。もしや浮世絵師宗次の背に隠れている徳川一門としての自分の素姓を知られているのではないか、と。

その警戒心は、今も消えてはいなかった。

もし知られているとすれば、権力者達は自分に網をかぶせてくるに違いない、と思った。

濠の向こうの満開の桜並木が、この一両日の朝夕の冷え込みで花の散る勢いが幾分弱まっているらしいのが判った。朝夕の冷え込みが春を取り戻せば、花散る様《さま》は再び勢いを増すと思われる。

忍び御門が朝もやの向こうに見えてきた。門衛の姿はない。

今朝の扇姫の気分はどうであろうか、と思いを巡らして宗次は胸を痛めた。

忍び御門への渡り橋の手前で宗次は足を止め、辺りを見回した。武家屋敷に囲まれるようになっている此処は、人目につき難い。が、おかしな気配は感じなかった。

宗次の腰帯に通されているのは、真新しい長煙管一本。名人甲州屋金三郎には、三本を作って貰っていた。

まさか町人浮世絵師宗次が、長煙管に代えて大小刀を腰に通し扇姫を見送る訳にはいかない。

と、閉じられていた忍び御門の潜り門が内側に開いて、二人の侍が現われた。大小刀を腰にし、六尺棒を手にしている。

その二人の侍の手によって、潜り門は、再び閉じられた。

宗次の位置から二人の侍の表情が見て取れる明るさには、充分になっていた。

ただ、春霞がゆっくりと右手方向から左手方向へ流れていることもあって、時に侍の姿は見え隠れした。

宗次は忍び御門に向かって橋を渡り出した。

中程まで渡ったとき漂っていた春霞が二つに大きく割れて、二人の侍が「おっ」という顔つきで宗次を認めた。

宗次は足を止め、無言のまま丁重に頭を下げた。

侍の一方――三十前後の――が六尺棒を相方に預け、早足で宗次に近付いてきた。

宗次はもう一度頭を下げた。やはり黙っていた。

「ご苦労様です宗次先生。扇姫様は間もなく参られます。先生はこの位置で御待ち戴くようにと、上から指示を受けております」

「判りました。一つお訊きして宜しいでしょうか」

いつものべらんめえ調を抑えた宗次の言葉遣いであった。

「何でしょうか」

と、侍はやや用心深い目つきとなった。

「扇姫様の護衛番士の方方は、このたびの扇姫様の道行《みちゆき》に同行なさいますので？」

「護衛番組頭諏訪左衛門高信様以下十七名、同行なされると聞いておりますが」

「左様でございますか。それを聞いてこの宗次、安心致しました」

「うむ。宗次先生が描きなされた扇姫様の姿絵は、城中で大変な評判のようです。我我のような下位の者には先ず見る機会など訪れないでしょうが」

そう言うと門衛の侍は軽く一礼をして踵を返した。

宗次は橋の欄干《らんかん》を背にして立った。

微塵も体を揺らす事なくそのまま四半刻ばかり立っていると、「先生、間もなくですぞ」と先程の侍が抑え気味の声で告げた。忍び御門の向こうに、その気配を捉えたのであろう。

宗次は頷きを返した。

二人の門衛が軽く両脚を開いて不動の姿勢となる。

やがて……潜り門ではなく正門が微かに軋んで、静かに左右内側へ開けられた。

宗次は橋上で片膝ついて頭《こうべ》を下げた。

宗次の視野の端に、次第に近付いてくる行列の先頭が触れた。

(大手門から嫁がせて貰えず、忍び御門からの旅立ちとは哀れじゃ……扇姫)

そう思い下唇を噛みしめる宗次だった。

先頭の侍は馬上だった。その馬が宗次の前で歩みを止め、馬上の侍が地に立った。身軽い動きであった。

「浮世絵師宗次じゃな」

穏《おだ》やかな声に宗次は顔を上げた。

「老中堀田正俊じゃ」

「これは……」と、宗次は驚きを隠し小さく頭を下げて礼を示した。なんと、蟄居謹慎中である筈の老中堀田正俊が行列の先頭にいたのだ。宗次が驚くのも無理はなかった。

「此度の扇姫様の姿絵、実に見事であった。上様はそなたに会う事を強く望まれたが、それを認める認めないの大きなややこしい壁があってのう。この堀田も老中の一人としての力を出しきれなんだ」

「左様でございましたか……」

「江戸を離れる所まで、私は上様の特命を受け扇姫様を見送って差し上げる事になった。そなたは此処で、姫に温かく声を掛けてやってくれ」

「畏《かしこ》まりましてございまする」

「うむ、いずれまた会う機会もあろう。私が招けば応じてくれるか宗次」

「喜んで……」

「左様か」

老中堀田正俊が馬上の人に戻ると、行列はまた動き出して、老中の後ろ姿が次第に宗次から離れていった。

入れ替わって、扇姫が乗っていると判る駕籠がその前後左右を屈強そうな護衛の侍に囲まれて近付いてくる。

背筋を真っ直ぐにして待つ宗次は、護衛の侍の中に諏訪左衛門高信の姿を認めて、表情を緩めた。

(気性の真っ直ぐな御侍だがよ諏訪様。あんたも向けちゃあならねえ御人《おひと》に恋心を燃やすなんざあ……しゃらくせえ御侍だぜ)

宗次は胸の内で諏訪高信に届けと、呟いた。

駕籠が宗次の前で止まった。迷うことなく止まった。

宗次が高信と目を合わせて頷くと、高信は丁寧に腰を折って応えた。宗次に対する感謝を表そうとでもするかのように。

そして高信は駕籠そばに履物を揃え、姫の手を取るようにして外に出るのを手伝った。

宗次は立ち上がった。

するとどうした事か、行列の全ての者が、姫と宗次に背を向けた。むろん諏訪高信も。

扇姫が宗次に近付いた。目にいっぱい涙を浮かべていた。

二人は囁き合った。

「泣いてはなりませぬ。強くなりなされ。この宗次が必ずお守り致す」

「宗次……その言葉……やはりそなたは侍であったか」

「頼もしい兄が江戸にいると思うて下され。この兄は越後高田まで苦もなく馬を走らせることが出来まする。遠慮なく頼りなされ」

「姫は宗次が好きじゃ。越後高田へなど行きとうない。宗次のそばにいたい。あの長屋にいたい」

「念流の腕が泣きまするぞ」

「宗次……」

扇姫は宗次の手を取ると、自分の胸に強く押し当てた。

「この扇の体は宗次のものじゃ。誰にも触れさせとうない」

「温かな胸じゃ。宗次はこの胸の温かさを忘れませぬぞ。お、そうじゃ。この無名の橋に乳房橋と名付けましょうぞ」

「乳房橋……」

「そうじゃ。扇姫様の橋としてのう。いずれまたこの橋を渡って城へ戻ることもありましょうから」

宗次がそう言ったとき、老中堀田正俊の指示でもあったのか先頭の方で「お発ちっ」の声があった。命令するような調子であった。

「姫……」諏訪高信が促し、行列の皆が体の向きを正しくした。

駕籠に戻る扇姫の目から、大粒の涙がこぼれ落ちた。

第二部

一

午《うま》の刻《こく》・正午近い江戸の空はちぎれ雲一つ無く、果てまで真っ青な広がりだった。

その青さの下に、合掌《がっしょう》する浮世絵師宗次の姿がある。

宗次の前にあるのは人目につかぬほど小さく質素な墓石――目黒《めぐろ》村泰叡山《たいえいざん》近く養安院《ようあんいん》、そこにある多くの剣客から大剣聖と崇《あが》められてきた梁伊対馬守隆房《やないつしまのかみたかふさ》の墓であった。

宗次の養父だ。いや、実の父と言い切ってもいい大剣客である。

長い無言の合掌を済ませた宗次は、青い空を仰《あお》いで一つ大きく息を吸い込んで吐き、腰帯に通した総鋼《はがね》製の長煙管《ながぎせる》を抜き取った。

煙管づくりの名人、神田甲州屋金三郎《かんだこうしゅうやかねさぶろう》の作である。吸い口から三寸ほどのところ、管の上下に何の目的か、目立たぬかたちで小さな突起が付いている。

その長煙管の先に刻み煙草《たばこ》を詰め、それを「父上、どうぞ……」と微笑《ほほえ》みつつ墓石の前に置く宗次であった。火は点けていない。

煙草は戦国時代天文《てんぶん》十二年（一五四三）ポルトガル船の来日によって齎《もたら》されたとされる。はじめは輸入に頼っていた煙草も「魔よけ話」などを信じて吸い始める者が増えるにしたがい、天正《てんしょう》・慶長《けいちょう》の頃に種子が移入されるや一気に栽培が広がった。

当時、徒党を組む不良侍などが、長煙管を腰帯に通して粋《いき》がっていたことを、宗次は学び知っている。

連中が荊組《いばらぐみ》とか皮袴《かわばかま》組などと呼ばれていた事も（歴史的事実）。

四半刻ほどヤマブキの黄色い花に囲まれた父の墓と向き合っていた宗次は、やがて吸い口に刻み煙草が詰まったままの長煙管を腰帯に戻すと、墓石に軽く手を触れてから「また参ります」と短い言葉を残し、その場を離れた。

月に一度、父が亡くなった日に合わせ必ず墓参する宗次である。

養安院を出てささやかな、しかし賑《にぎ》わいのある門前町をゆったりと歩く宗次の表情は、久し振りに明るさを取り戻していた。

この幾日間、江戸城を越後高田《えちごたかだ》藩へ向けて旅立った扇姫《せんひめ》の安否が頭から離れなかった。

その心配を、亡父の墓に打ち明けたことで、心の重さが少しだが取れていた。

「今頃姫は、どの辺りであろうか」

宗次は呟《つぶや》き、養安院の方をちょっと振り向いたが、立ち止まらなかった。

「将軍家の姫君ではあっても、自分の主張が思い通りにならねえとは……げに恐ろしきかな。幕閣の権力……まるで妖怪だぜい」

扇姫が自分の住む貧乏長屋へ訪れた瞬間から、疾風《はやて》の如《ごと》く出現し長屋へ踏み込んできた刺客集団。

「あの襲撃は、用意周到に組み立てられたもの」

宗次は今もそう思っている。つまり扇姫暗殺だ。

この騒動が、幕府内でどの程度深刻に受け止められ、議論の的《まと》になったかは、宗次の与《あずか》り知らぬ事であった。

その騒ぎがあったというのに、兎にも角にも扇姫は越後高田へ向け出発させられている。

旅の途上に於《お》ける頼みの綱は、扇姫護衛番組頭で小野派一刀流《おのはいっとうりゅう》の皆伝者、諏《す》訪左衛門高信《わさえもんたかのぶ》とその配下の番士たち計十七名の存在である。

「しかし……」と、宗次は不安に思った。その不安の証《あかし》となるものが宗次の肉体《からだ》に残っていた。

宗次は右手を左の肩口へ軽くやった。今もまだズキンとした針で刺されたような痛みが走った。実は、扇姫暗殺で八軒長屋の宗次の部屋に突入してきた刺客の内の一人の切っ先が、宗次の肩口を背中側から突いていたのだ。斬ったのではなく、突いていたのである。

宗次ほどの者が、躱《かわ》し切れなかったのだ。

幸い傷口は小さく、深さも半寸に達しない放置しておいてもいい浅手《あさで》であったが、軽く触れる事で生じるズキンとした痛みは今日もまだ消えていない。

「あれは背後から心の臓を突いてきた業《わざ》。右へ体《たい》を躱そうとした私の動きに、刺客の切っ先は正確に迫ってきた……」

間違いなく間一髪《かんいっぱつ》であった、と振り返る宗次だった。

剣の流儀の見当はついていなかった。将軍家お止め流と称されている柳生新陰《やぎゅうしんかげ》流《りゅう》でもなければ小野派一刀流でもなかった、と思っている。

「あの手練《てだれ》集団が八、九名も揃《そろ》えば、姫君の護衛番士たちは果たして太刀打ちできるかどうか……」

姫君をたとえ守り切る事が出来たとしても、恐らく全滅状態に陥《おちい》るのでは……と想像した。

つまり襲撃側が新手《あらて》の第二陣を備えていれば「扇姫は確実に危ない」という事になる。

(一体《いってえ》刺客の背後に隠れている柱は何者なんでえ。扇姫を越後高田藩へ来させまいとする力が藩をあげて動いているのか……それとも姫を一刻も早く江戸から追放しようとする別の黒い力が動いているのか)

宗次は腕組し思いを巡らせながら、美しい扇姫の顔を思い出しつつ歩いた。

(越後高田藩に、私の肩口に切っ先を触れさせるような手練は存在しない……と信じてえが)

宗次は少し歩みを緩《ゆる》め、青い空を見上げ「ふうっ」と小さな息を一つ吐いた。

(が、地方の山深くに、とんでもねえ無名の剣客がいるかも知れねえってのが、剣術の世界だ。油断はならねえ)

そう思いつつ門前町の辻口まで来た宗次は、「あ、宗次先生……」という黄色い声に足を止めた。

辻の南角にある小さな蕎麦屋《そばや》の暖簾《のれん》の間から、小娘のあどけない笑顔が覗いていた。暖簾には「やぶ」の白い染め抜き文字がある。

月に一度養安院に墓参する宗次は、たいてい帰り道「やぶ」へ立ち寄っていた。

あどけない笑顔は「やぶ」の一人娘ケイだ。両親《ふたおや》の仕事をいつも一生懸命に手伝っている。

ケイに笑みを返しつつ宗次の足が「やぶ」に向かうと、あどけない丸顔が暖簾の向こうにサッとひっこんで、「おっかさん、宗次先生が何とか、かんとか……」と甲高《かんだか》い声で告げている。

宗次は暖簾を左右に開いて、「やぶ」の中へ入った。

大層混んでいた。「やぶ」はこの界隈《かいわい》では人気の店なのだ。蒸芋《むしいも》、汁粉《しるこ》、甘酒、目黒飴《あめ》、餅花《もちばな》、御福餅《おふくもち》など色々な店が立ち並ぶ瀧泉寺《りゅうせんじ》(目黒不動尊)の門前町はさすが知られているが、瀧泉寺を参詣した者でも、少し離れている養安院近くの

「やぶ」までわざわざ足を延ばしたりする。

「先生、奥へ……」

顔なじみの店主波造《なみぞう》が、板場の暖簾の端から人の善さそうな笑顔を見せて、顎の先を小さく奥へ向けしゃくって見せた。店は細長い造りで、かなりの広さがある。

宗次は頷《うなず》いて立て込んでいる四台並んだ長床几《ながしょうぎ》——「やぶ」の客は誰もが床几に腰を下ろして蕎麦をたぐる——の間を店の奥へと進んだ。

突き当たりに六畳ほどの板の間があって、ケイが店との間を仕切っている板障子を開け、煎餅《せんべい》座布団を整え、にこにこと待っていた。この板の間は波造ら家族の間《ま》で、普通は客には使わせていない。

だが、いつの間にかケイは、宗次が訪れると自分勝手に板の間へ通すようになっていた。波造も女房のイトも、可愛い一人娘のやることに口をはさむことはない。

それどころか波造もイトも、今や「よ、天下一……」とまで言われるようになっている浮世絵師宗次が大好きなのだ。

ケイが、宗次に甘え絡み付くようにして訊《たず》ねた。目を細めた笑顔が、片頰に笑窪《えくぼ》をこしらえている。

「先生、今日はなに？」

「ケイは、もう昼飯はすませたのかえ」

「ううん、まだ」と、ケイが宗次の膝に両手をのせ首を横に振る。

「何が食べてえんだ。一緒のものをたぐろうや」

「じゃあ、鴨《かも》蕎麦」

「よし、それでいこうか」

「お酒は？」

「ケイと一緒に蕎麦をたぐる時は、酒はいらねえよ」

「うん」と頷いて、ケイはいそいそと板の間から出ていった。

板の間は開けられた左側の雨戸の向こうに一日中日当《ひあ》たりの良い庭を持ってい
て、波造夫婦はそこで辛味《からみ》大根で知られた「景山《かげやま》大根」を栽培していた。庭の日当たりの良さを使って波造夫婦が真冬以外殆ど季節を問わず栽培できるようにした景山大根は蕎麦の薬味としては〝絶品〟として知られ、味にうるさい江戸っ子の人気はもとより、今では京・大坂にまでその人気は広がり出している。

ケイが望んだ鴨蕎麦とは、薄く切った鴨肉二、三枚を炭火であぶって脂《あぶら》をしっかりと浮き上がらせ、それを熱い蕎麦の上に浅草海苔《あさくさのり》を敷いてのせたものだった。

炭火焼きの鴨肉の芳《こう》ばしさと浅草海苔の香りが混ざり合い、鴨の脂がなんとも云えないコクを生んで、それを薬味の波造夫婦自前の景山大根が「おお……」と溜息が出るほど引き締める。

「やぶ」では一番人気の蕎麦で、冷たい蕎麦にも熱い蕎麦にも合うこの景山大根の辛みが、その味を支えていた。

波造の女房イトが娘を従え、盆に湯気を立てている鴨蕎麦二つをのせてやってきた。

「すみませんねえ宗次先生。またケイが甘えてしまって」

「なあに、いいんだ。かわゆいケイと話しながらたぐる蕎麦が旨《うま》くってよ」

「ケイの御代は結構ですからね先生」

「なにを水臭《みずくせ》え事を言ってるんでえ。昨日今日《きのうきょう》訪れた客じゃああるめえしよ」

「そうですかあ、では御酒《ごしゅ》を一本つけましょうね」

「いや、いらねえ。ケイと一緒の時は酒は止《よ》してくんない」

「あ、そうでしたね。ごめんなさい。本当にすみません」

イトは二度頭を下げて恐縮しながら板場の方へと戻っていった。

二

「ああ、うめえ。堪能したい」

「おいしかったねえ」

汁の一滴も残さぬ程に碗を空にした宗次と幼いケイは、額《ひたい》がくっつくほど顔を寄せ合い笑い合った。余りのうまさの、笑いであった。

「どうでい。これから二人して手をつないで黒飴でも買いに行くけえ」

「うん、行く行く」

「店が忙しいから駄目だ、ってお父っつあん言うかなあ」

「言わないよ。宗次先生となら何処《どこ》へ行ってもいい、っていつも言ってるから」

「そうかえ」

「ケイは店のことを覚えるだけではなくて、色んな事を沢山《たくさん》学ばなくっちゃならねえ。そのためには、宗次先生みたいな人と深く付き合えって言ってるよ」

「ははは。深く付き合えって言ったかえ、お父っつあんが」

「ううん、おっ母さんも」

「よし。じゃあチョンの間、目黒不動まで手をつないで散歩するかあ」

「するする。わあ、うれしいな」

ケイは立ち上がり、踊るような身振りで飛び跳ねた。

その直後だった。

ドオンッと大きな音を立てて店が揺らぎ、客の悲鳴と叫びが渦巻いた。

宗次とケイは見た。表戸——腰高障子《こしだか》——四枚の内の中二枚が客たちの頭上へ弾《はじ》き飛ばされ、空《から》の大八車《だいはちぐるま》が店の中へ半ばまで突っ込んで傾いているのを。

幸いなことに大八車の下敷となった客は、いないようだった。

「ケイはここにいねえ。動いちゃあならねえぞ」

宗次はそう言い残し、雪駄《せった》を突っ掛けるや長床几の間を表口に向かった。

「出ない方がいいって先生」

板場の格子窓から外を見ていた波造が、長床几の間を近付いてくる宗次に気付いて庖丁《ほうちょう》を手にしたまま、板場から飛び出した。

が、この時にはもう宗次の足は傾いた大八車の脇をすり抜けて、店の外へ二歩ばかり出ていた。

そこで宗次は動きを止めた。「やぶ」の白い染め抜き文字がある二股《ふたまた》暖簾の片方が、宗次の肩にのっている。

「やぶ」の前には長脇差《ながどす》片手の博徒《ばくと》らしい十人前後の着流しが、すごい形相《ぎょうそう》で扇状《おうぎじょう》に広がっていた。

囲まれて対峙《たいじ》しているのは、大八車の梶《かじ》を背にして立つ、これも博徒風の一人の男。

ただ、こいつは道中合羽《がっぱ》に三度笠、両脚に脛巾《はばき》を巻きつけた旅姿だった。腰に長脇差を通してはいるが、まだ抜き放っていない。

そして、その足元には、これも旅姿と判《わか》る若い女が横たわっていた。息が荒く、どうも尋常ではない。顔色は真っ青だ。

（病気……だな）と気付いた宗次は、道中合羽の背後から近付くかたちで、女のそばに片膝ついた。

「寄るな。女に指先一本触《ふ》れるんじゃねえ」

道中合羽がようやく長脇差を抜き放ち、腰を低く下げている宗次を上から睨《にら》みつけた。落ち着いた重い声だ。

年齢は二十八、九というところか、と宗次は読みつつ、聞こえぬ振りで女を抱き上げた。

「聞こえなかったのかえ、お前《めえ》さん。女に指先一本触れるんじゃねえ、と言った筈《はず》だぜ」

道中合羽の切っ先が、宗次の頬を軽く突ついた。

（痛《いて》っ。ちいと切れたかな）と宗次は感じた。

「止しやがれい。先生の体にもしもの事がありゃあ、女も手前《てめえ》も八ッ裂きだぜい」

雷鳴のような——と形容していいほどの——大声が不意に轟《とどろ》いた。

女を抱いて「やぶ」へ戻る積もりでいた宗次は、ちょっと驚いて振り返った。

「なんでえ。品川《しながわ》は大崎《おおさき》一家の代貸《だいが》し兄《あに》いじゃねえかい」

「宗次先生、かかわり合いになっちゃあいけやせんや。女を地面《じべた》へ戻しておくんない。お願い致しやす」

「しかし、病《や》んでるぜい、この女《ひと》」

「もう一度言わせて貰いやすぜ。先生は、絶対《ぜってえ》にかかわり合いになっちゃあいけやせん。これは御天道様《おてんとさま》の下を真《ま》っ当《とう》にゃあ歩けねえ、俺たちの世界の揉《も》め事でござんす」

「悪いが代貸し兄い、目の前で病んでる女を見て見ぬ振りをするなんざあ、私《あっし》には出来ねえよ」

「やいやい宗次先生よ。俺《おれ》っ家《ち》の文助《ぶんすけ》親分が大層気に入っていなさる先生だからこそ、こうして下手《したて》に出てるんでい。ねすい(素人《しろうと》のこと)の分際《ぶんざい》で、でしゃばるんじゃねえやい」

妙な具合になってきやがった、というような顔つきで、道中合羽が宗次の頬に当てていた切っ先を静かに下げた。

宗次は女を胸元へ引きつけるようにして抱いて「やぶ」の中へ入った。その後に、長脇差を鞘に納めた道中合羽が続く。

大崎一家の代貸し兄いとかが、青空を仰ぐや、諦めたような大きな溜息を一つ吐いた。

「あーあ、全くえれえ所に宗次先生がいたもんだぜい。くそっ、参っちまわあ」

顎鬚《あごひげ》の濃い三十過ぎの日焼けした恐ろしい顔が、それまでの力《りき》みを消してゆく。

「貴三郎《きさぶろう》兄い。店の裏口から踏み込んで、力ずくで宗次とかの野郎を殴り倒して女を取り返しやしょうぜ」

横にいた十七、八の若い者《の》が、代貸しの耳へ顔を近付けて囁《ささや》いた途端、そいつの右の頰が紙風船が破裂したような乾いた音を立て、張り倒されていた。

「馬鹿野郎。まだまともに盃《さかずき》を貰っちゃあいねえ尻《けつ》の青い三下《さんした》が、気安く代貸しの耳元で一人前《いっちょまえ》を囁くんじゃねえやい。十年早《はえ》えんだよう」

「す、すみやせん。ごめんなさい」

鼻血を流して這《は》いつくばるそいつを、兄貴分らしいのが「まだ暫《しばら》く子供でいな」と苦笑しながら助け起こした。

代貸し貴三郎は、右手にしていた長脇差を鞘《さや》に納めると、「チッ」と舌を打ち鳴らし一人ズカズカと「やぶ」へ入っていった。客たちは恐れて、すでに裏口からほとんど姿を消してしまっている。

貴三郎は奥の板の間に宗次たちを認めて、ふてくされたような声をかけた。

「おい、宗次先生よう」

「おう、何だえ。まだ用か」

横たえた女の脈をみていた宗次が顔を上げ、代貸し貴三郎と視線を合わせた。

貴三郎は長床几の間を五、六歩進んだが、道中合羽が長脇差の柄《つか》に手を掛けたので立ち止まった。

「かなり悪そうかえ先生、その女」

「体が炎《ひ》のように熱い。それに脈の乱れがひでえ。おい代貸し兄い、この辺りで蘭方《らんぽう》の名医といやあ誰でえ」

「西五反田《にしごたんだ》安楽寺《あんらくじ》そばの酒脇法円《さかわきほうえん》先生だ。診立《みた》て料は少し高《たけ》えが腕は確かだ。うちの文助親分や姐《あね》さんもたまさか世話になっていなさる」

「じゃあ誰か若い者《の》を走らせ、その法円先生を此処《ここ》へお連れしてくんない。早駕《か》籠《ご》を頼んでな」

「その早駕籠代はどうすんでい」

「大崎一家の文助親分は品川界隈じゃあ泣く子も黙る大親分じゃあねえか。その右腕筆頭の代貸し貴三郎兄いと言やあ、鮫洲《さめず》八幡《はちまん》神社、天祖《てんそ》神社、品川神社、弁天神社、大鳥《おおとり》神社などに出張る香具師《やし》を仕切りなさる男の中の男一匹だ。早駕籠代ぐらいケチケチすんねえ」

「これだ……」

と、また舌を打ち鳴らして店の外に出た代貸し貴三郎は、「まったく俺たちを怖がらねえんだから厄介《やっかい》な先生だぜい」、と鼻先にシワを刻んでこぼした。

その貴三郎に、さきほど思いっ切り張り倒された三下を助け起こした二十五、六くらいの男が長脇差を鞘に戻しながら近寄った。

「どうなりやしたい兄い」

「直ぐに三下《さんした》を走らせ安楽寺そばの酒脇法円先生を、やぶまでお連れしてくれ。早駕籠でな」

「判りやした。で早駕籠代は？」

「馬鹿野郎っ。大崎一家の五本指の一《ひとつ》、居合いの与市《よいち》が判りきった事を訊《き》くんじゃねえやい」

と、ここで貴三郎の声が低くなる。

「矢張りそうなりやしたかい。兄いのそうゆうところ、俺《おら》あ好きですねい」

居合いの与市とかの声も、貴三郎に合わせて囁き声になった。

「けっ」

と恐ろしい顔つきの貴三郎に、ニヤリとした笑みを見せた居合いの与市とかは、後方はなれて長脇差片手にまだ扇状の陣を張っている仲間の方を振り向いた。

「いつまで赤子の一つ覚えみてえに、長脇差をぶら下げてやがんでい。小頭《こがしら》(代貸しのこと)は刃をすでに鞘へ戻していなさる。ちゃんと二つの目ん玉で見んかい」

与市の鋭い怒声で、博徒たちは慌《あわ》て気味に長脇差を鞘へ納めた。

貴三郎は手下たちの鍔《つば》鳴りを背中で聞きつつ、また「やぶ」に入って行くと、ちょうど板場から出てきた店主《あるじ》の波造に向かって何と頭を下げた。

「とっつあん、すまねえ。客たちに怪我《けが》人は出なかったかえ」

「ああ、幸いに怪我人はな……」

「尻《けつ》の青い三下《さんした》の馬鹿が高ぶりやがって、筋向かいの店先にあった大八車をな。止めるひまもなかったんでい。許してくんない」

「いいですよ代貸し。代貸しにはこの門前町の店店は何かと世話になっているんだから」

と、どうやら波造は貴三郎と顔馴染《なじ》みのようだった。

「これ、少ねえが取っておいてくんない、とっつあん」

貴三郎が懐《ふところ》の銭入れから小粒を取り出して、波造に手渡そうとした。

「いらないよう代貸し。その気持だけで充分でござんすから」

「とっつあん。俺の顔を潰《つぶ》さないでくんない。こわれた表障子は腕のいい職人を直ぐに来させせっからよ。とにかくこれは、俺からの詫びだ。な、取っといてくれや」

「そうまで言うなら……ありがとよ代貸し」

「じゃな……」

代貸し貴三郎は波造の肩を軽くポンと叩くと、一瞬だが奥の板の間へギロリとした目を向け、「やぶ」から出ていった。

この貴三郎、大崎一家の代貸しに昇りつめる迄は、「仁王《におう》の貴三《きさ》」と恐れられた大変な荒くれだった。それを界隈の人々は今も忘れてはいない。刃傷《にんじょう》沙汰はそれこそ日常茶飯事《さはんじ》の荒くれだった。

三

翌日の夕刻。

混み合い出した鎌倉《かまくら》河岸の居酒屋「しのぶ」の左手奥隅《おくすみ》に当たる小あがり（畳敷きの小さな客席）に、高脚膳《たかあしぜん》（高目の四脚が付いた膳）を挟んで向き合う浮世絵師宗次と道中合羽の姿があった。

道中合羽は疲れ果てたように項垂《うなだ》れ、肩を落としていた。尤《もっと》も道中合羽と三度笠は脱いで左の脇に、腰から取った長脇差《どす》は右の脇に置いている。

膳の上には酒と肴《さかな》がのっていたが、二人とも手をつけていなかった。

宗次がいささか困り切った表情を見せている。

道中合羽は、自分が何処の何者で、なぜ大崎一家と揉《も》める事になったのか、まだ何一つ宗次に打ち明けていなかった。

宗次が耳にした男の最後の言葉は、「セツッ」という絶叫である。

以後、男は頑《かたく》なに口を閉ざしたままだった。

病んでいた女——セツ——は蘭医酒脇法円の懸命の手当の甲斐《かい》もなく、「やぶ」で息を引き取った。

「異常な熱の高さからみて、恐らく春によく見られる悪性のはやり風邪（インフルエンザ）じゃろ」という法円先生の診立てであった。

セツの遺体は、宗次の口ききによって大剣聖梁伊対馬守隆房が眠る、養安院に今朝ほど埋葬された。

その前に正座をして一刻以上も離れようとしなかった道中合羽である。

涙は流しはしなかった。嗚咽《おえつ》をもらしもしなかった。ただ項垂れるばかりだった。ときおり、膝の上で握りしめる拳《こぶし》が、ミシミシと軋《きし》みはしたが。

宗次は（ままよ……）と一人酒を決め、手酌《てじゃく》でぐい呑み盃を満たし口元へ運んだ。

旨い酒である筈がなかった。チビリと口に含んで板場の方を見ると、店主《あるじ》の角之一《のいち》も女房の美代《みよ》も混み出した注文に「あいよ……」「今日はメゴチは入ってぃねえ……」などと応じながら、宗次の方をチラチラと見ている。

長いこと暗い感じで向き合っている宗次と道中合羽を、只事《ただごと》でないと心配しているのであろうか。

「そう何時《いつ》までもしょげ返っていると、亡くなったセツさんも浮かばれねえやな」

宗次はわざと不快そうに呟くと、ぐい呑み盃に酒を注《つ》ぎ足《た》して一気に呑み干した。

宗次のその呟きが利《き》いたのかどうか、道中合羽がようやく顔を上げた。

「呑みやすかえ」

宗次が徳利《とつくり》を差し出すと、道中合羽は頷きもせず自分の膳にある盃を黙って手に取った。

そのぐい呑み盃を、宗次はゆっくりと満たしてやった。

道中合羽は一息でそれを呑み干すと、今度は自分で自分の盃を満たし、宗次の方へ徳利を差し出した。

「ご迷惑をお掛け致しやして申し訳ござんせん。どうか許してやっておくんなさいまし」

「ほう。ようやく口を利いてくれやしたか」

「ですが、何もお話し申し上げることは、ございやせん。どうか承知しておくんなさいやし」

「話したくねえってんなら、無理に聞くつもりなんぞねえが」

「ありがとうござんす」

道中合羽は宗次の盃に酒を注いだ。

それを呑みながら宗次は、男の右の手首の上から手の甲《こう》にかけて、短くはない創痕《きずあと》が三本も走っているのを見逃さなかった。二本は手の甲に向け真っ直ぐに、残る一本はその二本の創痕を斜めに横切るかたちだった。

(この男……博徒なれど、もしや抜刀術の心得があるのでは)と、宗次は読んだ。

全神経を対峙する相手に集中させ、踏み込みと抜刀を一瞬のうちに成功させなければならない抜刀術は、少しでも心身に緩みが生じると逆に相手の切っ先を手首や手の甲に受け易《やす》い。

それを充分に承知している宗次であった。

「さ、お前《めえ》さんも呑みなせえ。今夜は私《あっし》の家に泊まりゃあいい。汚ねえ狭《せめ》え所だがよ」

「いえ。私《あっし》はこれで……」

男は軽く右手を前に出してから、威儀を正した。

「大崎一家の者《もん》は確か、貴方様《あなたさま》のことを宗次先生と呼んでいたように思いやす。その宗次先生に厚かましい御願いがござんす」

男はそう言うと懐《ふところ》に手を入れ、紫の袱《ふく》沙《さ》に包まれたものを取り出し、宗次の膳の脇へそっと置いた。

微《かす》かにカチャリという音がして、宗次には「カネだな」と判った。

男は頭を低く下げ小声で丁重《ていちょう》に言った。

「ここに三十両ございやす。綺麗《きれい》なカネとは決して申せやせんが、江戸に入ってから二、三の賭場《とば》で稼いだカネでございやす。なにとぞ、これを養安院の御住職様にお手渡し下さいやし」

「セツさんの永代供養《えいたいくよう》としてかえ」

「へい」

「判った。引き受けやしょう。但《ただ》し、条件が一つある」と、宗次も小声になった。

「条件……ですかい」

「お前《めえ》さん、一体何処《どこ》の何者なんだえ。私《あつし》あ大崎一家との揉《も》め事についちゃあ興味も関心もねえが、何処の何者かくれえは明かしちゃあ貰わねえと、養安院の御住職に対しセツさんの永代供養を頼み難《にく》いやな」

「…………」

「たとえばセツさんの命日に私《あつし》が養安院へ花を供《そな》えに行ったとしやして、名前の判らねえセツさんのお知り合いに代わりやして参りやした、なんてえ言わせて合掌させる気かえ」

「…………」

「お前《めえ》さん、もしや凶状持ちじゃあああるめえな」

「いや、それは違いやす。やむを得ねえ斬った張ったは長脇差渡世《とせい》の常でありやすが、私《あっし》は幸いと言いやすか凶状持ちじゃあござんせん」

「じゃあ、せめて名前だけでも明かしてくんねえ」

「厚かましい事を口に致しやすが、セツの命日には本当に線香の一本も供えてやって戴《いただ》けるんで？」

「約束しよう」

「有難うござんす。今のお言葉を信じて申し上げやす。私《あっし》は甲州《こうしゅう》は石和《いさわ》の生れで繁次郎《しげじろう》と申しやす。生家は昔も今も裕福な大庄屋でありやして、次男坊の私《あっし》は大層甘やかされ大事に育てられやした。それがため十《じゅう》と四《よん》で女と博打《ばくち》にのめり込み、十九で勘当《かんどう》され、以来このような見苦しい旅烏《たびがらす》に身を落として当年二十七となりやす」

「ふうん、人気の温泉で知られた石和の、それも大庄屋の生れとはなあ。で、亡くなったセツさんてえのは？」

「石和では一、二と言われていやした温泉宿『菜《な》の花《はな》』の一人娘で、私《あっし》より四つ下の幼馴染みでござんす。私《あっし》が勘当され石和から追い出されると決まった日、二人は温泉神社の森の中で結ばれやした」

「夫婦《みようと》になる約束でもしたのかえ」

「へい。必ず身を立てて迎えに戻るからと……お前《めえ》の生涯を守る男はこの繁次郎ひとりだと……」

そこまで言って口を噤《つぐ》んだ繁次郎の両の目から、大粒の涙がこぼれ落ちた。

宗次が言った。

「どうやら、セツさん家《ち》、つまり石和で一、二と言われていた温泉宿菜の花に、お前《めえ》さんが石和から追い出されたあと、何か大きな異変がありやしたね」

「仰《おつしや》る通りで。西国方面から甲州へ流れ込んできやした浪人博徒の一味に、人の善《よ》いセツの両親《ふたおや》は騙《だま》され『菜の花』は乗っ取られやした。結果、両親《ふたおや》は首をくくり、セツは〝繁さん助けて繁さん助けて〟と泣き叫びながら、浪人博徒たちによって女衒《ぜげん》に売り飛ばされ……」

「お前《めえ》さんが、それを知ったのは何処で?」

「旅鳥の私《あつし》がそれを知りやしたのは、『菜の花』の悲劇が生じてから、十本の手指じゃあとても数え切れねえ程の月日が経ってからの事でござんした。高崎《たかさき》の賭場で甲州博徒の佐吉《さきち》というチンピラに出会いやして、そいつの口から聞き知ったのでござんす」

「直ぐに石和へ取って返したかえ」

「無論のことで。が、セツを買ったとかいう女衒野郎はすでに病で亡くなっており、セツが売り飛ばされた先は全く見当もつきやせんでした。浪人博徒の一味は一年経つか経たぬ内に甲州を離れたとかで、『菜の花』は堅気《かたぎ》の西国商人の手に売り渡され、『菜の花』の名前を残して堅実に営《いとな》まれておりやして、近在の評判も良うござんした」

「なるほど。それじゃあ、お前《めえ》さんは目くじら立てて『菜の花』へは乗り込めねえわな」

「その通りで。以来、セツの行方だけを求め必死で動き回りやした」

「で、ようやく見つけた訳だ」

「へ、へい……」と、繁次郎の目からまた大粒の涙がこぼれた。

「でも、セツさんはお前《めえ》さんに手をしっかりと握られ、喜んでいたじゃあねえか。死に顔にも笑みが残っていた。余程に嬉しかったんだろうぜい」

「そう言って戴くと、少しは気が晴れやす。宗次先生……とか仰いやしたね」

「おうよ」

「失礼でござんすが、何の先生で？」

「下手《へた》な浮世絵師よ」

「そうですかい」と頷いて、繁次郎は道中合羽を引き寄せ肩に羽織《はお》った。

「なんでい。行くのか。今夜は私《あつし》の貧乏長屋に泊まらねえかい」

「いえ先生、またお目に掛からせて戴きやす。ちょいと気になる事がありやすんで、急ぎ甲州へ引き返しやす」

「気になること？　ついでだ、聞きてえな」

「そうですかい……」と繁次郎は道中合羽を胸元で留め、片膝立てて長脇差を腰帯へ通した。

帯がヒョッと短く鳴る。

「私《あつし》が甲州路（甲州街道）と谷を挟んで平行に走っておりやす脇街道を江戸に向かって急いでいたと思って下せえ……」

と、繁次郎の声が一段と低くなり、宗次は少し身を乗り出して応じた。

「うん。思った」

繁次郎はやや早口で続けた。

「あれは霧雨の日の昼八ツ頃（午後二時頃）でしたかねい。谷向こうの甲州路を勝沼《かつぬま》方向へ進んでいた侍や腰元衆の行列に、不意に山から飛び出してきた青い忍び装束を着たような一団が槍、刀を振り回して襲いかかったんでござんすよ」

「なにっ」

聞いて宗次は、背中が音立てて冷たくなるのを感じた。

「襲われたのは、どのような行列でい。も少し詳しく話してくんねえか。次に描く絵の参考になるかも知れねえからよ」

「襲われた行列の中央には一梃の立派な駕籠がござんしてね。襲いかかった連中は明らかにその駕籠を狙っておりやした」

「それで？」

「凄まじい斬り合いでござんした。襲った忍びの一団も襲われた侍も相当な手練と思われやして、双方共に次々と傷ついてゆきやしたが、そのうちとうとう襲った連中の手によって駕籠は谷底に突き落とされやした」

「な、なんと……」

宗次の顔色が、はっきりと変わった。脳裏《のうり》に四代将軍家綱《いえつな》を父に持つ扇姫の顔が浮かんで消えた。

繁次郎の言葉が続いた。

「渡世人の私《あっし》にゃあ確《しか》とは判りかねやすが、谷底へ突き落とされたあの駕籠は、そのやわらかい印象の造りから見やして女駕籠ではなかったかと、思われやす」

「確かに女駕籠の印象だったのかえ」

「ですから確《しか》とは判りかねる、と申しやした。ですが私《あっし》の目は良うござんして、かなり遠くまで利きやす。これも斬った張ったの渡世人稼業には大事でござんして……何しろ遠くから追手《おって》や敵の見分けがつきやせんと」

「で、お前《めえ》さんは急ぎ甲州路へ戻って、その騒動の現場で何ぞしようとでも言うのかね」

「石和に生れ石和で育ちやした私《あっし》にとって、あの辺りは庭みてえなもので、谷底へ下りて駕籠の中を改め、もし骸《むくろ》が女なら、せめて近くの村の寺に葬《ほうむ》ってやりてえと。それがセツの供養にもなるような気が致しやして」

「そうか……そういう事か」

「じゃあ宗次先生、これで失礼させて戴きやす。セツの事では有難うござんした。受けた御恩は決して忘れやせん」

繁次郎はそう言うと身早い動きで旅草履《ぞうり》をはき、「ここの勘定は甘えさせて戴きやす」と、宗次に深深と腰を折って「しのぶ」から出ていった。

店主《あるじ》の角之一が板場から出てきて、暗い顔の宗次の小上がりに尻の端をのせ、小声を出した。

「どしたんだよ。貫禄風《かんろくふう》の渡世人だったが何か揉《も》め事かえ」

「いやなに……べつに揉めちゃあいねえよ」

「ならいいんだが。酒、持ってこようか」

「今日はもういいや。どうも呑めねえ。帰って寝る」

「そうかえ。銭《ぜに》はいいよ。今日のは俺が奢《おご》っとく」

「すまねえな」

宗次は浮かぬ顔のまま雪駄《せった》を突っ掛けると、角之一の肩に軽く手をやって「しのぶ」を後にした。

夜空には大きな月が出ていたが、腕を組み考え込んで歩く宗次は、それに気付かなかった。

四

宗次の乗った早駕籠が、目黒、品川、渋谷《しぶや》の裏社会を仕切る大崎一家の一つ手前の辻に下ろされたのは、夜も四ツ半（午後十一時頃）になろうとする頃だった。ちょうど大崎一家の若い者七、八人が、ぶら提灯《ちょうちん》と拍子木《ひょうしぎ》を手に表口から出て二、三組に分かれ春の夜回りに出ようとするところだった。

大親分としてその名を売っている大崎一家の文助は、とくに春から夏にかけての縄張り内の夜の治安には殊《こと》の外《ほか》うるさく、もう十年以上にも亘《わた》って若い手下に夜回りをさせていた。もちろん長脇差無しで。

宗次は交替で担《かつ》いで早駕籠の速度を落とさなかった屈強の駕籠舁《か》き四人に「ありがとよ。何処ぞで一杯ひっかけて帰んねえ」と、充分な手当を弾《はず》み、月明りの下、「大崎一家」に向けてゆっくりと近付いていった。

組の若い者《もん》たちが達磨《だるま》の絵が描かれた表障子を背にして横一列に並ぶと、中から出てきた四十前後の女が、男たちの背にカチカチと火打ち石を打ち鳴らした。

男たちが体の向きを変えた。

「それじゃあ姐《あね》さん、行って参《めえ》りやす」

「行っといで。気を付けるんだよ。戻ったら一本つけるからね」

「有難うござんす」

男たちが三方に分かれて、大崎一家の表口から離れていった。

一組が宗次に近付いたが、宗次が大きな防火用水槽の脇へさり気なく体を引っ込めたので、男たちは気にもかけずに通り過ぎた。

宗次は防火用水槽の陰から出て、「大崎一家」へ向かった。

「おや……ま」

と、若い者《もん》たちを見送っていた姐《ねえ》さんが、月明りの下を近付いてくる男を宗次と気付いたのか表情を改め自分からも寄って行った。名を小奈津《こなつ》といい、三十九歳。

「これはまた、宗次先生じゃござんせんか」

「このような夜分に申し訳ござんせん」

「という事は、この大崎一家に御用があって？」

「へい、ま……」

「そうですか。さ、入んなさいな。何刻《なんどき》だろうと先生なら遠慮などいりませんよ」と言いつつ、小奈津姐《ねえ》さんの足が玄関の方へ戻る。

「恐れいりやす」

小奈津姐《ねえ》さんに「さ……」と、もう一度笑顔で促《うなが》され、達磨障子の内側へ入った宗次であった。

「これはまた、宗次先生じゃござんせんか」と、土間内《うち》の板の間奥に正座をして控えていた居合いの与市が、小奈津姐さんと同じ言葉を使って驚いて見せた。

「なに、宗次先生？」

与市の背中側に下がっていた白地に青い達磨染めの長暖簾が真ん中から左右に開いて、小頭の貴三郎がいかつい顔を覗かせた。

小奈津が腰をくねらせ、後ろを斜めに振り向いた。

「先生、貴三《きさ》や与市に用じゃござんせんね」

「へい。文助親分にちょいと急ぎてえ御相談が……」

「そうですか。じゃあ貴三、奥の居間へ宗次先生を案内して差し上げなさい」

「承知いたしやした」

若い頃の小奈津は品川宿では「粋《いき》な茶羽織の小奈津姐さん」として大変な売れっ妓《こ》だった。品川宿に於ける玄人女《くろうとおんな》の茶羽織の走りである。その小奈津に惚れて惚れて惚れ込んだ文助が「ぜひ俺の嫁に」と、お百度《ひやくど》を踏んで女房の座に据えたのだ。

それだけに、小奈津の意見や指示は、文助親分のそれでもあった。

奥の居間に通じる廊下の途中で、貴三郎が小声で訊《たず》ねた。

「あの女《こ》、どうなったえ先生」

「駄目だったい。今朝、養安院へ埋葬したよ」

「そうかえ。で、あの野郎は？」

「しょげ返り、疲れ果てて甲州へ戻っていったぜい」

「ふうん。血の雨を降らせに此処へ顔出しせず、大人しく甲州へ戻りやしたか」

「ああ、戻った……大粒の涙を流してな」

「涙？……あの野郎が」

二人の囁くような会話は、そこで終った。

障子にぼんやりと人影が映っている座敷が、近付いていた。

宗次は、それが文助親分の居間だと承知している。

ここを訪れたのは、三度や四度ではないからだ。

貴三郎が廊下に正座をして、障子の向こうに声をかけた。

「親分、貴三でござんすが」

「何でえ。急ぎの用じゃあなきゃあ、明日にしな」

「宗次先生が見えやして、姐《あね》さんに言われご案内致しやした」

「なに、この夜分に宗次先生が？」

「へい。親分に急ぎのご相談が、おありなさるようで」

「そうかえ。入って貰いな」

「失礼いたしやす」

小頭貴三郎が静かに障子を開け、文机《ふづくえ》の前で筆を手にしている文助の姿が現われた。

五

「よ、先生。一体どうしなすったい、こんな夜遅くに」

やや吊り上がり気味の鋭い目で、ジロリと下から見上げるようにして廊下の宗次を捉《とら》えた文助親分であったが、口元は意外な優しさを覗かせて微笑《ほほえ》んでいた。

「申し訳ござんせん。小半刻（三十分くらい）ばかりお邪魔させて戴《いただ》いて、よござんすか」

「この刻限、こうして目の前に立っていなさる先生に、帰れ、という訳にもいきますめえ。ま、宜《よろ》しいから入んなせえ」

文助はそう言って自分の前を顎《あご》の先で小さくしゃくると、右手にしていた筆をカチャッと小さな音をさせて、筆皿に置いた。その綺麗《きれい》な絵模様の筆皿は、伊万里焼《いまりやき》でもあるのだろうか。

「さ、先生……」と小頭《こがしら》貴三郎に促《うなが》された宗次は、「そいじゃあ……」と腰低く座敷に入り、文机をはさんで文助親分と向き合った。

貴三郎が黙って障子《しようじ》を閉めて足音静かに去ってゆく。

「で、この文助に相談と言いなさるのは？」

と、文助は筆を手放した手に今度は煙管《きせる》を持ち、宗次の顔を見ながら刻《きざ》み煙草を火皿に詰め出した。

その一つ一つの文助の動作が、宗次は好きであった。穏《おだ》やかな貫禄《かんろく》があり、同時に針の先を思わせる鋭い〝怖さ〟を覗かせているのだ。しかも若い頃から和歌俳句をたしなむというから、その辺《あた》りのゴロツキ親分とは一味も二味も違っている。

この文助親分の一服姿をいずれ襖絵《ふすまえ》にでもしたいと密《ひそ》かに考えている宗次であった。

宗次は、「実は……」と切り出し表情を改めた。

文助が「うん」と頷《うなず》いて、刻み煙草を詰めたばかりの煙管を、長火鉢の猫板《ねこいた》の上に横たえる。

長火鉢には、むろん炭火は入っていない。春はいよいよほのぼのと温かくなってゆく。

「ご相談と申しやすのは、甲州無宿の繁次郎とその許婚《いいなずけ》セツの事でござんす」

聞いて「なにっ」と、文助の顔つきが変り、上体が宗次の方へ前のめりとなった。

「先生はなんで繁次郎とセツの名を知っていなさるんで」

訊《き》かれて今度は宗次の方が、「え?」となった。

貴三郎からきちんと報告を受けておれば、蕎麦屋「やぶ」の騒動に宗次が割って入ったことを、親分文助は知っている筈《はず》である。

厳しい規律で一家の統制がとれている事を充分に承知している宗次は、文助の様子にさすがに戸惑った。貴三郎から文助親分へ、顚末《てんまつ》報告が正しくなされていない可能性が出てきたからである。これは重大な規律違反だと宗次には判る。

「どしたい先生。何を鼻白《はなじろ》んでいなさる。繁次郎とセツの名を何故《なにゆえ》先生が知っていなさるのか、この文助知りたいもので」

文助の目が光り出した。博徒組織の頂点に立つ者の目の光りようのい、か、つ、さに、宗次は弱った。

「場合によっちゃあ、宗次先生と言えども……」

と文助の声がドスを孕《はら》み出したので、宗次は右手を顔の前に上げて微《かす》かに左右に振った。微かにだ。この振り幅がこういう時、非常に重要であることを、宗次は一家の五本指の一《ひとつ》、居合いの与市から聞かされている。振り幅が大きいと、相手を侮辱したことになるらしい。

「参ったな、という顔つきですぜい先生。さ、話して貰いやしょうか」

「話しやすが時と場合によっちゃあ、文助親分のごつい手が床《とこ》の間《ま》の長脇差《ながどす》に伸びる恐れがございやす」

「なんでい。そいじゃあ繁次郎とセツに絡んで、先生がそういう事をしたって事ですかい」

「うん、まあ……」

「これは、いよいよ聞き捨てならねえ」

「ね、話しやすから親分、繁次郎とセツについて私《あつし》にあれこれ打ち明けて下さいやせんか」

「打ち明けろとは、何をだい」

「だから色色と……あれこれ」

「繁次郎とセツについちゃあ、ねす社会（素人社会）に生きてなさる先生にはかかわりない事でござんすよ。足を踏み入れちゃあならねえ」

「それが……かかわりない事とは言えなくなりやしたんで」

「繁次郎とセツについて、直接かかわりを持ってしまったと言いなさるんですかい」

「その通りで……へい」

「うっかりと？」

「いや、自分の意思で、と正直に申し上げた方が、よござんしょう」

「だから繁次郎とセツについて色色と詳しく知りたいと言いなさるんなら、どのようなかかわりを直接持ってしまったのか、その事を具体的に先ず打ち明けなせえ、この文助に」

「床の間の長脇差に手を伸ばさねえ、と誓って下さいやすか」

「ち、まったくこの御人《おひと》は……」

舌を鳴らした文助親分は腕組をして天井を見上げると、小さな溜息を一つ漏らした。

それは蕎麦屋「やぶ」で、小頭の貴三郎が青空を仰《あお》いで「あーあー……」と溜息を吐いた様《さま》に、どこか似ていた。

「大崎一家の親分である儂《わし》に向かって、ようもぬけぬけと平気で言いなさるよ、この先生は」

ぶつぶつ呟《つぶや》いたあと文助は腕組を解き、天井に向けていた視線を下ろして宗次を見た。

仕様《しよう》がねえ、という顔つきになっている。

「いいだろう。長脇差なしに致しやしょう、約束しやす」

「申し訳ござんせん親分」と宗次は頭を下げた。

「さ、話して貰いやしょうか。繁次郎とセツに絡んで先生に一体何がありやした」

「実は……」

宗次は、ゆっくりとした調子で打ち明け出した。

聞く文助親分の顔に、驚きが広がってゆく。

それはまさに、小頭貴三郎から、きちんとした報告を受けていない者の驚き様《よう》であった。

打ち明け終えた宗次は、もう一度「申し訳ござんせん親分」と、頭を深く下げた。

文助はまた腕組をして天井を仰いだ。目を閉じて、今度は長かった。

(これは危ねえかな……)と宗次は思った。

自分のとった行為が、博徒社会のメンツを真正面から傷つけてしまった、という認識は抱いている宗次である。

しかし、自分のとった行為は〝当たり前の人間〟として間違っている筈もない、と確信して文助に会いに訪れた宗次であった。

文助が腕組を解き、閉じていた目をあけて宗次を見た。

その目には、宗次がかつて文助に見たこともない、凄《すご》みがあった。

「わかった。この文助、承知した」

「ありがとうござんす。それから、なにとぞ手下《てか》の者たちを、お叱りないようにして下さいやし」

「それは先生には、関係の無《ね》えことだ。そこまで口出しは止しにしねえ先生」

「そうはいきやせん、手下の者たちに折檻《せっかん》をお加えなさるなら、まずこの宗次に折檻を」

「本気かえ」

「本気も何も、それが道理というものでござんす。文助親分の様子から、小頭の貴三さんの果たすべき親分への報告を、きちんと果たしていないと判りやした。それは素人《ねす》社会に生きるこの浮世絵師宗次を、貴三さんが懸命に守ろうとしてくれたに相違なきこと。その貴三さん他の手下《てか》に親分の折檻が及ぶなら、先ず一番にこの宗次を殴るなり蹴るなりしておくんない。眉間《みけん》に斬りつけて下さっても結構でござんす」

「貴様《きさま》、ようも大口叩きやがったな……」と、文助が顔を真っ赤にして片膝立てたとき、障子の外で「ほほほほっ……」と控え目な澄んだ笑い声がした。

障子が静かに開いて入ってきたのは「姐《あね》さんの言いなさることは親分の言いなさること」とまで言われている、文助の恋女房小奈津であった。

文助が立てていた片膝を元に戻したが、顔はまだ真っ赤だ。

小奈津が文助の横に座った。

「宗次先生。病んでいたセツの面倒を最期まで、よく見ておくれでしたね。この小奈津、親分文助に代わってこの通り頭を下げて御礼を言いますよ」

と、小奈津が頭を下げた。

宗次は黙っていた。

「先生のなさったことは、大崎一家の心の温かさや信頼を大きく世に広げこそすれ、恥になるなどと後ろ指を差されることなど毛程もありませんよ。あの騒動の場で一家《うち》の若い者《もん》が最後の最後まで激高《げっこう》して暴れ回っておれば、それこそ世の笑い者になっていましたでしょう」

「おい小奈津、ちょいと待ちねえ」

文助が横から女房の口を制した。目をギラギラさせている。

「お前《めえ》、いま口にしたことを誰から聞いたんでえ」

「貴三と与市からですよ。たった今、神棚《かみだな》の間《ま》で」

「あんの野郎。儂に対しては、繁次郎とセツを見失ってしまった、と神妙な面《つらあ》して言いやがったくせに、けしからん野郎たちだ」

「二人とも親分に申し訳ねえ、と泣いていましたよ。右手親指を切り落としてお前さんに詫びを入れる、というのを皆で押さえ込んで、やっとこ縛りあげましたさ」

「なに？　縛りあげたあ？」

「そうでもしないと、あの二人、本気で利《き》き腕の親指を切り落としますよ」

「小指でなく、親指と言ったのかえ、あの二人」

「そうですよ。厳しいこの渡世人社会で特に敵の少なくない貴三と与市の二人が親指を失って長脇差を振り回せなくなれば、そうと知った有象無象《うぞうむぞう》にたちまち寄ってたかって二人は嬲《なぶ》り殺しにされますよ、お前さん」

「う、うむ……」

「それに貴三と与市は病《やまい》のセツのために、身銭《みぜに》を切って早駕籠を雇い蘭方の酒脇法円先生を呼んでいるんだ。これは日頃のお前さんの教えがいいからですよ。そうですよね、宗次先生」

「全くその通りで」

「う、うむ」と、文助の真っ赤だった顔と目つきが、次第に熱を冷《さ》ましてゆく。

「だから、お前さん。貴三と与市の折檻をどうするかは、私に任《まか》せておくれだ

「お、おう。親指を切り落とす、などと二度とぬかしやがったら、この儂が素っ首斬り落とすから、と言うておけい」

「判りましたよ、お前さん」

にっこりとして立ち上がった小奈津は「先生、いま熱いのを何本かつけますからね」と言い残して座敷から出ていった。

「まったく小奈津も宗次先生もよ……しゃらくせえやな」

文助が苦虫《にがむし》を嚙み潰《つぶ》したような顔を、どこかわざとらしく作って言った。

「そうですかねい」

「そうよ……しゃらくせえやな」

「申し訳ござんせん」

「けっ」

腕組をして、また天井を見上げる文助親分であった。

「ところで、繁次郎とセッについてそろそろ色色と話して戴きたく思いやすが……」

「慌《あわ》てなさんな。いま熱燗《あつかん》がくるから、それからでえ」

「へい。それに致しやしても、文助親分も小奈津姐さんも、いい御人《おひと》ですねい。私《あっし》は大好きでござんす」

「ふん」と、文助はまだ天井を見上げている。

「ねえ親分。この座敷の襖《ふすま》に、小奈津姐さんを私《あっし》に描かせて下さいやせんか」

「なにっ」と、これは見事に利いて文助は腕組を解き、天井に向けていた視線を宗次へ下ろした。

「小奈津を描いて下さると言うのけい、先生」

「本気でござんす。前から考えておりやしたことでね。なんなら左襖に小奈津姐さんを、右襖に親分をと、向き合《お》うていなさるかたちで描くのも、これまた良《よ》ござんすね」

「そいつあ凄い……いや凄い」

「無代で構いませぬよ親分」

「えっ……先生の絵をですかい」

「へい、無代で結構です」

「大店《おおだな》や大名家では、先生の絵に今や百両や二百両をポンと出すところがあると、伝え聞いておるのに、それを無代と言いなさるのか」

「ふざけて申しているのではござんせん」

「そうはいかねえやな、痩《や》せても枯れても儂は品川の親分として東海道の先の先まで知られた男だ。それが天下の宗次先生に無代で絵を描かせるなんぞした日にゃあ、其処此処《そこここ》の親分衆にケチだ何だのと後ろ指を差されて笑われまさあな」

「そんなもんですかねい」

「おうよ。だから、俺《おれ》っ家《ち》の勘定《かんじょう》で支払わせてくんない。なあに、ケチはしねえよ。これでも孫手下《まごてか》の三下《さんした》まで加えりゃあ、今や二百を超える大崎一家だ。きちんと払わせて貰いやすぜ先生よ」

「そうですかい。そいじゃあ絵代のことは親分にお任せ致しやしょう」

「そうしねえ、そうしねえ」

と、いつの間《ま》にかにこにこ顔に豹変《ひょうへん》している文助親分であった。

そこへ一家の台所を任されている年寄り夫婦が、熱燗と肴《さかな》を盆に載せてやってきた。

六

「……つまりよ、女衒《ぜげん》の手でセツが売られてきた此処品川宿《じゆく》の旅籠《はたご》『千代《ちよ》』は、宿《しゆく》で三本指に入る大きな旅籠なんだが、二階建の別棟に上下階合わせて十八もの女郎部屋を備えていてな」

「やっぱり……」

宗次は呑み干したぐい呑み盃を高脚膳の上に戻し、眉をひそめた。

「ま、ま、そう不快そうにせず、最後《しまい》まで話を聞きねえよ先生」

文助はそう言って、矢張り自分の盃を一気に呑み干すと、小さなゲップを一つ吐いてから「わるい……」と呟き、話の先を続けた。

「その旅籠『千代』の亭主ってえのは、甚八《じんぱち》って言うんだが、幼い頃に両親《ふたおや》に先立たれてな。十五の年齢《とし》まで四つ下の妹と蛙《かわず》や蝗《いなご》を食ったりして必死で生き抜いてきた苦労人なんだ」

「ほう……で、今はお幾つで？」

「三十八……だったかねい。甚八は十五の年齢《とし》の寒い冬の夜、大川《おおかわ》の橋の下でとうとう妹を凍《こご》え死なせてしまってよ。その妹の名が、千代ってんだ」

「千代……妹の名を旅籠の名と致しやしたか」

「うん。甚八にとっちゃあ、大事な大事な妹だったんだ。自分の命よりも大事なよ。ま、必死で生き抜いてきた〝同志〟でもあったんだろうぜい。その妹の氷のように冷え切ってしまった骸《むくろ》をよ、大川の橋の下で抱きしめ、ワンワン泣いていたところを一家《うち》の今は亡き先代藤三郎《とうざぶろう》親分に拾われたのさ。当時の儂は小頭だったが……」

「すると旅籠『千代』の主人《あるじ》の甚八さんは、元は大崎一家の身内でしたので？」

「身内も身内、そのうちぐんぐんこの社会で頭角をあらわしやがってな、敵対する博徒たちからは〝首討ち甚八〟の名で恐れられる程になってよ」

「あ、その名、思い出しやしたよ。かなり前に一度、貴三さんから聞いたことがありやす」

「そうかえ。甚八は長いこと儂の右腕となって、一家が今日のように大きくなるのに命がけで尽くしてくれてよ。儂も実の弟のように可愛がったい」

「へい。貴三さんから、そのように聞かされた、と記憶しておりやす」

「だが甚八には、自分の力で一人でも多くの幸せ薄い女を救いたい、という目標のようなものがあってよ。ま、妹の千代と、世の幸せ薄い女、とを重ねて眺めていたんだろうがな」

「それじゃあ、親分の援助で、甚八さんは旅籠の主人に収まりなすったので？」

「居抜《いぬ》きで売っていた恰好《かっこう》の旅籠（経営者がかわるだけで必需品は全て揃っている旅籠）があったんでな。そろそろ足を洗いねえ、と甚八に買い与えてやったんだ。少しずつ返済すりゃあいいから、とな」

「さすが文助親分、いいことなさいやした。しかし、旅籠『千代』の別棟に女郎部屋が十八室もあるなんてえのは、どう考えたって感心いたしやせん」

「なあに、旅籠『千代』の女郎部屋は、幸せ薄い女たちにとっては〝お助け部屋〟みたいなもんでよ。甚八は不幸な女たちを守りこそすれ酷使なんぞ毛程もしちゃあいねえ。女たちがある程度つとめあげた段階で、ちゃんと身が立つように気配りして、世の中へ送り返してやっているのさ。きちんとカネも摑ませてよ」

「ほう……それは凄い……いや、なかなか出来ねえ事でござんす」

「そんな所へ繁次郎がいきなり乗り込んできて、女郎部屋がある別棟の舎監《しゃかん》二人を叩っ斬り、一人に深手を負わせて、あっという間《ま》にセツを連れ出しやがった」

「なんと……舎監三人に刃をふるいましたんですかい」

「おうよ。奴は甲州石和の繁次郎、とはっきり名乗りやがったそうだ。宗次先生は知らねえだろうが、甲州石和の繁次郎と言やあ、儂らの社会じゃ凄腕の無宿人として知られた男だ。三下《さんした》が雁首《がんくび》そろえ五人や十人、束《たば》になって襲い掛かっても、かなう相手じゃあねえ」

「それ程の凄腕なんで？」

「裏街道を渡り歩く内に、何処《どこ》ぞで本格剣法でも身に付けやがったんだろうぜい。とにかく凄いってえ噂だ。だから大崎一家が動いたんでい」

「すると繁次郎は次に、西国から石和へ流れ込んできたという浪人どもの行方を追う事になるやも知れませんねい。なにしろセツを不幸の淵《ふち》に突き落としたのは、その浪人たちでござんすから」

「甲州石和を荒しまくったとかいう、その西国の浪人どもについては儂ら裏街道の者《もん》の耳にも入っていたんだがな先生よ、どうやらその連中は、中仙道《なかせんどう》の宿場宿場で悪の限りを尽くして、また石和へ戻ったらしいという噂なんだ。繁次郎が追い求めるとすりゃあ、その浪人どもだと思うんだがねい」

「恐らく……その浪人どもでござんすよ」

「繁次郎の行方がはっきりとすりゃあ、儂ら大崎一家も黙っちゃあいやせんぜ先生。いくら先生が、繁次郎を許してやってくれと言いなすっても、こればっかりは承知できねえ。奴は舎監二人を斬殺し、一人に深手を負わせやがったんだ。許す訳にはいかねえ」

「なら親分。繁次郎にせめて、浪人どもに一太刀《ひとたち》くれてやる刻《とき》を与えてやってくれやせんか。亡くなったセツを供養する意味でも」

「供養だと……う、うむ」

「私《あつし》はこれから、甲州石和へ参《めえ》りやす。繁次郎を探し見つけて、浪人どもとの対峙《たいじ》の結果を見届けやす。その私《あつし》の報告を待っていて下さいやせんか」

「止しなせえ先生。儂らの裏街道へ立ち入り過ぎちゃあなりやせん。止しにしなせえ」

「だが、私《あつし》にも責任がござんす」

「しゃらくせえ事を言いなさるな。宗次先生に責任を取って貰うつもりなぞござんせんよ。それとも甲州に何ぞ特別な用でもおありなんですかい。どうも何だか、先生が無理にでも甲州へ行こうとしているような気がしてならねえやな」

「ともかく私《あつし》はこれから甲州へ向かいやす」

「どうしても行く、と言いなさるか」

「へい」

「まったく、しゃらくせえ御人《おひと》だ。宗次先生という人はよ」

文助親分は手酌《てじやく》で二杯を続けて呑み干すと、ちょっと小首を傾《かし》げて考え込む様子を見せてから、両手をポンポンポンと三度打ち鳴らし、ひと呼吸置いてまた二度打ち鳴らした。

と、廊下を急いで向かって来る足音があった。その重い感じから女の足音ではなさそうだった。

「お呼びでございやしょうか」と、宗次にも貴三郎と判る声が、障子の外でした。小奈津姐さんに〝親指〟を救われた貴三郎だ。

「おう、構わねえから入んねえ」

「失礼いたしやす」

障子が開いて廊下に正座する小頭貴三郎の神妙な姿があった。体を小さくしている。

「貴三、儂に対し偽りの報告をした事については、もう何も言わねえよ。いいから お前《めえ》も何も言うな。それよりも、宗次先生の体格に合った旅仕度を急いで整えて差し上げろい」

「旅仕度を？　この刻限にでございやすか」

「そうだ。先生はこれから甲州路を行きなさる。三度笠に道中合羽、長脇差いや、腰物《こしもの》は一家が家宝にしてきた『童子切《どうじぎ》り安綱《やすつな》』を貸して差しあげねえ」

宗次は驚いたようなまなざしを文助に向けた。

畳み掛けるようにして文助の貴三郎に対する指示が続く。

「先生のことだからカネに困っていなさる筈はねえが、この刻限じゃあ直ぐに用意もなるめえ。念のためだ。路銀に五十両ばかりをな」

「へい。承知いたしやした。それじゃあ直ぐにも……」

と、貴三郎は頷《うなず》き、障子を静かに閉めた。

重い足音が急ぎ調子で遠のいてゆく。

「文助親分……」

「先生。儂が貴三《きさ》に指示したことについて、あれこれ言うのは止しにしなせえ。今夜は儂のしたいように、させておくんない。宜しいな浮世絵の先生」

「……判りやした。申し訳ねえ」

宗次は頭を深く下げた。大親分文助が小頭に対し指示を放ったことに、下手《へた》に口をはさめば親分の顔を潰すことになりかねない。

文助との付き合い短くない宗次にはそれが判るから、素直に頭を下げるほかなかった。

「それにしても親分、『童子切り安綱』（現・国宝、東京国立博物館蔵）が大崎一家にあったとは驚きやした。長く行方《ゆくえ》が判らねえことで大名旗本たちの間で話題や噂になっていた伝説の名刀でございやすから」

「うむ、亡き先代の若い頃から一家の家宝になっていたようでな。儂もどのような経緯で一家の家宝になったのかは、先代から聞かされていねえんだ。ま、大江《おおえ》山《やま》の酒呑《しゆてん》童子を源《みなもとのよりみつ》頼光が斬ったとされる伝説の名刀が博徒の一家の家宝になっているってえのも面白いじゃござんせんか。べつによう、この文助に『童子切り安綱』が全く似合わねえ、という訳でもござんせんでしょうからねい。まあ、時代が下がりゃあ、そのうちこいつも立派な人物とやらの手に渡りましょうぜい」

「うーん……そうですかねい。そのような名刀を私《あつし》の旅の供に貸して下さるなんざあ、絵師としても本当にいい経験になりやす」

「それにしても宗次先生よ」

「はい」

「お前《めえ》さん一体《いってえ》、何者でえ」

「え？」

「短くない付き合いだから、今さらどうでもいい事だけどよ。お前《めえ》さん町人じゃああるめえ」

「何をいきなり親分……」

「もしかして侍の出、じゃあねえのかい。儂が『童子切り安綱』を先生にならば貸してもいいと思った裏にゃあ、この御人《おひと》はひょっとすると、とんでもない御人かも知れねえ、という疑いが、いや、思いがあったからでござんすよ。先生が描いた浮世絵を儂も幾通りか出入りの大店筋で見せて貰ったことがあるが、大胆秀麗とでもいう画法の中に、なんとも言えねえ品の漂《ただよ》いがある。〝凄みの品〟とでもいうのかねい。ありゃあ持って生まれたもんだと、儂は見ているんだ……侍の出ですな、先生。それも絶対に下級の侍なんぞじゃあねえ。そうでござんしょ」

「とんでもねえことです親分。私《あっし》は正真正銘、町人の浮世絵師でござんすよ。へい、町人で間違いございやせん」

「そうかえ……ま、いいやな。昨日《きのう》今日の付き合いじゃあねえんだから、今さら侍でも町人でもねえやな」

「その通りで……」

「背丈すらりとした一見役者のような先生だ。三度笠に道中合羽、腰物に『童子切り安綱』の一本差し。この姿、似合いやすぜ先生。甲州路の宿場の若い飯盛り女なんぞが黄色い声をあげて、きっとしがみついてきまさあ」

「親分、止しにして下せえ」と、宗次は苦笑した。

急ぎの足音が、また座敷に近付いてきた。

七

「親分、姐さん。そいじゃあ行って参《めえ》りやす。『童子切り安綱』は責任もって必ずお返し致しやす」

「おうよ。返して貰わにゃあ困るが、なあに、余り気にし過ぎる事はねえやな。長旅ってえのは途中何があるか判らねえのが常だ。それに儂は、なぜ浮世絵の先生が急ぐ様子で甲州路を行こうとするのか、よく判らねえ。ま、必要な時は、その腰物を思いっ切り使ってくれてもよござんす。この文助、ケチな事は言わねえよ先生」

「有難うござんす。じゃあ……」

宗次は深々と頭を下げると、深夜、表にまで出て見送ってくれる文助と小奈津姐さんに向かって丁重《ていちょう》に腰を折り、背中を向けて歩き出した。

「気を付けてね……」

と、小奈津姐さんの澄んだ声が宗次の背中を追い、宗次が振り返り気味に「へい……」と返すが歩みは緩《ゆる》めない。

「なんだか身内の者を送り出すような気分だね、お前さん」

「ほんになあ。絵師なんかやめて、儂らの社会に入ってくれねえだろうか」

「馬鹿をお言いじゃありませんよ。宗次先生の浮世絵は時代が下がりゃあそれこそ国の宝にだってなるかも知れない程のものなんだ。絵師としての先生の凄い才能を、見守ってあげるべきですよ、お前さん」

「そうよな、うん……その通りだ。違《ちげ》えねえ」

と、頷く文助であった。

宗次の後ろ姿が次第に、月夜の彼方《かなた》へと溶けてゆく。

すると小奈津姐さんが表戸の内《うち》に向かって、小声を掛けた。

「そろそろいいよ与市」

呼ばれて外に出てきたのは、これも小奈津姐さんに〝親指〟を救われた居合いの与市であった。なんと道中合羽に三度笠、腰に長脇差を通した旅姿だ。

文助が言った。

「いいか与市。何だか本当の訳《わけ》はよく判らねえが兎《と》も角《かく》も宗次先生の急な長旅だ。よっく後ろから見守ってあげねえ」

「承知いたしやした。任せておくんなさいやし」

「但し、出過ぎた事はするんじゃねえ。宗次先生に手を貸すのは、余程の時だけだ。それから、石和の繁次郎を見かけても手出しするんじゃあねえ。わかったな」

「へい」

「行け。付かず離れずにな」

「そいじゃあ……」

「頼んだよ与市」と、小奈津姐さんが念を押す。

居合いの与市は、文助と小奈津姐さんに深々と頭を下げると、二人に背を向け、足を急がせた。

先を行く宗次の姿はもう夜の向こうに消え去っていた。

小奈津姐さんの顔が、軒提灯《のきちようちん》の明りの下で、ふっと曇った。

「ねえ、お前さん」

「ん？」

「先生の旅先で、血の雨が降るような大事が起きなきゃあいいんだけれど……」

「嫌な予感がするのけい」

「なんとなく、胸の片隅でねえ」

「小奈津よ」

「え？」

「宗次先生ってえ人は、只者《ただもん》じゃあねえ、と儂は見ている。一見、役者のように優しい体つき顔つきだが、がっしりとした感じのあの大きな両手は、絵筆で鍛《きた》えられたもんじゃあねえ」

「じゃあ……剣《かたな》とでも？」

「そんな生《なま》やさしいもんじゃやねえやな。剣も槍も六尺棒も見事に使いこなしなさるような気がするんだが」

「へえ、お前さんの目もなかなかなものだね。私にはそこまでは判らないけれど、なんだか町人出の絵師じゃあないような気はしていましたよ」

「侍の出……とでも言いてえのだろ」

「そう……」

「同じだ。儂の見る目とな」

　そこで話を切った二人は、いつ迄も黙って月明りの向こうを眺めていた。すでに居合いの与市の姿も、夜の彼方に消え去っている。

　浮世絵師宗次は、と言えば暫《しばら》く行ったところの海神《かいじん》神社の鳥居そば大杉の陰に、まるで初めから予定していたような自然さで、すうっと体を隠した。通りも神社も深夜の真っ只中で静まり返り、さすがに一人の旅人の姿も見当たらない。

　この刻限に出歩く者は、我から災難に挨拶に行くようなものだ。

　と、その挨拶に行くのか行かないのかの足音が、ヒタヒタと宗次の耳に届き出した。

　宗次が大杉の陰深くへ更に一歩下がる。

　その足音の主《ぬし》が、神社に近付いた所で足を止め、鳥居に向かって軽く柏手《かしわで》を打ち、また歩き出した。

　その後ろ姿を、大杉の陰から月明りの中に出て見送る宗次の口元に、微かに苦笑が漂っていた。むろん、前を行く後ろ姿が居合いの与市であると見抜いている者の、苦笑である。

（親分、姐さん。ご心配ありがとうございんす）

宗次は胸の中で呟くと、居合いの与市の後を行かず、海神神社の境内の竹藪《たけやぶ》へと入っていった。

この辺りの表通り裏通り、路地や近道などは心得すぎているほど心得ている宗次である。

「与市さん申し訳ねえ、私《あつし》はうんと早目に甲州路を行かせて貰いやす」

呟きながら宗次は、古い顔なじみである渋谷坂の「貸馬《かしうま》の吉三郎《きちさぶろう》」に立ち寄って叩き起こすことを考えていた。

八

「貸馬の吉三郎」の住居の前まで来た宗次は、「お……」と右の掌《てのひら》を額《ひたい》の高さに上げて夜空を仰《あお》いだ。

月明りが皓皓《こうこう》と広がっている夜空であったが、ぽつりぽつりと冷たいものが落ちてくる。

「やだねい。春雨、いや狐の嫁入りか……それとも本降りになるのかえ」

そう漏らした宗次は三度笠をとり、頑丈な板戸になっている貸馬屋の玄関に一歩近寄って、拳を上げた。

宗次が、裏手は厩舎と承知している辺《あた》りから、馬の低い鼻鳴りが、ぶるるっと伝わってくる。

板戸を三度叩いて、宗次は耳を澄ました。

貸馬屋の三方は畑で、東だけが竹藪だ。深夜ではあったが、一番近い民家でも一町《ちょう》半ばかり離れているから遠慮はいらない。

応答がないので、宗次は再び板戸を三度叩いてみた。

「うるせえ。こんな刻限に誰でえ」

板戸の向こうで、ガラガラ声がした。雲助《くもすけ》声というやつだ。

(あ、サブの野郎また酔っ払ってやがる)と、宗次には判った。

宗次が吉三郎三十五歳――通称サブやん――を知ったのは一昨年の秋。目黒・大鳥神社の「酉《とり》の市」の日だった。衆目《しゅうもく》ある中、神社境内で、酔った無頼侍二人が若い町娘に抱きつこうとするのを、これまた酔った吉三郎が止めようとして無謀にも殴りかかったのだ。

気性荒く無精髭《ぶしょうひげ》で酒好きな雲助声の吉三郎。こう書けば如何《いか》にも強そうだが、如何《いかん》せん背丈が四尺八寸しかなく、そのうえ瘦《や》せた体つきときている。たちまち無頼侍に張り倒され危《あや》うく斬られそうになったところを、通りかかった宗次に救われた。

この日宗次は、「夢座敷《ゆめざしき》」の女将幸《おかみこう》と共に彼女の生家、目黒の大庄屋を訪ねるところであった。

これが契機となって、宗次と〝小さな荒くれ吉三郎〟との付き合いは今も「宗ちゃん」「サブやん」で続いている。

宗次はこの吉三郎の真っ直ぐな気性を大層気に入っていた。

表戸が乱暴に開いて、酒臭い息が宗次の顔にかかった。

「な、なんでえ。浮世絵の宗ちゃんじゃあねえか。そ、それに一本差しのその恰好……」

と無精髭の吉三郎は目をむいた。

「深夜にこんな恰好で訪ねて驚かせ、すまねえな。サブやん」

「ま、ま、恰好なんざ、どうでもいいやな。とにかく入んねえ。一緒に呑もうや。呑みながら、その旅姿の訳を聞かせてくれ」

吉三郎が宗次の腕をわし摑みにして土間へ引っ張り込もうとするのを、「今夜は付き合えねえんだ」と、ひょいと簡単に振り払う宗次であった。

「どしたい。水臭いじゃねえか宗ちゃんよ」

「すまねえ。酒は改めてとことん付き合うからよ、今夜は馬を一頭貸してくんねえ」

「馬を？　この深夜にその旅姿で何処《どこ》ぞへ出かけるというのけ。それに一人で馬に乗れるのか宗ちゃん」

「ああ、ちょいと甲州路を急ぎてえんだ。石和までな。乗馬は初めてじゃねえ」

「なんだと。石和って言やあ随分と遠出じゃねえかい。訳を訊《き》いちゃあならねえのか」

吉三郎のふらついていた足がしゃんとなって、きつい目つきとなった。

「できれば訊かずに、一つ返事で貸してくれめえか」

「余程の理由《わけ》があるんだな。その一本差しの恰好いい旅姿によ」

「べつに恰好がいいとは思わねえが……ま、なんとなくこんな恰好にされちま……あ、いや、なっちまったい」

「ふうん」と、吉三郎が無精髭を撫《な》でながら、宗次の足元から頭の先までを疑わし気な目つきで繰り返し眺める。

「すまねえが急いでんだ、サブちゃんよ」

「判ってるよ。で、馬は乗れても道中手形は？」

「ない」

「どうするんでい。宗ちゃんのような全く無名の貧乏浮世絵師が旅するにゃあ、道中手形はなおさら欠かせねえぜ」

と、実は貸馬屋吉三郎は浮世絵師宗次のことを、大名旗本家の依頼といえども今や簡単には描いて貰えないほど、多忙な天才絵師だとは知らない。

「なんとかなるさ、道中手形なんぞ」

「無茶を言うんじゃねえよ。旅の途中で万が一事件や事故に巻き込まれりゃあ道中手形なしの旅人《たびにん》は面倒なことにならあな。番所牢《ろう》に放《ほう》り込まれることだってあるんだからよ」

「だろうな」

「何をのん気なことを言ってんだい。無名の浮世絵師といえども、ちいたあ世間のことを学んで貰わにゃあ困るぜ。ちょっと待っていねえ」

言われて宗次は頭の後ろに手をやり、苦笑した。

吉三郎は土間から板の間に上がって古箪笥《だんす》の引出しを開けると、何枚かの折り畳まれた白紙《しらがみ》を掴み出し、板の間に投げ出すようにして胡座《あぐら》を組んだ。

散らばった白紙がどうやら道中手形と判った宗次の顔が「おやおや……」となる。が、べつに困惑の様子ではない。

白紙の上を泳いでいた吉三郎の目が右端のものを選んで取り上げた。

「これを持っていきねえ。甲斐《かい》の名刹善光寺《めいさつぜんこうじ》さん（甲府市善光寺三の三六の一）への参詣往来手形（道中手形）でい。カネは要《い》らねえから持って行きな」

「驚いたな。こんな商売までやってんのかえサブちゃんはよう」

「貸馬だけじゃあ、稼ぎは高《たか》が知れてんだ。でな……昨年あたりから地回りに勧《すす》められてぼちぼちよ……」

「偽造……ニセだろ。大丈夫かえ、その地回りってのは」

「ニセと言やあニセ。本物と言やあ本物だい。地回りも、なあに大人しい幼馴染みで心配はいらねえ。たった今から宗ちゃんは、この手形に記されている甲斐善光寺詣りの定吾郎《さだごろう》だ。忘れちゃあいけねえぜ」

「わかった。ありがとよ」

宗次は受け取ってじっくりと眺めた。なるほど、どう見てもニセ道中手形とは思えなかった。いや、ニセの本物とでもいうのであろうか。

道中手形は侍の場合は仕《つか》える主家が発行し、町民村民の場合は町役人、村役人あるいは菩提寺《ぼだいじ》(檀那寺《だんなでら》)から出る。また僧侶の旅の道中手形を出すのは、その僧侶が仕える寺院であった。

「さ、もうあれこれ訊かねえから行きねえ宗ちゃん。裏の厩舎で気に入った馬を自分で選んでよ。な」

「うん。そうさせて貰《い》うぜ」

「途中でもし馬が要らなくなったらよ、甲州路ならこの吉三郎と相互預かりの約定《やくじょう》を交《か》わしている馬指《うまさし》が、途中の宿《しゆく》に三人いるんでな、その奴に儂《わし》の名を告げて預ければ、馬は早くて三、四日のうちに、遅くとも七日以内には江戸へ戻ってくる」

「ほう。馬指ってえと、宿場宿場で馬を用意してくれるあれだな」

「おうよ。江戸で一番近いのは、日本橋から四つ目の宿《しゅく》。七里半先にある府中《ふちゅう》宿の馬指熊助《くますけ》だ」

「えらく強そうな名だな」

「やたら喧嘩っ早い危険な野郎だでよ。もし馬を預ける時は頭低くして下手《したて》に申し出てくんねえ」

「心得た」

「府中宿には武蔵《むさし》総社とも言われている有難《ありがて》え大國魂《おおくにたま》神社ってえのがある……びっくりするほど広大な清清《すがすが》しい森に護《まも》られるようにしてな」

「名は知っているよ。有名だい」と、宗次の目が何かを思い出すように、ちょっと遠くなった。

「なに、知っている？　そいつあ感心な絵師だ。その大國魂神社そばで熊助の住居《すまい》を訊きゃあ誰だって知ってる。旅人《たびびと》以外ならな」

「あと二人の馬指は？」

「勝沼宿《かつぬまじゆく》の順平《じゆんぺい》、それに甲府柳町《やなぎまち》の悪次郎《あくじろう》だ」

「えっ、悪次郎だと」

「そうよ。だが安心しねえ。こいつあ、名と性格が正反対な大人しい野郎で全く心配ねえ」

吉三郎はそう言うと鼻の腔《あな》を広げ、喉《のど》の奥でチイチイと奇妙な音を鳴らして笑った。

九

宗次は小雨降る深夜の甲州路を、吉三郎から借りたアオという雄馬を走らせた。ともかくこの深夜から明け方にかけて、府中宿辺りまでは行く積もりであった。

先に江戸を発《た》った甲州石和の繁次郎は旅馴れている筈であるから、これも何処ぞで馬を借りて走らせているかも知れない。

(下手に扇姫騒動に首を突っ込むと、繁次郎も危ねえ)

そう思った宗次は江戸の市街地を離れるや、アオの帯径《おびみち》と肋《あばら》の間を足で巧《たく》みに打って全力疾走に入らせた。

このような光景をもし吉三郎が目にしたなら、仰天《ぎょうてん》したことであろう。

「宗ちゃん、あんた一体……何者でい」と。

それこそ一寸先も見えない、小雨降る深夜の甲州路だった。

宗次は馬が、猫ほどではないにしろ、人間よりもはるかに夜目《よめ》が利《き》くことを経験的に知っている。このことは余程の鍛練者でないと判らない。

（驚いた……こいつあ、よく走る馬だ）

まさか、と思う程の走り様《よう》を見せる「貸馬の吉三郎」のアオに、宗次はたちまち惚れ込んだ。このような駿馬《しゅんめ》が貸馬屋になあ、と吉三郎を改めて見直した。

宗次の道中合羽がひるがえるほど強力な、アオの走りだった。

しかも、ジリジリと速さを上げていく。

〝知り合った〟ばかりだというのに、宗次とアオは、はや人馬一体となって矢が飛ぶが如《ごと》く闇を裂いて走り続けた。

この深夜、宗次がとり敢えず目指しているのは、府中宿の馬指熊助であった。

とり敢えず、である。そこ迄の途中で、道中手形を役人から求められる心配は先ず無い、と認識している「定吾郎」だ。

甲州路は幕府にとっても町民村民にとっても非常に重要な街道には違いなかったが、東海道のように有力諸大名の参勤交代や旅人の往来が多くないため、宿《しゅく》の形態は「合宿《あいじゅく》」が目立った。

つまり一宿《しゅく》を一村で経営するには負担が大き過ぎるため、「月割り」や「上り宿《じゅく》」「下り宿《じゅく》」などに細《こま》かく役割を分けたうえで一宿を一村で請《う》け負うというやり方である。

たとえば府中宿にしても、三町村で「月割り」を三分の一ずつ請け負って一町村の負担を軽減していた。

雄藩諸大名が参勤交代で往き来する東海道に比べると甲州路の参勤交代は、「徳川一門」の地である甲府藩二十五万石の利用を除けば、高島藩《たかしま》（諏訪氏三万石。上屋敷木挽町四丁目、三〇〇〇坪）、高遠藩《たかとお》（鳥居氏三万二百石。上屋敷小川町、三六三〇坪）、飯田藩《いいだ》（堀氏一万七千石、上屋敷柳原八名川町、三〇〇〇坪）の三藩に限られていた。

宗次はアオを走らせながらその疲労度を把握するため、ときおり掌《てのひら》を首筋、ハラなどに当て、馬体のおおよその体温を確かめることを忘れなかった。

これなども大剣聖梁伊対馬守隆房に鍛えに鍛えられた宗次だからこそ、推《お》し測れる事であった。

「ようしよしアオよ。少し速歩《はやあし》に落としてよいぞ」

小雨降るなか、宗次は辺りの闇のかたちを見まわしながら、軽く手綱《たづな》を引いた。

宗次の巧みな操りによって、アオがゆっくりと速さを落としてゆく。

「ようしよし、それでよい」

宗次はアオの首筋を三度撫でしたあと、ポンポンと優しく叩いてやった。

速歩《はやあし》とは、ひとが普通に十呼吸（およそ一分）する間に馬が進める速さを指しており、その距離は二町《ちょう》ばかり（約二二〇メートル）である。

この速歩のとき馬の背の上下動は最も大きくなるため、したがって馬上の者はその振幅に合わせ、鐙《あぶみ》（鞍の両側に垂れている足掛）に立ち・鞍に座る、を繰り返して臀《でん》部《ぶ》への衝撃を抜く（軽減する）ことになる。

馬は休まるが馬上の者には負担がかかる速歩であった。

アオが、ぶるるっと鼻を鳴らした。

闇に沈む街道の両側は田畑、と宗次には判った。「暗闇を見通《みとお》す」という鍛練は、揚真《ようしん》流兵法では極めて重視されている。

「お、流れの音がするぞアオ。たんと水を飲め」

宗次は左の手綱を少し引いた。

アオは流れの音のする街道の脇へと寄ってゆくと、雑草をザワザワと踏み鳴らして馬体の半分ほどを進ませ、そこで首を下げて水を飲み出した。

と、小雨が不意にやんだ。不意に、という形容そのままのやみ方だった。

宗次は夜空を仰いだ。月はもちろん一つの星の輝きも見られない真っ暗な空だ。

西の方角で稲妻《いなずま》が走ってその一面が一瞬青白く染まったが音はなかった。

「春雷がくるかな……」

と、宗次が呟く。

と、アオが首を上げて、流れの向こう岸を眺めた。向こう岸とはいっても、夜目が利く宗次には僅《わず》かに七、八尺ほどと見当がつけられる。その向こう岸の先は、やはり畑だった。

アオの耳が頻《しき》りに動いた。何かの気配でも捉《とら》えているのであろうか。

馬上の宗次は神経を研《と》ぎ澄ませて、用心深く辺りを見回した。

だが、何も感じない。

「あの……森か」

と、宗次はまた呟いた。

向こう岸の先は田畑が広がっていると、夜目が利く宗次には判る。さらにその先の黒黒とした小高い広がりは、森、と判断できた。

「狐か狸がこちらを見ているのかえアオよ。それとも……人かえ?」

宗次はアオに囁《ささや》きかけると、手綱を右へ引いて鐙で微《かす》かにハラを叩いた。

アオは街道へ戻ると自ら速歩《はやあし》に入った。

半町ばかりその状態で進んでから、「行くぞアオ」と宗次の掌《てのひら》が馬の首筋を二度撫で叩いた。

馬体を思い切り伸ばしたアオが、直後に駈足《かけあし》に入った。駈足とは、ひとのおよそ十呼吸の内に、三四〇メートルほどを走る速さである。

その速さがぐんぐんと上がってゆき、たちまち襲歩《しゅうほ》となった。

これが全力疾走であった（いわゆる競馬《けいば》速度）。

「いいぞアオ。お前は凄い」

宗次の掌が、アオの肩のあたりを強めに叩いた。

十

明け方、宗次を乗せたアオは府中宿大國魂神社の広大な森の入口——大鳥居の前に着いていた。此処に着く途中で休んだのは、三度だけである。

神社は杉木立と、満開の山桜との見事な混在であった。

ぶるるっと鼻を鳴らしたアオが、「綺麗な森だ」と言わんばかりに蹄《ひづめ》で足元の地を打った。

「ようし、此処でしっかりと休んでよいぞ」

宗次は馬上から下りると、そばの木に手綱を結びつけ、アオの鼻すじ首すじを幾度も撫でてやった。

アオが「うんうん」といったように、首を縦に振る。

「すぐに戻ってくるからな」

宗次はそう言い残して、大鳥居を潜《くぐ》った。

山桜の花びらが、宗次を歓迎するかのように降りかかる。

明け方の空は、うっすらと明るく、降り続いていた小降りの雨はすでにやんでいた。実にさわやかな春の明け方であった。

宗次が大國魂神社を訪れるのは、実はこれで二度目である。一度目は亡き父であり恩師である梁伊対馬守隆房と訪れていた。

「変わっていないな。父と訪れた時のままだ。山桜も美しい」

明け方、とはいっても鬱蒼《うっそう》たる大森林の中はまだほんのりと薄暗い。すでに境内に入っている宗次であったが、境内とは思えない圧倒的な大自然であった。

社殿は、まだまだ遥《はる》かに先だ。あと二つばかり山桜に囲まれた見上げんばかりの大鳥居の下を潜り、さらにその先である。

（この神社の森はさすがに身が引き締まる……）

と、宗次は思った。清冽《せいれつ》にしておごそかな何とも名状し難い空気の漂《ただよ》いを肌に感じる宗次であった。素直に自然と頭《こうべ》が下がるのだ。

この森の参道を亡き父隆房と共に歩んだとき、父が思い出したように物静かな口調で言ったことを、宗次は今も忘れていない。

それは……

「民《みん》を貴《たつと》しと為《な》す、社稷之《しやしよくこれ》に次《つ》ぎ、君《きみ》を軽《かろ》しと為《な》す」であった。

国民を第一と考える中国の思想家孟子《もうし》（中国戦国時代の儒家。「性善説」を唱える）の言葉――民為貴、社稷次之、君為軽――であると無論宗次は理解している。

国家に於《お》いては国民（人民）こそがまず最高の存在であり、二番目が国家（社稷）であり、宰相《さいしよう》（君主）は最も軽い存在である（でなければならない）……という意味と考えてよいのであろう。

宗次は、亡き父が「徳川体制はいずれ崩壊する」と内心考えていたのではないか、と想像してきた。今でもその想像を否定してはいない。

そしてなによりも、此度《こたび》の扇姫騒動こそ徳川体制の歪《ゆが》みを象徴しているように思えてならないのであった。もし、孟子のような人物が徳川現体制下に存在しておれば、危険思想・危険人物と見られてたちまち糾弾《きゆうだん》され断罪されるのでは、と思った。

宗次は森のかなり奥深く、山桜に囲まれて立つ第二の大鳥居の手前で足を止め、三度笠を取って頭《こうべ》を下げた。鳥居は社殿に近付くにしたがって、その大きさを増す。

「父上……もう一度父上と一緒に、ここを訪れることが出来れば、どれほど嬉しい事でしょうか」

宗次は小声で、第二の大鳥居に向かって語りかけ、もう一度頭《こうべ》を垂れた。

そうして、清清しい気持になり三度笠をかぶり直す宗次であった。

踵《きびす》を返し、ゆっくりとした歩みで、アオが待つ第一の大鳥居へ宗次は戻った。

空は、かなり明るさを増していた。まだ淡い暗さを残している雲のかすかな切れ目から覗いているのは青い空と判った。

どうやら、今日は朝から晴れそうだ。春雷は訪れそうにない。

一陣の風が参道を吹き抜けて、宗次の道中合羽がひるがえる。

真っ直ぐな参道の彼方《かなた》に、第一の大鳥居が見えてきた。

このとき宗次は、空を見上げながらさり気ない足の運びで杉の巨木の陰に入った。

少なくとも何気ないその動きによって、宗次の姿は参道から消えていた。

宗次はと言えば、杉の巨木に背中を張り付かせ、呼吸を止め目を閉じていた。

（おかしい……気のせいだったのか）

と、宗次の唇が僅かに動いた。

参道の右手森の奥からかなりの速さでいきなりこちらへ迫ってくる気配を捉えていたのだ。

その気配が突如として消えていた。消えるのが不自然なほどの、相当な速さでの接近だった。殺気とかは無かったが鹿、猪などの大型野生動物の気配とは明らかに違う、と宗次には確信があった。

宗次は四方に注意を払いつつ参道へ戻り、落ち着いた歩みで彼方の大鳥居を目指した。

この府中宿で最初に訪ねるのは馬指熊助、という考えは変えていない。

腰に一本差しの三度笠に道中合羽。その姿が、明るさを増しつつある神社参道に不思議と似合っていた。

何事もなく、宗次は最初の大鳥居の外に出た。

(気のせいだったのか……それにしては……はっきりとし過ぎていたが)

参道を振り返って、小さく首をひねる宗次であった。

アオのそばに戻って鼻すじを撫でてやると、馬は目を細めた。

微笑《ほほえ》んでいる、と宗次には判る目の細め様《よう》だった。

「何処《どこ》ぞで朝飯をハラに入れてな、それから熊助という怖い男を訪ねるぞ」

宗次が言うと、アオはまた目を細めた。

「行くか……」と、宗次はアオの手綱を引いて歩き出した。

宿《しゆく》の目醒めは早い。

甲州路を幾らも行かぬ右手に「めしさけ」の暖簾《のれん》を下げた百姓家のような古く薄汚ない店があった。表口は何故《なぜ》か少し歪み、屋根にはペンペン草が生えている。

それでも早、客の出入りが頻繁《ひんぱん》なところを見れば、安くて旨い店なのであろうか。二度目の府中宿である宗次には、記憶のない店だった。

宗次は街道に沿って植えられている松にアオの手綱を括《くく》りつけると、「めしさけ」の暖簾を潜った。

店の中は混み合っていた。五列に並んだ床几《しょうぎ》には、肩をぶっつけ合うようにして旅人が腰を下ろし、膝の上に朝飯と味噌汁、香の物をのせた小盆を置いて黙黙と箸《はし》を動かしている。

膝から小盆が滑《すべ》り落ちないのが不思議なくらいだ。

「兄さん、ここへお座んなせえ」

宗次にそう声を掛けて座を詰め広げたのは、宗次と同じ身形《みなり》の三十半ばに見える一本差しだった。

左の耳の下から顎の先にかけて、くっきりと創傷がある。斬った張ったの、斬られ傷なのであろうか。

かなりの古傷のようには見える。

「恐れいりやす。お言葉に甘えさせて戴《いただ》きやす」

宗次は相手に向かって丁重《ていちょう》に頭を下げると、腰の「童子切り安綱」を取って相手と並び、腰を下ろした。

頬傷のそいつは、腰に長脇差を通したままで、後ろの床几の商人風の腰にコツンコツンと当たっていたが、商人風は黙って味噌汁を啜《すす》っている。

「俺は利根《とね》の半三《はんぞう》ってんだ。お前《めえ》さんは？」

「浮世……いや浮寝《うきね》の定吾郎と申しやす。宜《よろ》しくお見知りおき願いやす」

「浮寝の定吾郎とは、これまた粋《いき》な名じゃねえか」

「旅から旅への下らねえ貧乏渡世人でござんすよ」

「そうかえ。が、それはお互い様よ。さ、はやく飯にしねえ」

利根の半三とやらはそう言うと、調理場に向かって「姐《ねえ》ちゃん、朝飯ひとつ追加だい。急いでくんねえ」と大声を張り上げた。

調理場で「あいよ」と、姐ちゃんらしからぬ嗄《しわが》れ声。

「そいじゃあ浮寝の定吾郎さんよ。俺は親分の用を抱えて先を急ぐんで、これでお別れだが、お前《めえ》さんはゆっくりと体を休めていきなせえ」

「これは恐れいりやす」

「また何処かで会うだろうぜ。その時は一杯つき合ってくんない」

「へい、楽しみに致しておりやす」

「じゃ、あばよ定《さだ》さん……」

「ごめんなすって」

利根の半三が前下げ気味に三度笠をかむって出ていったところへ、六十半ば過ぎくらいに見える老女が「朝飯一丁。先払いだよ」と、宗次の膝へひどい嗄れ声と共に小盆を置いて、「かね……」と言わんばかりの顔つきで右掌を出した。

宗次は苦笑しながら、壁の張り紙に書いてある朝飯代を老女の皺《しわ》だらけの右掌にのせてやった。

「お前さん、半ちゃんの仲間かえ」

老女は、床几と床几の狭い間に立ったまま動かず、嗄れ声で訊ねた。

「半ちゃん？　あ、利根の半三さんのことでござんすか」

「そうだよ」

「いやなに。この床几の席を譲って貰っただけのことでござんす」

「いい男だよ、あの半ちゃん。この府中宿の生れでさ、幼い頃から私《あたし》のことを姐ちゃん姐ちゃんと慕ってくれてさ」

「あ、それで先程、姐ちゃんと……」

「年寄りのくせに、何が姐ちゃんだと言いたいのだろ。この野郎」

「滅相《めっそう》も……何歳であろうが、姐ちゃん、兄ちゃん、で宜しいんじゃございませんか。ひと様の勝手でござんすよ、そんなの」

「本当《ほんと》にそう思うのかえ」

「思いやす」

「心から？」

「心から……」

「いま鰯《いわし》の目刺しを三匹焼いて持ってきたげるよ。御負《おま》けだい。ちょっと待っといで」

老女はそう言うと、床几に座っている誰彼の客の脚を蹴り飛ばすようにして調理場へ戻っていった。

宗次のまわりの客が「はじまった」と囁いて、くすくすと笑っている。常連の旅人なのであろうか。

宗次は笑う訳にもいかず、真顔を装って鰯の目刺し三匹が現われるのを待った。

だが、こうする間、大変な事態が宗次に向かって迫りつつあった。

それも、一つや二つというものではない。

宗次自身が予想だにしていなかった事態、というほかなかった。

十一

正四ツ《しょうよ》（午前十時）すこし前に江戸城へ登城した大老酒井雅楽頭忠清《さかいうたのかみただきよ》五十五歳（上《こう》野厩橋藩主《ずけうまやばし》。十五万石）は、苦虫《にがむし》を嚙み潰《つぶ》したような顔つきで御書院御門（中雀門）を潜って御殿《ごてん》玄関に入った。

城中では若年寄支配下の御同朋《どうぼう》頭かその配下の御同朋、あるいは双方が大老に付き添って諸用を預かるため、雅楽頭忠清の刀も彼らが預かることになる。

だが、いつもは無言・無表情で刀を預ける（手渡す）雅楽頭忠清が今朝に限って違った。

「重いのう、刀というのは」

そう低い声で言ったあと、ギリッと奥歯を嚙み鳴らしたのである。

この日、大老酒井の刀を預かったのは十人近くいる御同朋の中では冷静沈着で知られた三津屋《みつや》四郎右衛門四十八歳であったが、彼の顔からみるみる血の気が失せていった。

大老酒井が奥歯を嚙み鳴らす時、決まって大鉈《おおなた》がふるわれるという事を承知しているからだ。

単なる噂ではなかった。自分が味わってきた事実として承知していた。

（六度……いや、七度か）

と、四郎右衛門は頭の中で素早く数えてみた。そのくらいは……と自信のある数であった。

寛文《かんぶん》六年（一六六六）三月二十六日に酒井雅楽頭忠清が大老に就いて今日《こんにち》までの十三、四年の間に間違いなく、それくらいは震えあがった、と記憶している。

この朝、大老酒井の感情は確かに煮えくり返っていた。

老中詰めの部屋の中に占められている大老の座に腰を下ろした酒井忠清は、四人の老中が挨拶するよりも先に、「備中守《びっちゅうのかみ》」と官名で一人の老中を呼びつけた。

四人いる老中の中では土井能登守利房《どいのとのかみとしふさ》と並んで一番最近に老中に就任した堀田《ほった》備中守正俊《びっちゅうのかみまさとし》四十五歳である。正式の書面辞令は七、八月（延宝七年）の頃に出される予定であったが、慣例に従って口頭発令により既に事実上の任務に就いていた。

大老が老中を呼ぶとき、官名を呼び捨てるのはこれも慣例であって、これ自体は大老酒井の機嫌とは関係ない。

問題は、その表情である。眦《まなじり》が吊り上がっていたのだ。

堀田正俊は大老酒井の前に進み出て静かに平伏した。

「気に入らぬぞ備中……」

「は？」と、老中堀田は平伏を解いて面《おもて》を上げた。

「気に入らぬと申しておる」

「何か御座りましたか」

「そなたが忍び御門まで見送った、越後高田《えちごたかだ》藩に向けて発《た》たれた扇姫様の御行列じゃが、これと言った問題に遭遇することもなく途中の、役人番所などを無事に通過なされた。だが何としたことか途中で御行列は突如二つに分かれ、どちらか一方の御行列が消息を絶ったというぞ」

「な、なんと……それは何処の何者から齎《もたら》されたものでございまするか」

「たわけ。そのような問いを、この大老酒井に向かって平気でするとは何事じゃ」

「で、ありまするが……」と、堀田正俊の顔はもう真っ青であった。

「備中。扇姫様の御出立についての何から何までを、そなたに一任したのはこの大老酒井じゃ。そなたは御行列を途中で二手に分けるよう予《あらかじ》め仕組んだのか」

「滅相も。御行列は中仙道の首駅《しゆえき》でありまする板橋宿へ向かったものと承知致しております。その御行列がなぜ途中で二手に分かれたのか、私には見当もつきませぬ。その真偽について判る者をご存知でございますれば、是非私《わたくし》めにお引き合わせ下さりませ。お願い致しまする」

「何処の何者からその通報があったかは、私の職掌に属する『大老秘』というものじゃ。それをいちいち明かすなどすれば、徳川の天下を総理できぬわ」

「二手に分かれた御行列の一方が消滅したとは一大事でございまする。その消滅した御行列がもし扇姫様の御行列ならば、此処にこうしてはおられませぬ」

「ふん。誠に上手《うま》く私の問いに応じるものよのう備中」

「そ、そんな……一方の御行列が消息を絶ったと申されましたが、もう一方の御行列の様子は、把握なされておられましょうや」

「なんたる問いをこの大老酒井に対して向けるのじゃ。無礼者めが」

「も、申し訳ありませぬ」

老中堀田正俊の心の臓はこのとき、早鐘《はやがね》の如く打ち鳴っていた。

実は扇姫の御行列を途中で二手に分かれるように仕組んだのは、扇姫の無事を強く願う堀田正俊自身であった。

しかし「一方の御行列消滅」という重大事が起きることを、切れ者の評価ある堀田ほどの人物が殆《ほとん》ど予想していなかった。御行列に加わる一名一名を厳選し、自信と確信をもって綿密に御行列の「途中分裂」を仕組んだつもりであった。

（し、しまった……）と、堀田正俊は全身に襲い来る震えに、懸命に耐えた。取り乱せば万事休《ばんじきゅう》すである。それでなくとも大老酒井からは「反大老派」と見られている堀田だ。

「備中守」

「は、はい」

「もう一つこの酒井にとっては我慢ならぬ事がある」

「我慢ならぬ事と申されまするると」

「その方、判らぬのか。この酒井の性格や考え方を知らぬ訳ではあるまい」

「むろん酒井様に対しては気配りを欠かさぬよう、日常的に心がけているつもりでござりまするが」

「ぬけぬけと、よく申すのう。さすがに亡き春日局《かすがのつぼね》殿の養子(寛永十二年、一歳の時)になっただけのことはあるわ。その方が独断的に判断して扇姫様に近付けた浮世絵描きの宗次とか申す男じゃが」

「あ、宗次ならば、その余りに高い画才の噂を耳になされましたる上様が、是非に一度会《お》うてみたいと申されました事から、扇姫様も宗次に対する関心を高めなされ……」

「そのような言い訳は訊いておらぬわ。その宗次なる男。昨日の四ツ半過ぎ(午後十一時過ぎ)から今日九ツ半(午前一時頃)にかけての深夜に、品川から目黒、渋谷にかけての広域で大きな勢力を有する博徒の親分でかつ香具師《やし》の元締である大崎一家の文助を訪ね、その足で扇姫様の後を追うようにして江戸を離れておる。道中合羽に三度笠、腰に長脇差（実は名刀童子切り安綱）という博徒の出で立《い》ち《た》でな」

「ええっ」

これには、またしても大きな衝撃を受けた堀田正俊であった。

と同時に、これほどの情報を精細に把握している大老酒井は、（至る所に忍びを張り巡《めぐ》らせていたな）と感じた。

大老酒井が「大老の職務権限に不可欠」という理由で将軍家綱の許しを得、独自の隠密集団を組織しているらしいという噂は、寛文十一年（一六七一）頃からあったことを、堀田正俊は承知している。

寛文十一年といえば、仙台藩伊達《だて》家で生じた騒動（いわゆる伊達騒動）の裁断が下った年だ。また高級官僚である大番頭《おおばんがしら》水野忠増《みずのただます》が「目付《めつけ》の指揮勧告に従わぬとは、けしからぬ」との理由で免職を命ぜられ、閉門となっている。

その二年後の延宝《えんぽう》元年（一六七三）、さらに高級官僚の小姓組番頭《ばんがしら》内藤正勝《ないとうまさかつ》、酒井忠良《ただなが》の両名が「奉職御意に応ぜず」とのよく判らぬ理由を押しつけられて閉門となっていた。

それらの一連の厳罰について当時、「大老嵐」と囁く者があったほどだ。

ただ、それらに大老酒井の隠密集団が関与していた証拠は、どこにもない。

「備中守」

「はい」

「そして他の老中三名もよう く耳に入れておくが宜《よろ》しい。今日只今をもって、二度と浮世絵師宗次なる者にかかわってはならぬ。理由の如何を問わず、いっさいかかわってはならぬ」

「な、なれど酒井様……」と、堀田は食い下がろうとした。

「黙らっしゃい備中。浮世絵師宗次なる者が扇姫様に対し、何らかの動きを取ろうとしていることは私の手の者による調べで明白じゃ。あの男は幕府にとって好ましからぬ人物と断定せざるを得ない」

「お待ち下され酒井様。上様や扇姫様が今やいたく関心を高めておられまする宗次を、そのように一方的に糾弾なされて宜しいものでござりましょうや」

「一方的ではない。きちんとした調べはついておる。宗次なる男は、思想的にも行動的にも極めて危険な人物であるとして、すでに上様に御報告申し上げてある」

「そ、それは余りに……」

「よって備中」

「はい」

「幕閣としては直ちに宗次処断に向けた明確な動きを取ることとする」

「明確な動き……と申されまするると酒井様」

「斬首《ざんしゅ》……これが結論じゃ備中」

大老酒井雅楽守忠清はそう言い終えてギリッと奥歯を噛み鳴らすや、すっくと立ち上がり「上様に朝の御挨拶を申し上げてくる」と老中部屋から出ていった。

堀田正俊は茫然となり、他の老中三名も顔色を変えて暗黙たる態《てい》であった。

他の三名の老中とは、久世大和守広之《くぜやまとのかみひろゆき》（寛文三年八月十五日就任）、大久保加賀守忠朝《おおくぼかがのかみただとも》（延宝五年七月二十八日就任）、そして土井能登守利房（延宝七年、堀田正俊と同時口頭発令で就任）である。

このうち久世大和守広之はすでに大老酒井から、この年つまり延宝七年六月二十五日付転免予定が内示されており、他の者が正式決定する迄の補佐役（顧問）の立場にあった。

久世大和守の後継としては、大老酒井がお気に入りの現寺社奉行兼奏者番板倉《いたくら》石見守重通《いわみのかみしげみち》（道とも）が就くであろうとの、もっぱらの噂である。老中部屋に置き去りにされたかのような久世大和守をはじめとする四人は、黙して一言もなかった。

彼らは大老酒井の凄まじい力に、改めて戦慄《せんりつ》を覚え茫然自失に陥《おちい》っていた。国の政務を総理して将軍を補佐する最高位の職大老。その大老が決裁したことは、将軍といえども易易《やすやす》とは覆《くつが》えしたり変更したりすることは出来ない。

とりわけ酒井雅楽頭忠清が大老となってからは、この傾向が強まっていた。

「堀田殿……」

暫くして大久保加賀守忠朝が、力なく声を掛けた。

「はい」と、堀田正俊は膝をすべらせ体の向きを加賀守の方へ変えた。

「宗次なる浮世絵師は誠に胡乱《うろん》なる人物なのでござるか」

「さあ……」と、堀田は言葉を濁《にご》した。大老酒井が部屋から出て行ったとはいえ、何処に隠密の耳目《じもく》が潜んでいるか知れない。

襖《ふすま》一枚隔《へだ》てた向こうで息を殺している可能性も捨て切れないのだ。

堀田は、宗次を只者ではない、とすでに見ていた。

だが、それを今、この場で口にすることは出来なかった。

(斬首とは余りな……何とかせねばならぬ……だが、どうすればよい)

堀田は膝の上にのせた両拳を小さく震わせ唇を噛んだ。

(このような時、柳生宗冬《やぎゅうむねふゆ》殿が生きていてくれたなら、どれほど心強かったか)

堀田はそう思いつつ、宗次に救いの手を差しのべる方法はないか、と懸命に考えた。

(立ちはだかるのは恐らく、鍛え抜かれた大老配下の隠密集団……私の動きようによっては、私自身が消されることもあろう)

だがその事を恐れている場合ではないぞ、と堀田は己れを叱咤《しった》した。

(思い切って柳生屋敷を密かに訪ねてみるか……いや、しかし)

と堀田は迷った。

将軍家綱がいたく信頼し親しんだ将軍家兵法指南役で大名の柳生飛驒守《ひだのかみ》宗冬は、「影の大目付」とも評され諸大名の信頼も厚かったが、延宝三年(一六七五)九月二十九日に没し、下谷広徳寺《したやこうとくじ》に埋葬されている。

柳生家四代目当主となったのは次男の柳生宗在《むねあり》で、十二月十二日付で将軍家指南役を拝命したものの、年齢《とし》まだ若く裁量する力、剣の業《わざ》ともに亡父には遠く及ばなかった。

大老酒井がムスッとした顔つきで戻ってきた。

堀田正俊は速《すみや》かに三人と並ぶ位置に戻って、皆ともども平伏した。

「備中」

「はっ」と応じた堀田であったが、その場を動かなかった。

「浮世絵師宗次に対して討手を出すこと、上様は御承諾なされた」

「上様が……」

「この酒井に全て任せると仰《おお》せじゃ。加賀守、能登守、備中守、そして大和守、皆皆しかと承諾を申しつける。宜しいな」

「ははっ」と四名は打ち揃って深深と頭《こうべ》を下げた。将軍家綱が「酒井に全て任せる」と言ったことに反対するということは、上様に反対するという事になる。

四人には、さすがに出来ぬ事であった。頭を下げるしかなかったのである。

大老酒井は口元を微かにニッとさせると、「備中。すまぬが三津屋四郎右衛門に命じて、茶をいれさせてくれぬか、五人分じゃ」と、なぜか猫なで声を出した。

「畏《かしこ》まりました」と堀田正俊は腰を上げた。

大老酒井の刀を預かった御同朋三津屋四郎右衛門は、御坊主衆を監督する立場にあって、また自らも給仕に出ることがあった。

普段は御用部屋にあって老中あるいは若年寄たちの雑用を手際よく助けるのであったが、三津屋四郎右衛門は今朝の大老酒井の歯噛みの音を恐れ、老中部屋から一歩遠ざかっていた。

「逃げた」のではなく、「気を利かせた」つもりなのである。

四郎右衛門のこの判断は間違ってはいなかった。彼自身、老中部屋から出てきた堀田正俊の青ざめた顔を見て、「やはり……」と感じ下腹をひと震えさせたのであった。

十二

〝姐《ねえ》ちゃん老女〟の御負《おま》けである鰯の目刺し付き朝飯に満足して「めしさけ」を出た宗次は、街道並木《かいどうなみき》の松に手綱を括《くく》り付けた駿馬《しゅんめ》アオの方へ行きかけて足を止めた。

広い背中をこちらに向けた百姓身形《みなり》の男が、アオの腹の下にしゃがんで蹄を見ていた。馬の腹の下にしゃがむ事に恐れる様子も見せず、またアオも見知った相手のように大人《おとな》しく蹄を任《まか》せている。鼻を鳴らしもしない。

「何をしている」と、穏《おだ》やかに声を掛けながら、宗次は相手の背に近付いていった。

相手がしゃがんだ姿勢のまま振り返り、そして立ち上がってアオの肩のあたりから胸前《むねまえ》にかけて上から下へと優しく撫でさすった。

宗次の表情が、ちょっと「ん?」となった。相手のその撫でさすり方に、(馬をかなり知っているな……)と感じたからだ。

「お前《めえ》さんが走らせてきたのか」

いやに目つきの鋭い無精髭《ぶしょうひげ》に覆《おお》われた四角い大きな顔から、俗に雲助声《くもすけごえ》と言われている野太いガラガラ声が出た。おそらく安酒を毎日のように、がぶ呑みしているのであろう。ぬめぬめとした厚い唇の間から覗いた歯が、黄色くなってしまっている。

「私《あっし》が走らせてきた馬だが、お前《めえ》さんは？」

「江戸から殆《ほとん》ど休ませること無く、走らせやがったな」

相手は名乗ることなく、鋭い目で宗次を見据《みす》えた。が睨《にら》みつける、とまではいかない。宗次の、腰に一本通した一所不在の股旅《またたび》姿なんぞ見なれているのか、気にもかけない面構えだ。

「どうして私《あっし》が、江戸から走らせてきた、と判るんだえ」

「ふん」

相手は鼻先で宗次の言葉を突っ返して、今度はアオを抱きしめるかのように太い首筋へ左腕をまわした。

なんとアオが、さも嬉しそうに目を細め、首を三度も四度も縦に振った。

「お前《めえ》さん、もしや馬指の熊助どんかえ」

すこしハッとなりつつ問いかけながら、宗次は凄い面相持《めんそうも》ちの相手に近寄った。

背丈ある宗次と、相手も余り変わらない。ただ胸元は首の下あたりまで、袖口から出た二の腕は手の甲まで毛むくじゃらで、宗次が口にしたまさしく熊助の印象であった。

と、相手が不似合いな猫なで声を出した。宗次に対してではなく、アオに対してであった。

「よしよし、すぐに旨《うま》い飯《めし》と水をたっぷりやるぞ、よしよし」

馬に対し飼葉《かいば》のことを〝旨い飯〟と言ったことで、こいつはいよいよ馬指とやらに違いない、と宗次は確信した。それにどうやら目の前の二人は、いや、一頭と一人は初対面ではなさそうである、とも判った。

「やはり熊助どんだ、馬に対するその優しさは、違《ちげ》えねえ」

宗次は、やわらかな口調で言いながら微笑んだ。

「熊助熊助と気安く呼ぶんじゃねえや、この一本差し野郎。このアオはな、俺の馬小屋で生れ俺が育てたんでい。熊助小屋でよ」

「ほう……それはまた」

「それを吉三郎の奴が、くれだのの売れだのとうるさく纏《まと》い付《つ》きやがるもんだからよ」

「そうでしたかい。じゃあ長い付き合いなんですねい、吉三郎どんとは」

「長いも短いもあるもんけ。奴もこの府中宿の生れでよ、それも向き合《お》うた食うや食わずの百姓家で、お互い育ったんだ。黄色い鼻汁《はなじる》を飛ばし合《お》うてよ」

「吉三郎どんの幼馴染で、アオの育て親ときやしたか。道理でアオが懐《なつ》いている筈だ。お前《めえ》さんに」

「俺ん家へ、ちょいと寄りねえ。アオの蹄をしっかり検《み》てやっから」

「傷《いた》んでいる……と言いなさるのかえ」

「いや。癪《しやく》にさわりやがるが江戸から走らせてきた割にゃあ、驚くほど綺麗《きれい》だい。お前《めえ》さん、どうやら馬をよく知っていやがるな。伯楽《ばくろう》なんぞにゃあ見えねえ、にやけた顔つきの一本差し野郎だが」

「べつによく知っている訳《わけ》じゃあ、ありやせんが、馬は好きですねい。幼い頃から」

「アオは気の荒い馬だぜ。気に入らねえ野郎が背に跨《また》がると必ず振り落とす。容《よう》赦《しゃ》なくよう。お前《めえ》さんは大丈夫だったかえ」

「ああ……大丈夫だった」

「ならアオに気に入られやがったんだ。この野郎、俺のアオに跨りやがってと腹立たしいが、これから一体何処《いってえどこ》まで走らせるんでい」

「申し訳ねえが熊助どん、訳あって、それは言えねえ」

「何を恰好《かっこう》つけてやがんでい、こいつめ。どうせ斬った張ったの助《すけ》っ人《と》で駈けつけるんだろうぜ。ま、アオに気に入られているらしい、お前《めえ》だ。遠走《とおばし》りができるよう蹄をよく検《み》てやっから、俺のケツの後から付いてきねえ」

「すまねえな。遠慮なく世話になりますぜ熊助どん」

「いいともよ」

ギロリとした目で宗次を一瞥《いちべつ》した熊助は、体の向きを変えてのっしのっしと歩き出した。

馬指仲間でもあるのだろうか、前から来た若い二、三人が腰を低くして笑顔で何やら挨拶をした。熊助は声を出さなかったが「よっ」という感じで右手を軽く上げる。

宗次は松に括り付けたアオの手綱を解いてやると、少し遅れて熊助のあとに従った。

（サブ（吉三郎のこと）は熊助のことを喧嘩っ早い危険な野郎、と言っていたが、どうしてどうしてアオに対するあの優しさは、心の純粋さの証《あかし》だあな）

宗次は馬指熊助の広い背中を見つめながら、そう思った。

松並木の甲州路に沿って暫《しばら》く行くと、左手から右手へと流れる幅十間《けん》ばかりの綺麗な流れがあった。土堤は満開の桜並木であったが、土堤の下は一面、栗《くり》林《ばやし》だ。

その綺麗な流れに架かった木橋の手前を、熊助は右に折れると、振り向かず宗次に話しかけた。

「お前《めえ》さん、名は？」

「宗……定吾郎といいやす」

「どうも一所不在の無宿者《むしゅくもん》にゃあ見えねぇんだが、もともとの仕事、何やってたんでい。馬の扱いが随分と上手《うめ》えようだがよう」

「絵筆職人でしてね、馬は両親《ふたおや》が百姓仕事で大事にしていたもんで、小さい頃から乗ったり首にぶら下がったりの遊び相手だったい」

「けっ。馬好きの絵筆職人が身を持ち崩しやがったか……」

「ま、そんなとこで……」

「しゃらくせえ野郎だ」

「そうですか……ねい」と、宗次は熊助の広い背中を見ながら苦笑した。

二人は栗林の中へと入っていった。

「この辺りの栗は実が大きく、蒸《む》しやすと、もちもちとやわらかく大層甘いと言いやすね熊助どん。今年は豊作になりやしょうか」

「豊作は大丈夫だい。うん、大丈夫。はじめは野生栗だったのをよ、長《なげ》え年月《としつき》をかけて民百姓たちがこれ程までの栽培栗の林にしたんだよう。収穫の一番栗は大國魂神社に奉納して祭りを祝ったりなあ……」

「そうですってねい。私《あっし》はまだ、この武蔵栗《むさしぐり》ってえのを食ったことがござんせんが」

「豊作を迎えるにはまだまだ早《はえ》えや。残念だったな。夏の終り頃にでも、また来るがいい」

このとき宗次の表情が変わって、歩みが少し緩《ゆる》んだ。

(また現われやがった……大國魂神社の境内で感じた気配と似ていやがる……いや、同じだ)

宗次は緩めた歩みを元に戻すと、さり気なく左手を「童子切り安綱」の柄《つか》へと持っていった。いつ生じるか知れぬ〝激変〟に備えて、熊助を守るためであった。いかなる事があっても巻き添えにしてはならぬ、熊助である。

だから宗次は、熊助との間を詰めた。

「ところで熊助どん……」

「なんでえ」

「昨日《きのう》あたりだとは思うんだが、やはり馬に乗った一本差しが、この甲州路を急ぐ様子で行かなかったかえ」

「知らねえな。仲間か?」

「そういう訳《わけ》でもねえんだが……」

「じゃあ喧嘩相手だな」

「それも違う……が、ちいと捨ててはおけない奴なんで」

「この辺りは本街道に沿ってよ、悪くねえ裏道が二本も三本も走っていやがるんだ。訳ありな野郎なら、そっちの道を抜けたかも知れねえ」

「さいですかい」

広大な栗林であった。ところどころに、一本木の山桜が満開で混じっていて、栗林の中のその美しさに宗次は胸打たれた。

かなり歩いてようやく栗林を出た二人であったが、宗次はこの時まで近付いてきたり離れたりを繰り返す不穏な気配を、捉え続けていた。

「どうやら今日は一日、上天気のようだい」

栗林を出て少し行った所で立ち止まった熊助が、毛むくじゃらの二の腕を突き上げて朝空を仰《あお》ぎ、ノビをしながら大きな雲助声を発した。と、宗次が捉えていた不穏な気配が湯の中に落とした氷の粒のように、かき消えた。

(忍びだな……そうとしか思えん)

と、宗次は思った。襲ってこなかったところを見ると(探索方《たんさくがた》かも知れねえのである。

……）と、想像したりもした。そして、その想像は見事なほど外《はず》れていなかった

十三

「お前《めえ》さんならアオを疲れさせることなく、何処までも走らせることが出来ようぜい。大丈夫だ」

アオの蹄を丹念に検《み》終えた熊助に、太鼓判《たいこばん》を押されるようにして見送られた宗次は、アオの「走り」と「歩み」を巧《たく》みに交互させ、日が暮れかける頃には厳しい道を大凡《おおよそ》二十里ばかり進んで笹子《ささご》村に入ろうとしていた。

が、本当の難所は、これからであった。いろは坂を喘《あえ》ぎに喘いで登る先には、笹子峠《ささごとうげ》（標高一〇五〇メートル）が待ち構えている。

笹子峠から先、鶴瀬《つるせ》村へと下る道もくねりにくねった急峻《きゅうしゅん》な山道だ。

「アオよ。今日はこれ迄にしよう。よく頑張ってくれたな」

馬の背から下りた宗次が霧をかむり出した笹子峠の方を見上げてアオの首筋を

撫でてやると、アオは目を細めて鼻を鳴らした。

「そうしなされ、それがよい」

不意に背後で声がしたので、宗次は驚いて振り返った。

思いがけない近くに白髪乱れた老婆がいた。

宗次が驚いたというのは、その老婆の気配を全く捉えていなかったからだ。

(こいつぁ不覚……私《わたし》の力量が落ちてきた証かな)

と、宗次は背にうすら寒いものを覚えた。老婆に対し覚えたのではない。自身に対し覚えたのだ。

老婆が近寄ってきた。

「ここはな、ほれ直ぐそこ北に滝子山《たきごやま》(標高一五九〇メートル)、南に三《み》ツ峠山《とうげやま》(標高一七八六メートル)、西に笹子峠が立ちはだかる擂《す》り鉢《ばち》の底のような所じゃ。まもなく空が急に暗くなる。この村で一夜を明かしなされ」

老婆はそう言うなり、くるりと背を向けて歩き出した。

その老婆の足元を宗次は思わず注視した。

まったく足音を立てない老婆であった。石ころだらけの地面を、まるで滑るかのように音立てず歩いてゆく。

宗次は辺りを見まわした。甲州路を挟むようにして僅かな平地があるだけの村であった。殆どが傾斜地の原生林で、暗さを増しつつある木立の奥のところどころに、焚《た》き火《び》らしい赤い明りがチラチラと見えている。

「これ無宿者……こないのかえ」

老婆が杉の真下で振り向き、「こいこい……」とでも言いたげに手招いた。

「一人と一頭、お世話になっても宜しいのでござんすか」

「宜しいも何も、世話するしか仕方なかろう。熊や大猪《いのしし》がうようよする夜の笹子峠へ行かせる訳には行かんからのう」

「それほど熊や大猪が多いので？」と問いながら、宗次は馬指熊助の顔を思い出してしまった。

「無理をして峠の夜越《よご》えをした旅人が、これまでに幾人も襲われたわえ。笹子の熊や大猪は大層気が荒いからのう」

「左様《さよう》で……では、お言葉に甘えさせて戴《いただ》きやす」

宗次は辺りにさり気なく注意を払いながら、丁重に腰を折った。

「素直な一本差しじゃな。それでええ」

老婆は、また向こう向きになって歩き出した。

宗次は（見事な音なし歩行だ……）と感嘆した。両足の底が地面に触れていない、つまりほんの僅か浮き上がっているかに見える歩き様《よう》だった。

（私の身辺にしつっこく気配を現わしたのは……もしや、この老婆の……）

一味ではないか、と考えかけたが、直ぐに打ち消した宗次であった。

道があって無いようなところを、老婆はつまずきもせず疲れの色も見せず歩き続けた。

短い距離ではなかった。それに平坦でもなかった。

丸太を組み合わせた、がっしりとした造りの家——百姓家とは明らかに違う——の前を何軒か通り過ぎ、やがて老婆は足を止めた。

そこに、これ迄の丸太造りの家より二回り以上は大きな館《やかた》造りがあった。いかにも頑丈《がんじょう》そうなその大きな丸太造りの家屋を、宗次は「村長《むらおさ》の住居《すまい》だな」と捉えた。

「さ、無宿者、お入り。遠慮せんでええ。馬の手綱はそこの木に括り付けてな」

老婆はまた手招きし、そして今度は少し笑った。

宗次は老婆に言われた通り、そばの木にアオの手綱を括り付けた。

「そいじゃあ、ご免なすって」

と、三度笠と道中合羽を脱いだ宗次は腰から名刀童子切り安綱を取り、背丈に恵まれた体をやや屈《かが》ませて老婆のあとから、表口を潜《くぐ》った。広い土間の先の式台状になった板の間に大行灯《おおあんどん》が点《とも》っている。

「美沙《みさ》……これ美沙……旅の人の面倒を見てやっとくれ」

老婆が静まり返っている奥へ向かって声を掛けると、澄んだ明るい声が「はあい只今」と返ってきた。

老婆が訊ねた。

「名は何と言いなさるのかな」

「へい、定吾郎と申しやす」

と、今度はなめらかに定吾郎の名が口から出た宗次であった。

「凶状持ちの喧嘩旅かえ」

「とんでもござんせん。故有《ゆえあ》って甲府の甲斐善光寺さんへ、お参りするところでございやして」

「おうおう、甲斐善光寺さんへのう。それはよい」

と、老婆の表情が急に優しくなったのを、宗次は見逃さなかった。

そこへ、「おい出なされませ」と、奥から地味な色柄のこざっぱりとした着物を着た若い娘が現われて、宗次と向き合う位置——板の間——に正座をした。

「孫の美沙じゃ。十八になったばかりでな。こちらは甲斐善光寺さんへお参りなさる無宿者の、定吾郎さんと言いなさる。凶状持ちじゃあ、ないそうな」

老婆の口調に宗次は苦笑しながら「定吾郎といいやす」と、若い娘に対し丁寧に頭を下げた。

「美沙でございます。ようこそ、お越し下されました」

若い娘は板の間に両手をつき、綺麗な作法で挨拶を返した。

山深くに住む娘とは思えぬ、色白であった。それに彫《ほ》りが深く端整《たんせい》である。

宗次の脳裏に一瞬、大庄屋の娘であり「夢座敷」の女将である幸の顔が浮かんだ。

「いま、濯《すす》ぎ湯をお持ち致しましょう。どうぞ、わらじの紐《ひも》を緩めなされませ」

美沙は「作法豊かな証」ともとれる言葉で言うと、にこりと笑みを残して奥へ消えていった。

「甲斐善光寺さんへは、初めてかな……ま、腰を下ろして、わらじの紐を緩めなされ」

老婆に促《うなが》され、宗次は板の間の上がり框《かまち》に腰を下ろした。

「へい、甲斐善光寺さんへお参りするのは、初めてでござんす」

「いい所じゃぞ。斬った張ったを忘れて、心からお祈りしてきなされ。無宿者は身を浄《きよ》めなきゃあいかん」

「仰《おつしや》います通りで……」

甲斐善光寺（寺宝に重要文化財多数あり）は戦国時代、甲斐の猛将《もうしよう》として天下にその名を知られた武田信玄《たけだしんげん》（一五二一～一五七三）が、信濃《しなの》善光寺が戦火に巻き込まれるのを恐れて本尊阿弥陀如来《あみだにょらい》ほかを甲府へ移し、建立《こんりゆう》した寺院であった。

木造建築としては東日本最大を誇っており、参詣する者今もあとを絶たない。お参りすれば長生きが出来るとも伝えられ、その寺院造りはなかなか宏壮にして優美である。

「お待たせ致しました」

濯ぎ湯を満たした丸形の平桶《ひらおけ》を両手で持って、美沙が表口から土間に入ってきた。

「お濯ぎ致しましょう」と、平桶を宗次の足元に置いた美沙が、わらじに色白な両手を伸ばそうとした。

「とんでもございせん。自分で致しやすから」と、宗次は少し慌てた。

「ご遠慮なさることはありませぬから」

「いや、いけやせん。我《われ》にさせておくんなさいまし」

老婆は二人の脇で様子を見守るだけで、何も言わない。笑っている。

結局、困り切った顔で宗次は旅で汚れた足を、美沙の白い手で浄めて貰うことになった。

「本当に申し訳ござんせん。私《あつし》のような無宿者が罰当《ばちあ》たりなことでございやす」

「いいえ、いいえ。どうぞお気遣《きづか》いなされませぬよう」

そう言って微笑む美沙の表情は、美しく慎《つつ》ましやかなだけではなく、明るい娘であった。

両足を濯ぎ終えて貰った宗次が、ふと気付くと、白髪乱れた老婆の姿はいつの間にか消えていた。

「さ、お部屋にご案内いたしましょう」と、美沙が宗次の三度笠と道中合羽を手にした。

「厚かましくお言葉に甘えさせて戴きやす」

「こちらへ……」

「へい」

童子切り安綱を手にした宗次は神妙《しんみょう》な顔つきを拵《こしら》えて、美沙のあとに従いながら、(この娘のまれに見る美しさは絵になる……描いてみたい)と思った。

鴨居《かもい》や柱に小さな行灯が掛けられている薄暗い廊下《ろうか》を鉤形《かぎがた》に三度も曲がった突き当たりの部屋に、宗次は通された。

床は畳ではなく、板敷きであった。ちゃんと床の間も押入れもしつらえられており、広さは二十畳ほどもあるだろうか。

二本の大行灯が点されており、この部屋は明るかった。

「二日でも三日でも、ゆるりとなさって下されませ」と美沙が、床の間の脇に三度笠と道中合羽を置いた。

「お手数かけやした。ところで、この集落は笹子村でござんすね」

「やはりお間違えになられたのですね。本《ほん》笹子村は二里ほど手前の脇道を少しばかり南へ入った所でございます」

「本《ほん》……笹子村？」

「はい。私どもの集落を笹子村と間違え、旅馴れた人達でさえ日暮れ時はときどき迷い込んでこられます。それでいつしか私どもは笹子村に本《ほん》を付して本笹子村と呼ぶようになりました」

「では、ここは偽《にせ》笹子村？」

「ほほほっ。この村には特に名はありませぬ」

「それはまた……」と、宗次の瞳の奥がさり気なく光った。

「村の名などお気になさらず、先ず湯でも浴びなされませ。美沙がお背中をお流し致しましょう」

「いや、自分で流しやす。今度ばかりは自分で流しやす」と、宗次は今度は本気で慌てた。

「ご迷惑でなければ、美沙に流させて下さりませ」

「いいえ、ご迷惑です」と、宗次が口元を引き締める。

「ま……」

美沙は、さもおかしそうにクスクスと笑った。

「お訊ね致しやすが、ここは村長《むらおさ》殿の住居《すまい》でござんすか」

「はい」

「では、先ず村長殿にご挨拶をさせて戴かねばなりません」

「もう、お済《す》みになられました」

「え？」

「ババ様が村長を致しております」

「なんですって。先程の白髪《しらが》……あ、いや、ご高齢の」

美沙はまたクスクスと笑いながら、「左様でございます」と小さく頷いた。

「ババ様が村長殿であられたとは……少しばかり驚きやした」

「他《ほか》にお訊きになりたいことはございませぬか」

「ババ様の名は、何と仰いますので？」

「ババ様で宜しいかと思いまする」

「これ迄に迷って訪れた旅人の皆さんも、ババ様でありましたか」

「ええ、ババ様でございました」

「判りました。恐れ入りやすが、では、そう呼ばせて戴きやしょう」

「湯殿には浴衣《ゆかた》の用意も整《ととの》えてございます。湯浴みを終える頃には夕餉《ゆうげ》の膳もお出しできましょう」

「申し訳ないことでござんす」

「お酒は嗜《たしな》まれましょうか」

「軽くなら……」

「では一、二本お付け致しましょうね。手造りの白酒ゆえ、江戸のお酒の味のようには参りませぬが」

美沙は湯殿の位置を宗次に教えると、しなやかな美しい身動きで部屋から出ていった。

宗次は小さな溜息を一つ吐いた。

「あれほど美しく若い娘がこの山深い里にいようとは……世の中は広いのう」

呟きつつ宗次は室内を見回した。目つきが険《けわ》しくなっていた。ただの百姓家ではない、がっしりとした丸太組の建物を見た時から、普通ではない、と感じていた宗次であった。加えて、村長であるババ様の、驚くべき歩き様《よう》である。足音を全くと言ってよいほど立てなかった。

「この家《や》の廊下も、いやに長く三度も鉤形に鋭く曲がっておった……ただ単にそうした造りなのか、それとも外からの侵入に備えてのものなのか」

呟いて腕組をする宗次であった。

それにしてもシンと静まりかえった村長の住居《すまい》であった。この大きな館にババ様と孫娘の二人しか住んでいないのであろうか。内からも外からも、咳《しわぶき》ひとつ聞こえてこない。

ときおり、梟《ふくろう》の鳴き声がするだけである。

(ともかく湯を浴びさせて貰うとするか……)

と、宗次は部屋を出た。名刀童子切り安綱は手放さなかった。

十四

宗次は気分よく寝床《とこ》に就《つ》いた。

美しい美沙の酌《しやく》で、二合は入りそうな粗《あら》い素焼《すや》きの徳利を三本、呑み干していた。辛口《からくち》の絶品だった。肴《さかな》は、山女《やまめ》の塩焼き、猪《いのしし》の肉と野菜の合わせ煮、キジ肉と保存食である渋柿《しぶがき》の味噌漬、といった宗次が予想していなかった馳走であった。

しめは、春の山菜の炊《た》き込《こ》み御飯である。

これらは村の豊かな食物自給の証、と宗次は捉えた。美沙のゆったりとした話し振りや立居振舞《たちいふるまい》からも、そうと確信した。決して無理をして出された馳走ではないと。

宗次は睡魔《すいま》に両脚を引きずり込まれるようにして、心地良い闇の世界に落ち込んでいった。

その一方で、眠りに落ち込んでいく自分を捉えていた。休もうとする神経と、不断の神経が対峙《たいじ》しつつ作用していた。生半《なまなか》な修行で得られる境地ではなかった。

「では、ごゆるりとお休みなされませ」と二本の大行灯を小行灯一本に切り替えて美沙が部屋から下がったあと、床の間の刀掛けにあった名刀童子切り安綱は寝床の直ぐ左そばに移っている。

宗次は、やがて軽い寝息を立て始めた己れを、捉えた。

熟睡であった。これが宗次の。

左手は掌《てのひら》を上にして、僅かに掛け布団の外に出している。また右脚は、布団の中で〝くの字〟に膝を立てていた。

計算があって、そのような眠りの姿勢をとっている訳ではなかった。これが厳しい修行で得た宗次の「自然体」の一つであった。無意識のかたちである。

どれほど熟睡したであろうか。突然、なまめかしい夢が宗次の上に覆《おお》い被《かぶ》さった。絵師として、美沙の全裸の姿を描いている夢であった。朝の早い頃なのか、それとも夕方の日が沈む頃なのか。茜色《あかねいろ》の日差しが美沙に降り注ぎ、透《す》き通るような肌を包む生毛《うぶげ》が黄金色《こがねいろ》に輝いていた。

宗次はその生毛の輝きを幻想的に描き切ろうと、腐心《ふしん》した。

美沙は絵師として女の裸身を見なれている筈の宗次の絵心を搔《か》き乱すほどの、圧倒的な乳房に恵まれていた。着ているものの上からは、とてもそうとは見えなかった妖《あや》しいばかりの乳房の膨《ふく》らみであった。であるというのに、美沙の下腹部には、黒々としたものが無かった。ときおり後ろ髪に手を当てて見せる腋《わき》にも見られない。

「まるで……神の裸身だ。恐れ多い」

呟《つぶや》いて宗次は、疲れ切った右手から絵筆を投げ出した。

次の瞬間、なまめかしい夢は破れた。いや、破られた。

宗次の右足が掛け布団を跳《は》ね上げた時、すでに右手は左手で引き寄せた童子切り安綱の柄《つか》にかかっていた。

一閃《いっせん》する刃《やいば》。笛鳴《ふえな》りのような空気の裂《さ》ける音。

刀を手にしたままの何者かの肩から先が、宙に舞い上がって天井《てんじょう》に当たり、ドンと鈍《にぶ》い音を立てた。

それが落下するよりも遥《はる》かに先に、童子切りが袈裟懸《けさが》けに走る。

そこで黒装束《しょうぞく》二人が、朽《く》ち木の如く同時に倒れて小行灯の明りが大きく揺《ゆ》れた。

呻き声一つ発せぬ侵入者二人。

ようやく宗次は片膝立てた姿勢から、静かにすらりと腰を上げた。

血しぶきは、まだ飛び散らない。だが、童子切りの切っ先からは一つ……また一つ……と赤い粒《つぶ》が垂《た》れ落ちた。

宗次は童子切りを軽くひと振りして血脂《ちあぶら》を飛ばすと、鞘《さや》に納めた。

カチリッと微《かす》かな鍔鳴《つばな》り。

まるでそれを待ち構えていたように、黒装束二人の傷口からドロリと血があふれ出した。

宗次は侵入者の覆面を剥《は》いでいった。

ババ様でも美沙でもなかった。見知らぬ顔だった。

白骨《しらぼね》が覗くほど深々と袈裟斬りされた方はすでに呼吸《いき》を止めていたが、肩から先を斬り飛ばされた方は、まだ唇を小刻みに震わせている。

宗次はそいつの胸倉を摑んで顔近くまで引き付け、小声を出した。

「お前《めえ》、忍《しの》びだな」

「…………」

「さしずめ幕府ご大老あたりの差《さ》し金《がね》かえ」

「…………」

「俺が何者と知った上で狙《ねら》ったのだろうね い。人違いじゃねえんだろうな」

「お前は……死ぬ」

そいつのそれが最期の言葉だった。

宗次に見せつけるためか、己れの意地で苦し気に吐き出した薄赤い肉塊。

見事に嚙み切られた舌《した》であった。

宗次は骸《むくろ》から離れ、天井を仰ぎ、床を見まわし、障子を眺めた。

どこにも二人の刺客が侵入した痕跡というか乱れは、見られない。

だが、「まだいる……」と宗次は思った。耐え抜いて積み重ねてきた言語に絶する苛酷《かこく》な修練。それによって育《はぐく》まれた本能が、宗次の肉体の奥深くでまだ身構えていた。まだいる……と。

宗次はもう一度丹念《たんねん》に、障子、床、天井の順で見ていった。

「あれか……」という呟きが漏《も》れたのは、部屋の一番奥の右手隅《すみ》天井。二尺平方くらいに仕切られて張られている天井の、その四角い一片に、僅かな乱れを宗次は認めた。

どうやら二名の刺客は、天井から侵入したように思われた。だが今、その天井裏に人の気配は無い。

宗次は右の掌を床板に当て、神経を研《と》ぎ澄ました。

しかし、矢張り人の気配は床下に捉えられなかった。

それでも宗次は、「まだいる……」という確信を変えなかった。それも、一人や二人の予感ではなかった。

(雲霞《うんか》の如《ごと》く……やってきやがったか)

宗次は小行灯のそばに行《ゆ》き、童子切りを鞘から静かに抜いて、片膝をついた。

童子切りの刃を鍔元《つばもと》から切っ先まで検《み》ていく。

刃毀《はこぼ》れは無かった。氷の刃の如く冷え冷《び》えと冴《さ》えている。

とくに切っ先三寸に、宗次はゾクリとするものを感じた。これは、人を斬った直後の名刀によく見られる現象であることを、宗次は承知している。

つまり「童子切り安綱」は、まさしく名刀に違いなかった。

宗次は立ち上がって童子切りを鞘に納めると腰帯に通し、足音を立てぬよう障子に近付いた。障子の向こう、廊下には人の気配が無いと判ってはいたが念の為だった。

障子をそろりと開けて、宗次は薄暗い廊下に出た。

ババ様と美沙の居室がどこなのか、宗次は教えられていない。それどころか、ババ様と美沙の他に家族がいるのか、いないのかさえも判っていない。

宗次は鉤形に曲がった廊下を、ゆっくりと用心深く表口へと向かった。

が、(待てよ……)と宗次は途中で足を止めた。

廊下の幅は凡《およ》そ一間半《いっけんはん》(三メートル弱)くらい。

廊下の左右は、隙間《すきま》なく組み合わされた丸太の壁で、外部たとえば庭との間を仕切る雨戸などは無い。

先ほど刺客が侵入した部屋には、三尺平方くらいの仕切り模様の天井板が張られていたが、廊下は頑丈な丸太そのままの天井だった。

びっしりと巧《たく》みな組み合わせの丸太壁にも丸太天井にも、鼠《ねずみ》一匹の侵入を許す小さな隙間さえ見られない。

（一見すると外側は、武骨な荒荒しい館造りに見えるが、内部はどうしてどうして実に緻密《ちみつ》に出来あがっている。こいつあ生半《なまなか》な工法じゃない）

宗次は、そう思って「この集落の伝統工法なのか……」と呟いた。

再び歩み始めた宗次が鉤形の廊下を二度曲がり切ったところから、ようやく廊下に沿って居室がはじまった。向き合って雨戸もある。

どの居室も障子は閉じられ、廊下には鴨居《かもい》に小さな掛け行灯の薄明りが点《とも》っているが、障子の向こうは暗く静まり返っている。

人の気配が無い、と見て取った宗次は、障子を音立てぬよう静かに次々と開けていった。

矢張り人の姿は、どの居室にも無かった。それどころか寝床さえも敷かれていない。

（ババ様と美沙は何処へ消えたのか……）

と、宗次は思いつつ、次に雨戸に向き直って息を殺し耳を研ぎ澄ませた。

コトリとした音一つ伝わってこない。ヤマバトのひと鳴きさえも無い。

（闇が……怯《おび》えている）

と、宗次は捉えた。

十名か二十名か、それとも三十名か。かつてない手練《てだれ》が雨戸の向こうの闇に溶け込んでいる、と宗次の本能は軋《きし》んだ。

宗次の両足十本の指が、くの字に曲がって廊下を嚙み、カリッと微かに鳴る。

それが宗次の、闇に溶け込んだ恐るべき相手に対する、宣戦布告《せんせんふこく》であった。

と、その布告を察知したのか雨戸に近付いてくる気配があった。

宗次が障子を開けた居室の暗がりまで滑るように退《さ》がり、左手が童子切りの鯉口を切る。

が、まだ身は構えない。夜着（寝間着）のまま、真っ直ぐに立っている。

そしてついに、その時が訪れた。

二間半《にけんはん》ほど先で二枚の雨戸がゆっくりと左右に開き始め、夜気が流れ込んで鴨居の掛け行灯の明りが揺れた。

雨戸を開ける者の姿は窺《うかが》えない。

しかし月が隠れた深い闇が宗次の目の前に広がった。雨戸の直ぐ裏側にあった人の気配が足音も無く、役目を終え闇の懐《ふところ》へと退がってゆく。

やがてシンとした元の重い静寂《せいじゃく》が戻った。

宗次は左手を鯉口に触れたまま、ジリッと雨戸に近付いた。相手が鉄砲・弓矢を持っておれば、胸板を射られる恐れがある。

それくらいは計算済《ず》みの宗次であった。

宗次が素足《すあし》のまま廊下から庭先――いや、外へ下りた。広がる深い闇はまだ動きを見せない。

（とてつもない人数を揃えやがった……）と、宗次は直観した。

宗次の右手が童子切りの柄にかかり、名刀の刃がサリサリと鞘を優しく微かに鳴らす。

雲が流れて切れ、こぼれ落ちた月明りが一瞬、童子切りの刃を鋭く輝かせたが、次の瞬間には再び闇であった。

宗次は名刀を右手に下げたまま、待ち構える闇の懐へと十数歩、歩み寄って止まった。

雲が流れ過ぎて、また月明りが降り出した。

ようやく宗次が童子切りを下段構えとして、左足を引いた。

対峙する深い闇は、まだ変化を見せない。

月が隠れたり出たりが、二度三度と繰り返された。まるで怯えたように。

それは幾度目の闇の訪れであったか。突如《とつじょ》、漆黒《しっこく》の夜気が激変を放った。

ガチーン、チャリンと鋼《はがね》と鋼がぶつかり合う甲高《かんだか》い音。

朱色と青白い火花が混ざり合って星屑《ほしくず》のように宙に躍《おど》った。また躍った。

肉と骨を断ち斬る鈍い音が闇を修羅場《しゅらば》と化してゆく。

呻き声は一つもない。

あるのは、肉体がもんどり打って横転することによる地鳴り。

雲が切れ、無数の糸のようになって降り注ぐ月明りが、たちまち闇を薄めた。

宗次の、切っ先をやや後方へ流した、右下段崩れの美しい構え。

養父であり師である梁伊対馬守隆房が最も得意とした、一対多数の対決の時に用いる一撃必殺の激烈な業《わざ》であった。

その名は「双ツ竜その二、流れ」である。

撃滅剣法として恐れられる揚真流の最も中核となる業で、右手刀法と左手刀法の二通りがあった。とくに右手刀法による「右下段崩れ」の別名は「皆殺し」である。

その証拠に、宗次のまわりでのたうつ黒装束の数、なんとすでに八名。濃い闇から月明りへと移るごく僅かな間に生じた凄まじい生と死の闘いであった。

のたうつ八名はいずれも、腕または脚を体から斬り離されている。

が、月明り届かぬ、そこかしこの暗闇の底に、宗次の本能はまだ幾つもの殺気の蠢《うごめ》きを捉えていた。

名刀童子切り安綱の切っ先からしたたり落ちる血脂の粒。

ポトリポトリと足元の草葉の泣く音が、宗次の耳にまで届く程の恐ろしい静寂であった。

またしても月が隠れ、闇が訪れた。

その瞬間、宗次が疾風のように動いた。狙いを定めたかのように、真っ直ぐに動いた。

激突する鋼と鋼が唸《うな》る。また唸る、さらに唸る。

とぎれる事のない猛烈な火花の飛び散りであった。バチバチチッという異音。

「があっ」

はじめて断末魔《だんまつま》の悲鳴が生じた。斬り弾《はじ》かれた肉体が木立へでも叩きつけられたのかドオーンという絶望的な響き。

闇が揺れる、大きく揺れる、嵐のように揺れる。

その揺れの中で、炎《ひ》のような殺気が一歩も退かずに吼《ほ》えた。

正面から次々と宗次に斬り込んでいるのか、ガツンッ、バチッという鋼の音と火花の異音。それが鎮《しず》まらない。

と、月が出て闇が消えた。夜空の雲が月からかなりの速さで遠のいてゆく。

月明りを遮《さえぎ》る一片の雲の切れ端も、月の近くにはない。

宗次の位置は村長の館《やかた》から先程よりもかなり離れていたが、その足元まわりには月明りを浴びて、幾つもの敗者がもがいていた。

その殆《ほとん》どが刀を持つ利き腕を肩口から失っているというのに、宗次の右下段崩れの美しい構えには微塵《みじん》の乱れもない。

「どうする……そこの、お前《めえ》さん」

宗次が物静かに言った。神でも仏でもない当たり前の人間である宗次は、呼吸《いき》をはなはだしく乱していた。しかし、当たり前の人間ではあっても、並《なみ》の者ではない宗次は、その呼吸の乱れを平滑《へいかつ》に装い、あるいは平滑へともってゆく厳しい鍛練を積み重ねてきている。

七、八間《けん》離れた杉の大樹《たいじゅ》の陰から、がっしりとした体格の黒装束がゆっくりとした動きで現われた。まだ抜刀していなかったが、左手は鯉口に触れている。

十数名もの黒装束が決して長くはない激闘によって倒されたというのに、その体格よい黒装束の全身には、怯えも驚きもなかった。

「お前《めえ》さんが、どうやら最後の一人でござんすね。今なら、片腕や片脚を失った者は支え合って、この村から少しは離れる事が出来やしょう。尤も、死は間近ですがねい」

「…………」

「この村から離れた山の中で、傷ついた者同士が胸貫《つらぬ》き合ってくたばろうが、舌嚙み切って自害に及ぼうが、私《あっし》の知ったこっちゃあござんせんが」

「…………」

「まったく下《くだ》らねえ。宮仕《みやづか》えなんてえのは」

宗次はそう言って身構えを解くと、童子切りを一振りして刃の血脂を飛ばし、静かに鞘へ納めた。

「おい、貴様」

相手がはじめて野太い声を出し、二歩ばかり宗次に近付いた。

宗次は黒覆面から覗いている二つの目を、黙って見つめた。

「何者なんだ貴様。浮世絵師は仮の姿であろうが」

「ただの浮世絵師でござんすよ。それに、浮世絵師と知って襲いかかってきたということは、お前《めえ》さん幕閣の指示で御出《おいで》なすったね」

「正直に申せ。何者だ」

「ならば、そちらさんの素姓を先に明かしなせえ」

「…………」

「私《あっし》は町人でさあ。町人あがりの貧乏浮世絵師でござんすよ」

「ただの町人、ただの浮世絵師で通ると思うているのか。闇の中で見せた揚真流剣法右下段崩れの見事な構え。別名、皆殺しで知られたその業は生半の者が修得できるものではない」

「ほほう。揚真流についてよくご存知でしたかえ。私《あつし》は知り合いのご浪人さんから、遊び半分で教わったんでござんすよ」

「ふん。遊び半分だと。ま、よいわ。今宵はそういう事にしておこう。しかし、これで終りと思うな。大勢の配下を傷つけられた返礼は、必ずやる。覚えておけい」

「へい。覚えておきやしょう」

宗次は頷くと、踵を返して村長の館の方へと戻り出した。

黒装束が、思わずであろうか、右手を刀の柄にかけて一歩踏み出したが、ギリッと歯を噛み鳴らしてとどまった。

忿怒《ふんぬ》が二つの目の奥で炎《ひ》を噴《ふ》き上げていた。

十五

宗次は再び館《やかた》に戻ると、表口から鉤形に曲がった廊下の手前までの部屋を全て見て回ったが、矢張りババ様と美沙の姿は見当たらなかった。

どの部屋にも、二人の寝床さえも敷きのべられていない。むろん人がいた温《ぬく》もりも残っていなかった。かといって、怪しい雰囲気が漂っている訳でもない。

「それにしても奇妙な……」

呟いて宗次は、鉤形に折れた廊下を足音を立てぬよう三度曲がって、自分に与えられた客間に戻った。

「あ……」と、宗次の口から驚きが漏れた。

なんと、斬り倒した筈の二人の侵入者の骸《むくろ》が消え、小行灯にかわって大行灯が点っている。それだけではない。板張の床に広がっていた筈の血の海は綺麗《きれい》に拭き清められ、血しぶきが降りかかった寝床は新しいものに取り替えられていた。

戻ってきた宗次を、まるで何事もなかったかのように迎えた客間であった。

宗次は床の間そばに置かれていた三度笠と道中合羽を手に取って眺めた。

さすがにこれは、ほんの僅かにうっすらと血しぶきのあとらしきものを残していたが、それは丁寧な拭き取り作業があったことの、証であるとも言えた。

（短い間にこれだけの事を、二人や三人では出来ねえな……）と、宗次は改めて周囲《まわり》を見まわし、感心したように一人小さく頷いて見せた。

と、不意に「わしじゃ。今からそちらへ行くでな……」と、ババ様と判る声が客間から離れた廊下のどの辺《あた》りからか宗次の耳に届いた。

「どうぞ……」と抑《おさ》え気味の声で応じた宗次であったが、一応右手は童子切り安綱の柄へと持っていった。

その宗次の警戒心を解くためなのか、はっきりとした足音が次第に、だがゆっくりと客間に向かって近付いてくる。

一度だけだが、廊下の床が軋んだ。足音を全く立てずに歩くことが出来るババ様の、それが宗次への気配りなのであろうか。

客間の障子《しょうじ》は開いたままだ。宗次は右手を、刀の柄からはなした。

ババ様が現われた。むつかしい顔つきであった。

「怪我《けが》はなかったかの」

「申し訳ござんせん。已《や》むを得なかったとは申せ、館を血で汚してしまいやした」

宗次はその場に正座をして床に両手をつき、深深と頭を下げた。

「傷は負わなんだか、と訊いておる」

「はい。なんとか……」と、面を上げた宗次は、ババ様と目を合わせた。

「踏み込んできた連中の正体は、判っておるのじゃな」

「いえ、判ってはおりやせん。私《あっし》自身は誰彼《だれかれ》に刃を向けられる事情を持ち合わせてはおりやせん」

「見当もつかぬ、と申すのじゃな」

「無理にも考えれば、もしかして……というのが一つくらいは出て参りましょうが」

「それを、見当をつける、と言うのじゃ」

「恐れいりやす」

「お前さん。正直に言っておくれ。博徒の身形《みなり》をしておるが、博徒ではないな」

「江戸で浮世絵師を生業《なりわい》と致しておりやしたが今はこの身形の通りいささか身を持ち崩しておりやす。但し、斬った張ったの博徒ではございやせん」

「ふん。浮世絵師崩れ如《ごと》きが押し入ってきた生半《なまなか》でない手練《てだれ》を目の覚めるような大業《おおわざ》で一撃のもとに倒したというか……」

「ご覧になっておられやしたか」

「ここはこのババの館であり、ババの土地じゃ。野鼠《のねずみ》一匹の動きさえも、このババにはよう見えておるわ」

「ですが、私《あつし》が浮世絵を描いて日日の生活を支えておりやしたことは、誠でございやして……」

「ま、よいわさ。明日中にはここを発《た》ちなされ」

「そう致しやす」

「こうも次から次と騒ぎを持ち込まれてはたまらんわい」

これはブツブツと一人言のように漏らして、ババ様は宗次に背を向けた。

思わず「お待ち下せえ……」と片膝を立てかけた宗次であったが、ぐっと思い止《とど》まった。ババ様が漏らした「次から次と騒ぎを持ち込まれては……」という言葉で、胸の内がコツンと音を立てていた。

ババ様の足音が、廊下の床を軋ませて、次第に遠のいてゆく。

その気配が消え去ってから、宗次は静かに客間から出た。

ババ様の「次から次と騒ぎを……」の言葉が、まだ脳裏《のうり》に残っている。

その言葉から宗次は、（自分が訪れる前にも何か大事《おおごと》があったのでは……）と気になった。

宗次は廊下を足音を忍ばせて進んだ。

さきほど廊下に沿って並ぶ部屋の障子を次次と開けていったこともあって、村《むら》長《おさ》であるババ様の居室がどれであるか、おおよその見当はつけてある。

その部屋の前で立ち止まった宗次は、鴨居《かもい》から掛け行灯を左手ではずすと、右手で障子をそろりと開けた。

小さな掛け行灯の弱弱しい明りが、音もなく部屋の中へすうっと流れ込んでゆく。

その流れを追うようにして宗次の足が敷居を越えた。
十四、五畳くらいの広さはありそうな、矢張り床が板張の部屋だった。家具調度品などはどれもかなり古かったが、重みを感じさせる立派なものが揃っていた。畳一枚ほどの床の間もあって「苛政《かせい》は虎《とら》よりも猛《もう》なり」の大きな掛け軸《じく》が白木の板壁にかかっている。重税《じゅうぜい》を課《か》して国の民《たみ》を苦しめる悪政《あくせい》は猛虎《もうこ》よりもなお恐怖《きょうふ》である、という意味なのであろう。

筆致が力強く荒荒しい。怒りを放っているかのようであった。

宗次は左手に持った掛け行灯を高くしたり低くしたりしながら、床の間の前から丸太壁に沿うようにして室内をゆっくりと丹念に検《み》ていった。「どこかにあるはず……」という呟きを漏らしながら。

一体この部屋から何を探し出そうとしているのであろうか。

そして室内をひと回りした宗次の足が再び床の間の前まで戻って、止まった。

「苛政は虎よりも猛なり」を、宗次はじっと眺めた。

が、それは〝長いこと〟という程でもなかった。

床の間に一歩踏み込んだ宗次が、掛け軸に行灯を近付けて炎を見た。

炎の先が微《かす》かに揺れている。

行灯を掛け軸から遠ざけると、炎の揺れは鎮《しず》まった。

宗次は手にしている行灯を足元に置き安定して立っていることを確かめてから、掛け軸をはずした。後ろは一つの節《ふし》も無い綺麗な白木の板壁だ。

背丈に恵まれている宗次にとっては、その板壁から掛け軸をはずすことなど苦もなく出来ることであった。

掛け軸を丁寧に丸めて床の間の端に横たえた宗次は、白木の壁に顔を近付けた。

「矢張りな……」と呟いた宗次の手指が、白木の板壁を撫でる。

タテにおよそ五尺、ヨコに二尺くらいの切り込みが、長形を描くかたちで走っていた。

余程に「もしや……」という気構えで眺めないと、見つけることが難しいほど巧みに出来た切り込みだった。

宗次は、勢い余ることに用心しつつ、先ず左側のタテの切り込み線に両手を当てて押してみた。

動かない。軋みさえもしない。

次に右側の切り込み線に両手を当てて押してみると、重重しく内側に向かってゆっくりと回転を始めた。勢い余ることなど心配する必要がないほど、それは厚く重く出来た回転扉であった。

扉を完全に開けきると宗次は行灯を手にして、暗い扉の内側に差し込み額《ひたい》の上あたりにかざしてみた。

明らかに地下へと判る階段が続いており、それは十数段を降りた所で右へ曲がっていると判った。

宗次はちょっと考える様子を見せたが、階段を降りようとはせず、全てを元の状態に戻して、村長《むらおさ》の居室と思われるこの部屋から出た。

向かったのは、表口だった。

外に出た宗次は腰を下ろし、真っ暗な大地に耳を当て、目を閉じた。

我《われ》を殺し全身に満《み》ちる全ての〝気〟を聴覚に集中させる。

だが、警戒を必要とするような音は、捉えられなかった。

「今宵《こよい》はこれで静かとなるか……」

呟いて宗次は館の中へ戻り、表口を閉じた。

十六

朝、宗次が目覚めると、廊下との間を仕切っている障子に朝陽《あさひ》が当たって、室内にはやわらかな明りが満ちていた。

宗次は怪訝《けげん》な目つきで、障子に当たっている朝の明りを眺めた。

廊下には、窓も雨戸も無かった筈である。

起き上がった宗次は障子を開けて廊下に一歩出てみた。

針の先ほどの隙間《すきま》もなく丸太を見事に組み合わせた〝丸太壁〟だとばかり思っていた二か所から、まともに朝陽が差し込んでおり、宗次は思わず目を細めた。

その二か所は、押し開き窓だった。またしても巧みな切り込み工法で造作されていたので、さすがの宗次も「窓も雨戸も無い廊下」と思い込んでしまったのであろう。窓の直ぐ外には満開の山桜が数本、小雪が降っているかのように花びらを散らしていた。

(この平和で美しい桜が邪魔をして、いざという場合には、鉄砲撃ちの窓としては使えないなあ……)

そう思って散り桜の美しさに目を奪われる宗次であった。

(それにしてもこの窓を開けにきた者の気配を、私は捉えられなかった)

胸の内で声なく呟いた宗次は、ここは「隠れ忍びの里」ではあるまいか、と想像した。そう思わざるを得ない大きな理由の一つが、ババ様の足音無き歩行の仕方であり、次に地下へ降りてゆく隠し階段であった。

宗次は部屋の中へ戻り、寝床をたたんで押入れに片付けると、旅発ちの身繕《みづくろ》いをした。

朝の早い内に、この里を出るつもりだった。

が、身繕いをしていた宗次の動きが止まった。廊下をすり足でやってくる気配があった。

宗次は手にしていた道中合羽と三度笠を床の間の脇に置き、刀も腰から取って床の間の刀掛けに預けると、再び廊下に出て押し開き窓から外の山桜を眺める所作をとった。

鉤形に曲がった廊下の角から、美沙が姿を現わした。

続いてその身形《みなり》から賄《まかな》いの者かと思われる中年の女が美沙に従って姿を見せた。

二人とも朝餉《あさげ》をのせた膳を手にしている。このことは、宗次の動きの〝頃合〟を見事に把握していることの証と言えなくもない。

「お目覚めでございましたか」

と、近付いてくる美沙の笑顔は美しくさわやかであり、なによりも自然であった。

〝演じている〟風がない。

「お世話になりやした。この窓から眺める山桜は、なかなか綺麗でござんすね」

「はい」と、美沙が笑顔を絶やさず、宗次と肩を並べた。

味噌汁のいい香りが、ふわりと宗次に届く。

宗次は空腹を覚えた。

「窓をもう一つ開けてみましょう」

美沙は五、六歩、位置を左へ移したところで、今度はもう少し大き目の窓を開けた。

「ご覧になってください」

と促されて、宗次は美沙のそばに立った。

「おお、これはまた雄大にして美しい」

「真っ直ぐ緩やかに下っていく森の彼方に、薄紅色の花が満開の大層立派に育った一本の巨木が見えましょう」

「ああ、あれですねい。さあこいっ、と両手を広げているかのように枝を力強く大きく張っている……綺麗な花ですねい。山桜ですかい」

「いいえ、唐桃《からもも》なのです」

「唐桃？」

「地元では、アンズとも呼んでおります」

「あれがアンズですかい。それにしても巨木ですねい」

「普通は三、四丈《じょう》ほど（十メートル前後）伸びれば限界ですけれど、あれは何故か倍以上も育っております」

「栽培で？」

「いいえ。古くからある木のようで、少なくとも百年以上は経っておりましょう」

「それはまた……」

「あの唐桃の辺りまでがババ様が村長として治めています」

「ほう……で、やはり名無し村ですかい」

「はい。名無し村です」

そう答えてから、クスリと笑いを漏らした美沙は、先に客間へと入った四十前後に見える女のあとに続き、宗次もそれに従った。

「今朝は定吾郎様と食事をするように、とババ様から仰《おお》せ付かっております」

「恐れいりやす」

朝陽が差し込む明るい客間に膳が二つ整えられて、中年の女は「ごゆるりと……」という言葉を残し静かに去っていった。

このとき宗次は、その女も全く足音を立てないことに気付いたが、気付かぬ振りを装った。そう装わねばならぬほど、目の前の美沙の明るい笑顔、動きの一つ一つには〝忍びのにおい〟が無かった。

「これは朝から大変な御馳走でござんすね」

宗次はニコリとして膳の上の箸《はし》を手に取った。

膳にのっているのは山女《やまめ》の干物、茗荷《みようが》の味噌汁、鹿の塩漬肉の焼いたもの、生玉子、梅干し、麦飯そして白い湯気を立てている緑茶などであった。

「朝餉のことゆえ、麦御飯の他はおかわりが出来ませぬ。お許し下さいませ」

「なんの。それほど大食漢ではありやせんから、これで充分です」

「お似合いではありません。なんとなく……」

麦飯の碗を手にした美沙に真顔《まがお》で見つめられて、宗次は「えっ?」という表情を拵《こしら》えた。

「博徒言葉、町人言葉でご自分を本来とは違った姿に演じていらっしゃるようで」

「そうですか……そう見えましたかい」

「ババ様も恐らく、定吾郎様をそのように眺めていましょう」

宗次は、それには答えず黙って箸を動かした。

美沙も口を噤《つぐ》んで、もう宗次の顔を見なくなった。

漂っているのでもなく、気まずさに包まれてしまった訳でもなかった。しかし、重苦しい雰囲気がなんという名の野鳥であろうか。それが押し開き窓のすぐ外で囀《さえず》っていて、その綺麗な鳴き声が宗次の気持を潤《うるお》した。

どれほどか経《た》って、美沙がポツリと訊ねた。

「お口に……合いまして?」

「実に美味しいですねい。お世辞ではありやせん」

「よかった」と美沙は目を細めた。

「美沙殿の手料理でございやすか」

「はい。さきほど一緒に膳を運んで参りました賄いの者の手を少し借りは致しましたが」

「すると昨夜の御馳走も？」

「献立はババ様が考えましたけれど、殆《ほとん》ど私《わたくし》が調理いたしました」

「いや、たいしたものです。美沙殿なら江戸に出て参りやしても飯屋《めしや》以上の料理屋を営《いとな》むことが出来やしょう」

「本気に致しますよ」と嬉しそうに笑う美沙であった。

「冗談半分で言えることじゃござんせん。江戸を訪れたことは？」

「生まれて此《こ》の方、一度もございません。この山深い里が好きゆえ」

「江戸は魑魅魍魎《ちみもうりょう》が蠢《うごめ》く物騒な所でござんす。それに比べ此処《ここ》は静かで美しい。昨夜はお騒がせしてしまい、お詫《わ》びの言葉もござんせんが」

「…………」

それまでの笑みを鎮めた美沙が黙って箸を置いて居住いを正し、宗次と目を合わせた。

宗次は箸の先につまんでいた梅干しの小さな実片を口に運ぶと矢張り箸を置いて、茶をひと口すすった。

「出好きな私《あっし》のことですから、この山紫水明《さんしすいめい》の里を再びお訪ねすることになるやも知れやせん。で、一つ二つお訊ねしたいのですが、よござんすか」

「どうぞ、なんなりと」

「村長《むらおさ》でいらっしゃるババ様の実に見事な足音なき歩行、気配を完全に消しさっての人への接近の仕方、防禦工夫《ぼうぎょくふう》を凝《こ》らした館造りなどから、この村は尋常の者が棲《す》む里ではないな、と感じたのでござんすが」

「女忍びの里でございます」

何の躊躇《ちゅうちょ》することもなく、美沙がサラリと言ってのけた。心の内に針の先ほどの蟠《わだかま》りさえないかのような、答え様《よう》だった。もしや忍びの里ではないか、と思っていた宗次であったから、さほど驚くこともなく訊き返した。

「なるほど、ババ様の歩き様は、確かに忍び業と感じられやした。徳川の太平の世となってからの表《おもて》忍びの主だったものには伊賀《いが》、甲賀《こうか》などがござんすが、裏《うら》忍《しの》びとなると数知れやせん。一体《いってえ》この里は……」

「天下統一も遠からじ、と思われておりました甲斐の武田信玄公が身罷《みまか》りなされて、はや百余年が過ぎました。その信玄公の身そばに仕《つか》え、戦乱の中で時に影武者を巧みに演じ、また時には暗殺の任務に就き、そして今日《こんにち》までその御霊《みたま》をお守りして参ったのが、われら甲斐の〝花房《はなふさ》〟でございます」

気負い全くなく、やわらかに語る美しい美沙であった。ただ二重《ふたえ》の切れ長な目は宗次の目を捉えて離さない。

「甲斐のくノ一のことを、花房と申されやすんで？」

「はい。甲斐の武将と申せども、よほど高位の者しか知らぬ信玄公直参《じきさん》のくノ一組織でございました。われらの先代、先先代は優れたくノ一の子孫を後世に残すべく、敵味方の区別なく文武に秀《ひい》でたる武将に巧みに近付いては種《たね》を貰い受くる事を信玄公より特に許されておりました」

「それはまた……」

「花房を構成するくノ一の、誰がどの国の武将の血を受け継いでいるかは、ほぼ把握できております」

「すると美沙殿の血筋は？」

「明智光秀公《あけちみつひで》……」

「なんと」

「そうババ様より聞かされております」

宗次は「うーん」と唸《うな》ってしまった。大変な里へ迷い込んでしまった、という思いが沸沸《ふつふつ》とこみ上げてくる。その一方で「面白い」という感情が音を立て始めていた。

だが美沙の表情は、穏《おだ》やかなものであった。重大秘密を打ち明けてしまった、という強張《こわば》りなど体のどこにも見せていない。

「くノ一としての武芸は今も研《みが》いていなさるので？」

「研いております。ただ、もう首をとった、とられたの戦乱の世ではない太平の世でありますから、武将の誰彼に近付いて種《たね》を得る、というような薄ら寒い事などは次第に変わって参りました」

「すると、ごく当たり前に嫁となってこの里から出ていく者も現われて参りやしたね」

「はい。まだ数少ないですけれども……」

「徳川幕府が、信玄公直参のくノ一〝花房〟が現在《いま》も武芸に励んでこの山深い里に実在することに気付きやすと、何やかやと口うるさい事を言ってきやしませんかい。それとも徳川幕府はまだ〝花房〟に全く気付いていない？」

「徳川一門の領地であります甲府《こうふ》の宰相《さいしょう》徳川綱豊《つなとよ》（正三位権中納言）様はご存知です。それどころか〝花房〟からは幾名かが御殿奥女中として召され、うち三名は綱豊様のおそばに付いて事実上の身辺警護に就いております」

「ほほう……」

「綱豊様は甲府宰相に就かれました直後に一度だけではありますけれど、この里へ鹿狩りに訪れなされまして、われら〝花房〟が山中《さんちゅう》の御案内役を仰せ付かりました。われら〝花房〟のことを綱豊様が幕閣に対し、いかように通報なされているかどうか知る由《よし》もありませぬが、今のところこの里に対し幕府権力による干渉は全くありません」

「なるほどねい。ま、綱豊公は〝花房〟の三名をご自分の身そばに置いて、身辺警護の任に就かせていなさる程でござんすから、幕閣に対し〝花房〟の存在を漏らしなされたとしても恐らく無害集団であると強調なされていやしょう」

「やはり漏らしておられましょうか。綱豊様はわれら〝花房〟のことを幕府権力筋に対し……」

と、ここで美沙の表情が少しだが曇った。殺し殺される戦国乱世のなか、暗殺・密偵組織としての伝統を絶やすことなく、太平の今日《こんにち》に至るまで山深い里にひっそりと生き抜いてきた信玄公直参のくノ一集団である。

現在《いま》の穏やかな隠れ里での生活を、幕府権力によって乱されたくはないのであろう。美沙の表情の曇りは、そう語っているようであった。

宗次は首を小さく横に振った。

「いや、私《あっし》は漏らしていなさらねえ、と信じやす。安心しなせえ」

「よかった。定吾郎様にそう言って戴《いただ》けると、なんだかホッと致します」

美沙の表情から曇りが消えさった。

「この通りの身形《みなり》の私《あっし》みたいな半端者《はんぱもん》の言葉をまともに受け取って戴きやすと、いやはや照れてしまいやす」

「定吾郎様……」

「へい？」

「あなた様は本当に半端者《はんぱもん》でございましょうか。ただの半端者が、暗闇の中襲い来たる刺客多数を、あのように一瞬の内に凄まじく打ち倒せるものでしょうか。ババ様も私《わたくし》も他《た》のくノ一たちも、闇の一隅でただ見守るほかないほど、震えあがるような瞬時の激闘でございました」

「…………」

「定吾郎様、ババ様には訊いてはならぬと止められておりますが、この美沙にはどうか素姓をお明かし下さい。ババ様には〝江戸の浮世絵師崩れ〟と告げられたそうですけれど、真《まこと》のあなた様は一体何者でいらっしゃいましょうか」

「浮世絵師崩れの半端者に違いござんせんよ。その半端者が昨夜この美しい里を血で汚してしまいやした。重ねて深くお詫び申し上げやす。この通り……」

宗次は両手を膝の上にのせた姿勢のまま、背筋は軽く傾け、頭《こうべ》を深深と下げた。

美沙の顔に失望と悲しみの色が広がっていった。

「素姓をお明かし下さらない、ということであれば、せめて昨夜襲われた理由《わけ》のかり合いという……」

一端《いったん》でもお聞かせ戴けませぬか。差し支えなき範囲で」

「下《くだ》らねえ半端者同士の、ただの喧嘩でござんすよ。よくある意地と意地のぶつかり合いという……」

「定吾郎様」

「どうか私《あっし》のこと昨夜のことは、深く知らないようにしておくんなさいやし。そうでないと必ず迷惑が及ぶことになりやす。この美しい里に」

「迷惑が及ぶと？」

「へい、必ず……」

「そうですか……そこまで仰《おっしゃ》いますのなら」

「それよりも私《あっし》の方こそ、気になっている事がございやす」

「何でございましょうか。お答えできることなら、お答え致します。現在《いま》のこの里のことに関してならば、先程も打ち明けましたように深刻に隠し通すべき事など殆どありませぬから」

「昨夜ババ様は私《あっし》の前で、こうも次から次と騒ぎを持ち込まれてはたまらんわい、と一人言のように漏らされました。私が原因となりやした昨夜の騒ぎの他に、何か大きな不安を今この里は抱えているんじゃござんせんかい」

「…………」

「打ち明けて下さいやせんか美沙殿。どうも気になって仕方ござんせん」

「ババ様の一人言をそれほどお気になさるという事は、もしや定吾郎様の昨夜の騒動と関係があるかも知れない……とでもお思いなのでしょうか」

「お答えしかねやす。ご勘弁を」

「ババ様の一人言について、孫娘の私《わたくし》といえども勝手に判断を加える訳には参りませぬから、これよりババ様に訊いて参りましょう。暫くお待ちになって下さい」

「お願い致しやす」

明智光秀の末裔《まつえい》とでも称すべき美沙は、食べ終えて軽くなった朝餉の膳二つを両手にして、朝の日差し満ちた部屋から出ていった。

一人残された宗次は何を考えてか、表情に迷いを浮かべることもなく腰を上げると床の間に近付き、刀掛けの名刀童子切り安綱を静かにゆっくりと腰帯に通した。帯の摺《す》り鳴《な》りを避けるでもするかのように。

十七

宗次は廊下に立って、押し開き窓の向こうに広がる雄大な景色に見とれた。三ツ峠山の方角になるのであろうか、山連なりの中腹あたりに真っ白な雲が帯を引いていて、天と地の方角へ二つに分離している如《ごと》き山並が絶景であった。

（この美しいくノ一の里へ、絶対に騒乱を持ち込んではならねえ……）

宗次は真剣に、そう思った。

「この村にとどまりなさるかえ定吾郎殿」

不意に背後で声がしたので、宗次は振り向いた。

いつ、どこから現われたのか、なんとババ様が客間の日差しの中に、優しい顔つきで正座をしていた。

宗次は「いつの間《ま》にそこへ？……」、というような愚かな問いかけは避けた。

ババ様はこの忍びの里の村長《むらおさ》つまり〝花房〟一族の総帥なのだ。ましてやこの屋敷は村長館《むらおさやかた》である。

ババ様がそこかしこから自在に現われても一向に不思議ではない。

宗次は神妙な表情を拵えてババ様の前に正座をすると、「朝餉を大変おいしく頂戴いたしやした」と、丁寧に頭を下げた。

「お口に合いましたかな」

「へい。それはもう……」

「美沙が余程にお前様が気に召したらしい。是非ともこの里に長逗留《ながとうりゅう》させてほしい、とこのババに無理を言い始めよったわ。ふはははっ」

さもおかしそうに高笑いするババ様だった。あいた口の中に白い綺麗な歯が一本も欠けることなく並び残っていることに気付いて宗次は驚いた。

「申し訳ござんせんが、ちょいとばかし事情を抱えておりやして長逗留は出来やせん。それよりもババ様……」

「わかっておる。この里は、お前様が絡んだ騒動の他に、何事か面倒を抱えておるのではないか、と関心があるのじゃな。このババの不用意な言葉で」

「へい。その通りで……出過ぎた関心、と突き放されやすと、それ迄でござんすが」

「では、ついて来なされ」
「え？……」
「このババは、浮世絵師崩れだとか言うお前様を信頼いたそう。昨夜の騒動につ
いては何も訊かぬ。お前様が見せた、とうてい絵師崩れらしくない凄まじくも華
麗な剣《つるぎ》の舞いを、まあ信頼いたそう。闇の中であれ日の下《もと》であれ剣《つるぎ》の舞いに
は、その人物の本性がくっきりと浮き上がって見えるのでな。鍛練の美しさとい
うものがのう。だからもう何も訊かぬ」
「恐れ入りやしてございます」
「さ、ついておいで。但し、これより目にすることは、この里を出る時には全て
忘れることじゃ。よいかな」
「お約束いたしやす」
「もし約束を違《たが》えば、絵師崩れのお前様がどれほどの手練であろうとも、〝花房〟
は総力をあげてお前様を抹殺することになるやも知れぬ」
「しっかりとお聞き致しやした」
「では参ろうかな。刀は腰に帯びたままでよいじゃろ」

宗次はババ様の後に従って部屋から出た。

ババ様の足元に注意を払った宗次だったが、何故かこの時は当たり前の歩き方で廊下の床を小さく軋ませるババ様であった。

ババ様は表口から外に出た。もしやあの地下への階段を下りる事になるのか、と思うでもなかった宗次の淡い期待は見事にはずれた。

常緑樹の森の中のよく整えられた幅三、四尺ほどの木洩れ日が降り注ぐ道を、ババ様は驚くような速さで歩いた。小走りでもなければ速足でもなく、ごく当たり前な歩き様《よう》に見えるのに、とにかく速かった。

が、宗次の足もまた、そのババ様との間を三、四間《けん》あけるだけで遅れることはなかった。

誰にも出会わぬ道をどれほどか歩いたところで、ババ様は不意に立ち止まり辺りを見上げながら言った。

「この辺りから落葉高木の栃《とち》の森になるのじゃ」

「青葉の様子から、そうではないかと思いやした。実に立派に育っておりやすね」

「うんうん、なかなかの観察の目じゃな。冬を終えると何故か待ち構えていたかのように直ぐに青葉を出してくれ、毎年豊かな実をつけてくれるので、食料の木としてこの里では特に大事にされておる」

「栃の実のアク抜きには、手間が掛かりやしょうね」

「なあに。アク抜きなど、われらにとっては簡単なことじゃ。栃の実を粉にしてな、それで作るこの里の饅頭《まんじゆう》の旨《うま》さは格別じゃぞ」

「江戸に茶店でも出して売りやすと、大層な評判を呼ぶんじゃござんせんか」

「江戸になど、興味も関心もないわさ」

ババ様は再び歩き出し、宗次の足はまた三、四間《けん》をあけて従った。森の中のあちらこちらに丸太組の家や女たちの姿が目立ち始め、「おはようございます」と声を掛ける者もいる。

そのたびババ様は女たちの方へ顔を向け、にっこりと頷き返した。

女たちは、いずれもくノ一なのであろうが、べつに「いざ鎌倉《かまくら》……」に備えたかのような身形《みなり》でも髪型でもなかった。どこででも見かける質素な百姓女の姿だ。

　ババ様が先を行く道はやがて山肌に突き当たった。いや、正確に述べるならば幹まわりひと抱え以上もある栃の巨木に突き当たった。無数の枝《えだ》を遠くにまで張り巡らせたそれはそれは堂堂とした素晴らしい巨木だった。

　道はつまりその巨木の前で途切れていた訳だが、ババ様は「おいで……」と宗次を手招きしてから幾年月と降り積もってきた落葉を踏み鳴らして巨木の裏側へと回り込んだ。

　そこに巨木によって隠されている意外なものがあって、宗次の表情が「ほう……」となる。

　喬木《きょうぼく》に覆われた山肌が、ぽっかりと口を開けていたのだ。大人二人が並んで潜れる程もある洞穴だった。

　振り向きもせず洞《ほら》の中へ入っていくババ様の後に、宗次は黙って従った。

　背丈ある宗次でも楽に歩ける天井の高さだ。

　四面は濡れたように見える黒光りした岩盤だった。宗次が指先で触れてみるとツルリとした感触ではあるものの、べつに濡れてはいない。

　ところどころに大蠟燭《ろうそく》や、油をしみ込ませた松明《たいまつ》が立てられていたが、とにかく暗い横穴だった。足元もひどく凸凹《でこぼこ》していて、さすがの宗次も用心した。

しかし長く続く横穴ではなかった。歩数で言えば数十歩ほど進んだであろうか。急に右へ折れた横穴の向こうに、出口の明りが見えた。

日が差し込んでいる。

ババ様がようやく喋《しゃべ》った。

「定吾郎殿は甲斐の山山で質の良い金の他に珍しい石が色色と採れることを知ってなさるかえ」

「知っておりやす。近頃では〝宝石《たからいし》〟とも〝ほう石《せき》〟とも呼ばれておりやすそうで」

「この横穴はな、武田信玄公お抱えの山師たちが、かつて宝石を採掘した跡《あと》なのじゃ。今では一粒の宝石も採れぬがな」

「左様《さよう》でございやしたか」

「この里には、かような横穴があと五つ六つ残っておるが、いずれも綺麗に掘り尽くされておってな、今では食料の備蓄に用いられておる」

「鳥肌立つほど冷えましてござんすね。これなら食料の備蓄には打って付けでございやしょう」

「さ、いよいよお前様の関心が満たされようぞ……」

ババ様は出口の手前でそう言って振り返ると、はじめて恐ろしいほど険《けわ》しい目つきを宗次に突き付けた。

それは宗次ほどの者が、思わず息を止めてしまう程だった。

「誓って約束を違《たが》えるような事は致しやせん。誓って……」

「うん」

ババ様の表情が崩れた。目を細めて、にっこりとする。豹変《ひょうへん》であった。

二人は眩《まぶ》しく日が降り注ぐ中に出た。

宗次の顔に驚きが広がってゆく。想像だにしていなかったものが、目の前にあったのだ。

宗次が瞬間的な目見当で「凡《およ》そ三町四方はあるか……」と読んだ真四角に近い広場が、燦燦《さんさん》たる朝の日差しの下《もと》にあって、その広場の中央に村長館の倍以上はある丸太組による二層の大きな建造物が建っていた。しかも大屋根の中央付近には、本格的な物見櫓《やぐら》が設けられている。

その建造物の周囲《まわり》には高さ五、六尺の丸太の柵が張り巡らされており、それの内側にも外側にも刀あるいは槍、弓矢で武装したくノ一の姿があった。ものものしい警備であることが、一目で判る光景だ。

（二、三十名はいるな……）と宗次は読んだ。しかし、それは目が届く範囲の読みであって、建物の反対側――向こう側――にも同様の数かそれ以上のくノ一がいる可能性はある。

「どうじゃ定吾郎殿。ここで引き返せば、約束云云《うんぬん》についてはババは忘れてやってもよいぞ。うるさくは問わぬ。それとも、もう一歩踏み込んでみなさるかえ」

「踏み込ませて戴きたく存じやす。何卒よろしくお願い申し上げやす」

「後悔なさらぬな」

「へい」

「いいじゃろ。ついておいで」

ババ様は何を思ったか宗次と手をつなぐと、歩き出した。

「ババの手を振り払ってはいかぬぞ。振り払えばたちまち数十本の矢が飛来し、お前様の体は蜂の巣のようになる」

「判りやした」

「こうして手をつないでいる限り、定吾郎殿はババの最高の客なのじゃ」

「一つ訊いてよござんすか」

「なんじゃ」

「この里には鉄砲の備えもありまするので？」

「ない。鉄砲の備えがあるとの噂が江戸に伝われば、幕府は恐らく顔色を変えて、戦《いくさ》経験なきへっぴり腰の兵を差し向けるじゃろ。争い事はもう御免じゃ。武田勝頼《かつより》公が滅びたことで、甲斐は穏やかな国に生まれ変わった。甲府宰相徳川綱豊様もこの里に対しては温かな目を注いでくれておるしのう……今のところは」

「何よりのことで……」

「この里が気に入ったかな定吾郎殿」

「それはもう、大層気に入りやしてございます」

「ならば美沙の婿《むこ》にならぬか」

「えっ」

「美沙の婿になって、この里にとどまりなされ。うん、それがよい」

「し、しかし、この里は事実上の男子禁制ではありやせんか」

「なあに、それは戦国の世での習いじゃ。そのような慣例《しきたり》などこの太平の世では、あって無きに等しいわ。あの美しい孫娘とそなたが結ばれると、綺麗な子に恵まれようぞ」

「す、少しお待ち下されババ様。いきなりな婿云云《うんぬん》は困惑いたしまするゆえご容《よう》赦《しゃ》下され。この先より私《わたくし》が知りたいと願《ねご》うておりますることは……」

そこまで言ってハッとなった宗次は、そのあと苦笑して晴れ渡った朝の空を仰いだ。フウッと小さな溜息を漏らしている。

宗次の手を引いて足を止めることのないババ様は、前を向いたまま如何《いか》にも満足そうにニヤリと笑った。

「ふっふっふ、ようやく侍言葉が出ましたな。このババの勝ちじゃ。まあええ。お前様が何者であろうと、どのような調子で喋ろうと、このババは気に入っておる。素姓など、どうでもええ。何も訊かんし言わん」

太い丸太二本を地面に打ち込んだだけの門の前まで来て、ババ様の足がとまり、宗次ほども背丈のあるこれも美しく若いくノ一が近付いてきた。が、冷ややかな面立《おもだ》ちだ。

このとき宗次は、館の二階の窓四か所からこちらに向けて、弓を構えているくノ一たちに気付いた。その構えた姿勢を見ただけで、宗次程の者には（相当な鍛練を積んだ射手……）と判る。

「どうじゃな中の様子は」

背丈あるくノ一に、ババ様が訊ねた。

「変わりありません。ただ、手足の先を無意識の内に、微かではありますが動かすようになりました」

「そうか。なんとしても意識を取り戻して貰わねばのう」

「薬草方《やくそうかた》が武田家に伝わる医薬文献などに目を通して色色と薬の調合を試みておりますから、必ずやその内には……」

「うむ」

「そのお方様でございますね、定吾郎様と仰るお方様は」

「そうじゃ。浮世絵師崩れとかいう凄腕のな……どうじゃ、いい男じゃろが」

「この里の守《まも》り頭《がしら》を務めますセイと申します」

くノ一は名乗って宗次と目を合わせたが、会釈《えしゃく》をするでもなく、にこりともしない。

宗次は黙って頷き返すだけにした。

「今日一日、定吾郎殿はババの客じゃ。この守護館の周囲は自由に歩き回って貰うことにした」

「承知いたしました」

と答えたセイが館の二階の方を振り向いて右手を上げると、弓を構えていたくノ一たちは窓の奥に消えさった。

どうやら厳重に警備されている館は、守護館と呼ぶらしい。

そういえばどこから眺めても防禦構えともとれそうな、頑丈この上ない館造りに見えた。この里が万が一の事態に見舞われた場合、武装したくノ一たちは横穴を潜り抜けて守護館に集結するのであろうか。

「さあ定吾郎殿、ババはこれで村長の館に戻るゆえ、あとは自由に見て歩きなされ。守護館の中へ入る時はセイに一声かけさえすれば、それでよい」

「判りやしてございます」

立ち去ってゆくババ様の背に、宗次は丁重《ていちょう》に腰を折ったあと、老いた小さな後ろ姿が横穴の中へ消えるまで見送った。

セイが宗次に話しかけた。相変わらず冷ややかな面立ちであり、言葉の調子にも温もりがなかった。

「何か訊きたいことがあらば、お答え致しましょう」

「セイ殿は先程、守り頭《まもがしら》を務めていると申されやしたが、〝花房〟の組織には幾通りもの役職が設けられているのでござんすか」

「頭《かしら》で申せば、攻め頭《せがしら》と探索頭《たんさくがしら》を加えての三通りがありますが、村長であるババ様に次ぐ立場に立って組織を統括していなさるのは攻め頭で、守り頭と探索頭はその麾下《きか》に位置付けされております」

全く表情を変えずに答えるセイであった。

「攻め頭のお名前をうかがっても、よござんすか」

「すでに定吾郎殿は親しく話を交わされた事でございましょう。美沙様が攻め頭に就いておられます」

「なるほど……いささか立ち入った事をお訊ね致しやすが、美沙殿は文武に通じていなさいますので？」

「学問に於《お》いても武芸に於いても、この里の者は誰一人として美沙様にはかないませぬ……というよりは、足元にも及ばない、と申した方が宜《よろ》しいかも」

「率直にお答え下されやして有難うござんす。ご気分を害されやしたなら、どうか許してやっておくんなさいまし」

「もうお訊きになりたいことは？」

「ありやせん」

「では……」

セイは軽く頭を下げるでもなく、宗次にくるりと背を向けて柵《さく》の内側へと入っていった。

宗次はともかく、柵の外側に沿って歩き出した。

柵の隙間つまり地面に打ち込まれている丸太杭《くい》の間隔《かんかく》は凡そ一尺。

このタテ杭に対し、大人の腕の太さほどの横木が上下に二尺ほどの間をとって巡らされていた。

もし守護館に攻め来る者があらば、くノ一たちは丈《たけ》二尺幅一尺の小窓から猛然と矢を射かけるのかも知れない。

その小窓を通して宗次が目にするくノ一たちの顔つきは、決して穏やかなものではなかった。誰の目も厳しい。

(明らかに何か変事《へんじ》に備えている……)と宗次は感じた。とくに宗次が注目したのはくノ一たちが腰にする刀であった。忍びが腰にする刀は男女共に決して大振りなものではない。反《そ》りの無い直刀が多く比較的短いのが常であったが、この里のくノ一たちは侍が腰にする、いわゆる大刀を帯びていた。

それは本格的な剣術の鍛練を積んだことの証ではないか、と宗次は思った。

次に宗次は、広場と森の境目《さかいめ》に沿って歩き出した。境目は緻密に測って線引きされたかの如く雑草や灌木《かんぼく》までもが綺麗に刈り取られていた。

(これだけ広場と森の境目が鮮明だと、広場に侵入した敵は守護館の見張り番にすぐに見つけられるな……)

そう思った宗次が守護館の方へ視線を転じると、大屋根の中央付近に設けられている物見櫓で、こちらへ顔を向けている二人のくノ一の姿があった。

矢筒を背負い、弓を手にしている様子がはっきりと窺える。

「臨戦態勢……と見ていいほどだな」

呟いて宗次は足を少し速めた。早く守護館の内部へ入る必要がある、という思いに駆《か》られたのだ。

だが、真四角に近い広場の二辺を過ぎた辺りで、宗次は「ん?」と歩みを止めた。森の中に一目で御堂《みどう》と判る古い建物があって、その左右に幾十もの苔《こけ》むした墓石が立っていた。くノ一たちの墓であることは容易に想像がつくが、宗次が目にとめたのは、その一画に立てられている十数本の真新しい白木の墓標だった。

宗次は胸騒ぎで、自分の胸の内がザアッと音立てたように思った。

広場から御堂の前までは、幅三、四尺ほどのやはり苔むした石畳の道がのびている。

宗次はもう一度、守護館の方を振り向いてみた。

こちらへじっと顔を向けているくノ一の姿が三人に増えている。

宗次はその方に向かって軽く一礼してから、石畳の上を歩き出した。

胸騒ぎが次第に大きくなってゆく。

そのざわめきを抱えて次第に御堂へと迫ってゆく宗次の顔に、彼らしくない強張りがあった。

この里の守り本尊が安置されているに相違ない御堂の前で立ち止まった宗次は、合掌し頭《こうべ》を垂れた。

長い合掌を解いた宗次は、御堂から右手へ向かった。足元はやはり石畳の道である。苔むしてはいるが、よく手入れされていて落葉は殆ど目立たない。

白木の墓標の前で宗次は動かなくなった。間近で眺める白木の墓標は、つい先日立てられたに相違ない、と判るほどに新しいものだった。

ただ、白木には何も記されていない。何者とも判らぬ者たちを、くノ一たちは此処へ埋葬したというのか。

宗次の胸さわぎは強まった。二度繰り返して全ての白木の表と裏を確認したが、やはり小さな点一つさえ記されていない。

「ただ事でない……」

と呟いた宗次は踵を返した。

広場に出た宗次の口から、また呟きが漏れた。「無事でいてくれ……」と絞り出すように。

物見櫓のくノ一は一人に減っていたが、しかし柵の外をゆっくりとこちらへ向かって来る者があった。守り頭のセイと、その左右に長槍を手にした配下の者と思われるくノ一が二人。

槍の穂先が朝の日を浴びて、稲妻のような鋭い光を放った。

十八

宗次は歩みを止め、セイたち三人が近付いてくるのを穏やかな表情を拵《こしら》えて待った。脳裏《のうり》では十数本に及ぶ白木の墓標が、明らかにざわめいてはいたが。

澄んだやわらかな微風《そよかぜ》が、宗次の顔を正面からそろりと撫でる。さきほどセイと会った時とは、つまり逆になる微風の流れであった。

鬢《びん》に花からでも搾《しぼ》りとった油を点《つ》けているのであろうか、軽く甘い香りがふわりと宗次に届いて、セイが直ぐ間近、二尺ばかりのところに立ち止まる。

配下らしい二人のくノ一は、そのセイの二間《にけん》ばかり背後で槍《やり》を手に厳しい顔つきだ。いずれも十八、九と若い。種元《たねもと》はいずこの武家であるのだろうか。

　セイの表情も相変わらず冷ややかである。無表情というやつだ。

「セイ殿、一つ訊ねて宜しいかえ」と切り出して、宗次は後ろの森を振り返り見た。

「やはり白木の墓標について関心を持たれましたか定吾郎殿」

「へい。まるで幾日か前にでも立てられた物のように、新しい墓標でござんすが……」

「仰《おつしや》る通りです」

「すると十数人の者が一度に亡くなるってえ出来事が、この里にあったのですねい」

「もしやと思われたからこそ定吾郎殿、ババ様に無理を申されて横穴を潜って参られたのでしょう」

「ま、その通りでござんすが」

「白木の墓標はいずれも、一廉《ひとかど》の剣の遣《つか》い手《て》と想像される侍たちのものです」

「差し支えなければそこのところを、も少し詳しくお聞かせ下さいやせんか」

「そのところを詳しく、と申されても実は何事が生じて十数名の者が一度に亡くなる事になったのか、我らにはよく摑めておらぬのです。ただ現場の状況を見る限りでは、白木の墓標と化した侍たちが円陣を描くかたちで一人の者を護《まも》らんとし命を落としたことは確かです」

「より多数の手練《てだれ》を敵にまわして、という事でござんすねい」

「はい。そう思って下されて間違いありません。いえ、その通り、と申しましょう。白木の墓標と化した侍たちは打ち揃った同じ旅の出で立ち。それに対し、円陣の外側で倒されていた多数の者たちは全てが忍び装束《しょうぞく》」

「なんと……」

「それも黒の忍び装束ではなく、青の忍び装束でした。失礼ながら、定吾郎殿はこの青の忍び装束についての知識を、お持ち合わせですか」

淡淡として感情を覗《のぞ》かせぬセイの語り様《よう》であった。それに落ち着いている。

「いや、町人あがりの絵師崩れに過ぎねえ私《あっし》は、青の忍び装束など初めて耳に致しやす」

宗次のこの答えは偽りではなかった。

「しかも定吾郎殿。その青装束の両袖口には、凡《およ》そ四分《しぶん》の一寸幅（約七ミリ）ほどの銀線の刺繡《ししゅう》が回されておりました」

「銀線の……」

「はい。実を申しますと我らくノ一の世界には徳川の世となって以来、この青装束に銀線刺繡の忍びとは決して争ってはならぬ、近付いてもならぬ、という不文律のようなものがございます」

「その理由《わけ》は？」

「幕府の秘命を帯びた特殊な凄腕《すごうで》揃いの忍び集団であると伝えられておるからです。伝えられておる、と申しますのは未《いま》だ実体がよく判っていないゆえ。一説には、伊賀《いが》・甲賀《こうか》・根来《ねごろ》・柳生《やぎゅう》など三十有余の忍び流派より選《え》りすぐられた者たちではないかと……」

「なるほど。すると倒された青装束の遺骸の方は、近付いてもならぬ、とかの不文律に従ってそのまま現場に放置状態なんですかえ」

「はい……」

「場所は？」

「この平和な里には迷惑はお掛け致しやせん」

「聞いておきたい……だけでござんす。どうか教えてくんない。この平和な里には迷惑はお掛け致しやせん」

「この里の西側の谷……甲州路《こうしゆうじ》の真下に当たる〝危難の谷〟と呼ばれている所です。コヒガンザクラの花が満開の巨木が青菜の畑道《はたけみち》から、谷への降り口の目印」

と、その方角を振り向いて指差したセイが、付け加えた。

「その〝危難の谷〟には青装束の遺骸に加え、甲州路から落下したに相違ない大破した駕籠がそのままになっております。惣黒漆金蒔絵《そうくろうるしきんまきえ》の葵《あおい》の紋付き駕籠で担《かつ》ぎ棒は黒塗。中に乗っておられた姫君らしい美しい女性は、駕籠の外から左の乳房をひと突きに貫《つらぬか》れ、息絶えておりました」

「なにっ」と、危《あや》うく声を出しかけた宗次であった。

それをぐっと胸の内に飲み込んで堪《こら》えはしたものの、しかしさしもの宗次の顔色も青ざめた。

「じゃあ、その姫君らしい御人の遺骸も白木の墓標に?……」

「いいえ。埋葬してはおりません。ババ様が、まだ若いのに哀れじゃ、と申されて氷室《ひむろ》に安置してあります。氷室の意味、お判りですか」

「私《あっし》は絵師でございましたから、それくれえは」

「どうなされます。遺骸と対面なされますのか」

「是非にも……」

「では、ついて来て下さい」

「駕籠は葵の紋付きと仰いやしたね」

「…………」

それにはもう答えず、セイは宗次に背中を向け足早に歩き出していた。その背中にまるで〝嫌い〟とでも書いてあるような、頑《かたく》なな雰囲気だ。

宗次の青ざめた表情は、強張りさえし始めていた。葵の紋付き駕籠に乗っていた姫君らしい女性《にょしょう》と言えば、扇姫の可能性が高い。いや、状況からみて扇姫しか考えられない。

さしもの宗次も、背に噴き出す冷たい汗を感じた。

だがセイの説明には、一つ妙な点があったことを宗次は聞き逃していない。

それは「……白木の墓標と化した侍たちが円陣を描くかたちで一人の者を護らんとし命を落としたことは確か……」という言い方である。

宗次は頑なセイの背に向かって訊ねた。

「さきほどセイ殿は、侍たちは円陣を描くかたちで一人の者を護って命を落とした、と仰いやしたが、その一人の者というのは駕籠の中の姫君らしい女性《にょしょう》を指しているのでござんすか」

答えるかわりにセイは、何かの合図のように左手を黙って軽く振った。

付き従っていた配下の二人のくノ一が「はい」と頷いて、守護館を囲む柵の中へと戻ってゆく。

「セイ殿……」と、宗次はもう一度同じ問いを繰り返した。

セイが歩みを緩めず突き放すような口調で答えた。

「定吾郎殿。駕籠に葵の紋が付いていた以上、我らくノ一〝花房〟としては深くかかわり合いたくはない、また多くを語りたくもない」

「なるほど……気持は判りやすが」

「しかも駕籠を襲撃したのは青の忍び装束の集団ときています。このことは徳川紋の駕籠を、徳川の忍びが襲ったことを意味します。我らくノ一は、そのような恐ろしいゴタゴタからは充分に離れていたい」

「離れ切れやすかねい」

「離れ切らねばならぬ、と思うています」

答えたセイの足が森へ入っていった。

「位《くらい》高いお駕籠の行列には多数の侍や御女中が付き従うものと思いやすが、その多数の者たちの行方は？」

「我らには判らぬ」

「逃げたんですかねい。葵の紋付き駕籠を放《ほ》うり出して……」

「判らぬ……」

固い口調のセイが、腰を屈めて横穴へと入っていった。宗次がババ様と通って来た横穴とは、別の横穴だった。位置が全く違っている。

宗次はセイの後に続いた。入口は腰をかなり屈めないと頭を打ちそうな狭さだったが、十数歩も進むと天井は一気に高くなり、幅も広がった。

しかも一定の間隔《かんかく》で油が点されていて、足元に不安がない程の明るさであった。全く魚油臭くはないところを見ると、植物から搾《しぼ》りとった油と思われた。この贅沢《ぜいたく》すぎる充分以上の明るさが、〝花房〟の里の豊かな自給自足の証なのであろう。

だが異様なほど寒い横穴だった。

横穴は奥へ進むにしたがっていよいよ広まり、やがて十畳大はあろうかと思われる平坦な大空間に突き当たった。

「どうぞ……」と、先にあったセイが足を止め、体を横に開いた。

宗次はセイと視線をしっかりと合わせてから、その位置を入れかわった。

八本の脚で支えられた畳一枚分ほどの白木の台が目の前にあった。

腰高のその台の上に、遺骸は安置されていた。胸までは白い布がかけられ、その上に懐剣がのせられている。鞘には金色の葵の紋があった。

死顔《しにがお》も、白い布で覆われていた。

宗次は背に冷たい汗を感じつつ遺骸に近寄った。扇姫であってくれるな、と願った。将軍の濃い血を受けた姫君が、この山深い里で暗殺されるなど、それも〝幕府の忍び〟に暗殺されるなど、余りにも哀れ過ぎると思った。

宗次の手が、死顔にかけられた白い布に伸びて、止まった。
「宜しいか、セイ殿」と、宗次は振り向かずに念を押した。
「どうぞ……」と、セイが相変わらず固い口調で応じる。
宗次の手が、白い布を静かにめくった。
（姫……）
と、宗次は思わず胸の内で呟き、青ざめたその表情を歪《ゆが》めた。
だが次の瞬間、その胸の内の呟きは（違う……）となった。
それは扇姫に非常によく似た、若い娘の遺骸であった。
影武者ならぬ、影姫だったのだ。
（任務であったとはいえ、さぞや恐ろしかった事であろう。成仏《じょうぶつ》されよ）
白い布を死者の顔に戻して、宗次は合掌《がっしょう》した。長いこと。
「見知りの死者でありましたか定吾郎殿」
合掌する背後からセイに声をかけられて、ようやく宗次は両手を下ろし振り向いた。
「私《あっし》のような半端者《はんぱもん》が、葵の紋付き駕籠に乗った位高《くらいたけ》え女《ひと》を知っている訳がござんせん」
「定吾郎殿……」
「へい？」
「そなた一体何者です」
と、ここでくノ一セイの眼光がギンッと鋭くなった。
「ですからババ様に申し上げた通り、町人あがりの浮世絵師崩れの半端者でござ
いやす」
「浮世絵師崩れの半端者ごときが、己れの気配を見事なまでに消し去って、この
セイの速足について来れる訳がない」
「気配など消しちゃあいませんよ。無茶を言わないでおくんない」
「昨夜、私は守護館の護りに就いていたので、そなたの恐るべき剣の舞いとやら
は見ることが出来なかった。闇のなか襲い来る刺客多数を一瞬の内に打ち倒して
おきながら、浮世絵師崩れとは恐れいったる偽り。心優しきおババ様は騙《だま》せて
も、このセイは騙されぬわ」
セイは一歩退がって腰を軽く沈めると、腰の刀の柄に手をやった。

眦《まなじり》を吊り上げ、凄い目つきだ。

「よしておくんなさい、セイ殿」

と、宗次は困り切った表情を拵えて、白木の台の反対側へ逃げ腰で回り込んだ。

セイが「ふふん……」と鼻先で笑い、腰をさらに沈めて抜刀の気配を強めた。鼻先で笑ったとは言っても、眦を吊り上げた双つの目は殺気さえ孕《はら》み出している。

「これこれセイや……」

不意にセイの背後で、なんとババ様と判る声が生じた。

余程に驚いたのであろう、セイが殆《ほとん》ど反射的に振り向きざま抜刀して、白木の台まで退がり腰を強くぶっつけた。

いつそこに現われたのであろうか、ババ様が穏やかな表情で横穴から十畳大の空間の中へゆっくりと入ってくる。

「お前はこのババの客に対して何を致しておる」

「は、はい。申し訳ありません。定吾郎殿の素姓《すじょう》をどうしても知りたくて……」

「その必要があらば、先にババがそのように動いておるわ。お前はもう退がってよい。守護館へお戻り」

「ごめんなさい、おババ様」

セイは刀を鞘に納めると、うなだれてババ様に近付いた。これ迄のセイからは想像が出来ぬ程の打《う》ち萎《しお》れようだ。

ババの皺《しわ》だらけの手が「よしよし……」と愛《いと》しいわが子に対するように、頬をそっと撫でる。

それが〃許し〃の作法なのであろうか、「ありがとうございます」とセイが小声を漏らし、まるで逃げるように横穴へと消えて行った。

「びっくり致しましたねい。どうなることかと思いやした」と、宗次はババ様のそばへ寄った。

「ほっほっほ。其方《そなた》ほどの者が何を大袈裟《おおげさ》なことを言わっしゃる。あれはあれで何事に付け純粋な女子《おなご》でな。学問もよう出来る。ま、許してやりなされ」

「許すも許さぬもおババ様……」

「セイはあの通り彫りの深い美しい娘じゃ。まだ男を知らぬ清い体でな。誰ぞ良い男の元へ嫁がせてやらねばと考えておるのじゃが、こればかりはのう」

「武芸もかなり達者であるような印象でござんすねえ。先程は少しばかり怖《こお》うございやした」

「まあまあ定吾郎殿。怖い怖いと言うてやりなさるな。一途《いちず》なセイが哀れじゃ。この花房の里もなあ、古来よりの伝統を守るだけではなく、変わらねばならぬとババは腐心いたしておる。強靭《きょうじん》なくノ一を必要とする時代はもう二度とは訪れぬじゃろう。武士の時代もそう遠くない内に終る、とこのババは思うておるのじゃがのう」

「侍って野郎が世の中から消えりゃあ、どんな世の中になるのでござんすかねえ」

「さあなあ……ところで定吾郎殿。遺骸の顔は見たのかえ」

「見せて戴《いただ》きやした。もちろん見知らぬ女《ひと》でござんした」

「遺骸が此処《ここ》へ運ばれてきた経緯についても、セイから聞かされたかえ」

「はい」

「守護館へは？」

「まだ入れて戴いておりやせん」

「ならばついて来なされ」

ババ様はそう言うと踵を返して歩き出した。当たり前の歩き様《よう》であった。やわらかな足音を立てている。

宗次はババ様に従って横穴を抜け、来た道を戻り、警備厳しい守護館の〝二本柱門〟を潜った。

ここでババ様は立ち止まり、後ろから近付いてきた宗次に囁いた。

「女の手練が揃うた里とは申せ、この〝花房〟は穏やかで平和でなければならぬ。外からゴタゴタが紛《まぎ》れ込んでほしゅうはない。ましてや幕府権力筋のゴタゴタなどはなあ」

「…………」

宗次は言葉を出さず、黙って頷いた。

館の玄関は、見るからに重く頑丈そうな大きな二枚扉――小さな丸い覗き見窓のある――で閉ざされていた。

ババ様が玄関に近付いていくと、それは内側から外に向かって音もなくゆっくりと開けられた。

やはり厚さ三、四寸はあろうかと思える、一枚板の厚い扉であった。巨木が多いこの辺りの原生林からは容易に手に入る一枚板なのであろう。

宗次はババ様の後から館の内に入って驚いた。緻密に丸太を組み合わせた館であろうから薄暗い内部を予想していたのだが、案に相違して極めて明るかった。

館内の随所に小さな中庭を配置して明りを取り入れていたのだ。しかも女の里らしく色とりどりの花を咲かせている。

「綺麗じゃろ。あれらはな、実は薬草でもあるのじゃよ。武田家伝来のな」

廊下を幾度も鉤形に曲がった奥深い所で立ち止まり、ババ様が中庭を指差しながら言った。

小花咲き乱れたそこはかなりの広さを取った中庭だった。瓢簞《ひょうたん》形の池もしつらえられ、そのくびれた狭くなった部分に、朱《しゅ》色の飾橋《かざりばし》が架けられている。

ババ様が付け加えて言った。

「あの赤い飾橋はな、武田家の本拠であった甲府躑躅《つつじ》ヶ崎《さき》の館の大池に架けられていた橋をそっくり真似たものでな」

言い終えて、ババ様は微笑んだ。

「失礼なことをお訊ねしやすが、おババ様……」

「ん?」

「お年齢《とし》は幾つでいらっしゃいやすので」

「九十五……」

「えっ」

「九十五じゃ」

「なんと……」

「何を驚いておる。このババが九十五まで生きて悪いか」

「そのような意味で驚いた訳ではございません」

と、宗次は思わず苦笑した。ババ様も目を細めた。

「余りにもお元気でいらっしゃいやすので」

「薬草茶を朝昼晩と飲んでおるからじゃろ」

「なるほど。薬草茶は体に良いと言いやすからねい」

そう言いながら宗次は、いつの間《ま》にか自分に多数の姿見せぬ視線が四方から向けられていることに気付いていた。つまり中庭の向こう正面からさえも。

　ここへ来る迄の廊下の途中で宗次が見かけたくノ一は、玄関の大扉の内側にいた刀と槍で武装した二人だけである。

「さ、入ろかの定吾郎殿」

　体の向きを変えたババ様が、皺だらけの顎の先をチョンと振って宗次の背後の木戸を示した。

　それを待っていたかのように、木戸が内側に居た者によって左右に引き開けられる。

　中から姿を見せたのは、大柄でいかにも屈強そうな三人の武装したくノ一だった。背丈は宗次ほどあるが、肩幅はもっと広い。が、肥満しているのではなく、全身これ鍛《きた》えられた筋肉である、というのが宗次には直ぐに判った。

　ババ様が訊ねた。

「どうじゃな、二人の様子は」

「変わりありませぬ。呼吸は落ち着いていています」

　くノ一の一人が即座に答えた。凜《りん》とした答え様《よう》だ。

「そうか。お前たちは暫く退がっていなされ。心配せずとよいからな」

「承知いたしました」

三人のくノ一はお互いに頷き合うとババ様の脇を抜けるようにして部屋の外に出た。

「さ、定吾郎殿」

ババ様は宗次を促して先に室内に入り、彼の両の足が入り終えるのを待って木戸をそろりと閉じた。

十九

宗次を待ち構えていたのは何と薄暗い廊下だった。すなわち室内に幅六尺以上はあると思われる長い廊下が走っていたのだ。わざと薄暗くしてあるのかどうか宗次には判断がつかなかったが、明りは柱の掛け行灯一つだった。

「来なされ」

ババ様は長く薄暗い廊下を左へ行き、そして突き当たりを右に折れた。その筋《すじ》も矢張り明りは掛け行灯一つだ。

（こいつあ……回廊だな）と宗次は思った。つまり室内にあるもう一つの部屋をぐるりと取り囲む廊下である。

くノ一の姿は見られなかった。シンと静まりかえって物音一つ聞こえてこない。

ババ様が足を止めて、宗次を見た。ババ様の前に扉がある。

「のう定吾郎殿」

「は……」

「このババと一つ約束しておくれでないかえ。ここでのう」

「出来る約束なら、そりゃあもう……」

「やはり通り一遍《いっぺん》の答えしか返ってこぬか」

はっきりと不快の色を見せたババ様は、目の前の扉を二度叩き、ひと呼吸置いて今度は三度叩いた。

「この叩き方は毎日変えとるでな。明日はこれでは開かん」

呟くように言って宗次を見る目が無表情となったババ様だった。

扉が開いて部屋の中の一隅《いちぐう》が宗次に見えた。

回廊とは違って明るい部屋だった。奥の床の間がチラリと見えた。

「桔梗《ききょう》を残して皆、出ていきなされ。ババと桔梗だけでよい」

ババ様が部屋の中へ声を掛けると、刀を腰にした七名のくノ一が回廊に出てきた。いずれも二十四、五であろうか。

「ちと長びくじゃろから、不眠不休の体を休めて来なされ。さ、お行《ゆ》き」

ババ様に言われてくノ一たちは頷き、一人を残して薄暗い回廊を足早に遠ざかった。

ババ様が宗次の腕《かいな》を強く摑んで、明るい部屋の中へ入った。

扉は回廊側から再び閉じられた。

部屋の床は黒光りする板張りで、優《ゆう》に四、五十畳はあろうかと思われる広さだった。

床の間を備えたその奥まった一段高い所に寝床が二つ延《の》べられており、手前側の寝床の脇に、紺地に白い花模様を散らした着物を着た三十半ばくらいの女がひとり正座をしていた。

「疲れておらぬかえ桔梗」

「大丈夫でございます、おババ様」

近付いてくるババ様に対し、丁重に三つ指をついて頭を下げる桔梗であった。

「で、どうじゃな」

「はい。たった今《いま》し方《がた》、二人とも薄目を開けましたが、すぐまた眠りに……」

「そうか……時間が掛かりそうじゃのう」

「はい」

ババ様はそこで振り返った。宗次は、ババ様に促されたり手招かれたりの「指示」がまだ無いため、入口を一歩入った所にじっと佇《たたず》んでいた。

「そのように遠い所で何をしておるのじゃ定吾郎殿。こちらへ来なされ」

ババ様は手招きしつつ、その視線を桔梗へ振った。

「定吾郎殿、この子が桔梗じゃ。戦国乱世の頃に特有の荒荒しい医術を祖母や母親から受け継いでおる。ひとの体を縫《ぬ》い合わせたり、繋《つな》ぎ合わせたり、切り除いたりする事に優れておることに加え薬草にも殊《こと》の外《ほか》くわしくてな、この里にはなくてはならぬ医師なのじゃ」

「左様《さよう》でございやすか。私《あつし》は浮世絵師崩れの半端者、定吾郎と申しやす」

宗次は遠い位置で名乗ってから、ゆっくりと足を運んだ。

硬い表情であった。

胸のざわめきは、どうしようもない程に高まっていた。宗次ほどの者の胸が。

そして、寝床の脇にまで近付いた宗次の口から、遂にポツリとこぼれた。

「姫……」と。

ババ様と桔梗が思わず顔を見合わせる。

「姫……扇姫……」

腰の刀を取った宗次は寝床の枕元に両膝を触れる程に寄って座った。桔梗がそれまでの位置から退がる。

若衆髷《わかしゅまげ》の美しい〝男〟が寝床に横たわっていた。

「よくぞ生きてくれていた……よくぞ生きてくれていたな姫。約束通り、これこの通り兄が駆けつけたぞ」

宗次は扇姫の顔に自分の顔を近付けていった。侍言葉になっている。

「抱きしめて……抱きしめてやりたい」

宗次の言葉に、桔梗が「そっとならば大事ありません。深刻な傷は負っておりませぬから」と静かに答えた。

頷いた宗次は布団をめくり、若衆姿の扇姫の体をゆっくりと、それこそゆっくりと我が胸に抱き入れた。

「安心いたせ。もう何の心配もいらぬ。たとえ幾万の刺客が阿修羅《あしゅら》の如《ごと》く襲い来たとて姫には指一本触れさせぬ」

宗次は扇姫の耳元で囁き続けた。

「怖かったであろう。よくぞ耐えてくれた。この兄は二度と、そなたから離れはせぬ。心ゆくまで抱いていてやるぞ」

このときであった。扇姫が薄《うっす》らと目を開けた。

「おお……気が付いたか扇」

「…………」

「ようく見よ扇。兄じゃ。可愛《かわゆ》いそなたのために駈けつけた兄じゃ」

「…………」

何事かを言おうとしてか、宗次をはっきりと見た扇姫の唇が微かに動いた。

だが言葉にならない。

しかし、その言葉に代わって扇姫の右手が弱弱しく上がり宗次の頬に触れた。

「兄じゃ。兄じゃぞ。判るな」

宗次の言葉に扇姫が小さく頷き、たちまち両の目から大粒の涙がこぼれ落ちた。

「よしよし……よしよし」

その大粒の涙を宗次の指先がそっと拭《ぬぐ》ってやる。

が、拭っても拭っても尽きぬ扇姫の涙であった。右手はまだ宗次の頬に触れている。離れてはならぬもののように触れている。

扇姫の唇が、また震えた。吐く息が微かな音を立て、言葉になりかけていた。

「ん？……なんじゃ扇」

宗次は、わが耳を扇姫の口元に近付けた。

「好《す》き……大《だい》……好き」

消えるような、か細い声で告げ終えて気が緩んだのか、ようやく扇姫の右手が宗次の頬から離れた。

「この兄とて同じじゃ……同じじゃぞ」

宗次が、扇姫の耳元で囁き返すと、口元に小さな笑みを見せた扇姫は再び眠りの世界へと落ち込んでいった。

「定吾郎殿。もう寝かせてあげなされ。傷《いた》んだ体にはその方がよい」

「はい」

頷いて、宗次は扇姫の体を寝床へ戻し、布団をかけてやった。

「ババ様、ありがとうございまする」

ババ様の方へ体の向きを変えた宗次は、侍言葉を変えることなく、床に両手をついて深深と頭を下げた。

「このババに答えておくれ定吾郎殿。その若衆姿の女性《にょしょう》は、徳川家ゆかりの姫君じゃな」

「四代将軍家綱様の血を継いでおられる姫君でございまする」

「なんと……では兄である定吾郎殿もか」

「恐れながら、お答えできませぬ。それについては、お許し下されババ様」

「そうか。ま、よい……それにしても徳川将軍家の姫君であったとは……なんたる事じゃ」

眉間《みけん》の皺を深めたババ様は天井を仰ぎ、ふうっと大きな溜息を一つ吐いた。

面を上げ姿勢を正した宗次は「ご心配をお掛け致し本当に申し訳ありませぬ」と、もう一度深深と頭を下げた。

二十

宗次は脇に童子切り安綱を置き、扇姫の寝床と並ぶ、もう一つの寝床の枕元に座って腕組をすると呼吸弱弱しい侍の顔を見つめた。言わずと知れた、扇姫護衛《ごえい》番組頭《ばんくみがしら》の小野《おの》派一刀流皆伝者、諏訪左衛門高信《すわさえもんたかのぶ》であった。

「見なされ定吾郎殿。これがそのお侍の大小刀じゃ」

ババ様が床の間の刀掛けから大小刀を取り上げ、宗次のところへ持ってきた。

「拝見致しまする」

宗次は先ず大刀の鞘を払った。

余りにも無残な刀と化していた。鍔元から切っ先に至るまでの刃毀《はこぼ》れが夥《おびただ》しかった。ほとんど刀としての体《てい》をなしていない。

ババ様が言った。

「想像するしかないがの。おそらく一人で二十名は超える手練を相手としたことじゃろ。小刀も見てみなされ」

頷いた宗次は大刀を鞘に納め、小刀の鞘を払って「うむっ」と呻いた。

小刀の刃は、刃毀れというよりは、鍔元から切っ先までの刃が砕け飛んでいた。

宗次は小刀を鞘に納めながら、ババ様と目を合わせた。

「この武士《もののふ》は扇姫護衛番組頭で小野派一刀流の皆伝者、諏訪左衛門高信と申しまする。この者の受けた傷の具合は？」

ババ様の視線が桔梗に向けられ、「はい」と桔梗が答えた。

「諏訪様の傷は全身に十数か所。うち右胸、左脚の傷が深刻でございます。手当をするまでに相当な出血がありましたことから、状態は今もよくありませぬ」

「左様ですか。諏訪高信には江戸に妻子がおりまする。なにとぞ宜しく御願い申し上げまする」

「全力を尽くしておりますけれど、今夜あたりがヤマでございましょうか。お覚悟の程が必要かも知れませぬ」

「なにとぞ……なにとぞ」

宗次は床に両手を突き、額《ひたい》が両手の甲に触れるほどに頭を下げた。

ババ様が桔梗に代わるようにして言った。

「心静かに諏訪高信殿の運命に任せなされ定吾郎殿。諏訪殿は見事なまでに姫を護り切ったのじゃ。姫の着ているものには刃を受けた痕《あと》は一つもない。街道から谷へ落下した時に頭部を強く打ったらしい傷があるだけじゃ。手足の震えや麻痺はなさそうじゃから、姫はまもなく蘇《よみが》えろう。この説明でよいかな桔梗よ」

「はい。その通りでございます。おババ様」

「定吾郎殿。桔梗は実に優れた医師じゃ。研鑽《けんさん》に研鑽を積み重ねており、江戸の蘭方医にも劣らぬじゃろ。諏訪殿の命は、諏訪殿の運命と、桔梗の治療に任せておきなされ」

「それでもなお、私《わたくし》は諏訪の無事を祈りまする。諏訪は妻子のある身なれど……純真な気持で姫に恋焦《こいこ》がれておりましたゆえ」

言い終えて宗次の目尻から小さな一粒の涙が頬を伝い落ちた。同情の涙ではなかった。哀れに思う涙でもなかった。凄まじい形相《ぎようそう》で太刀をふるったであろう諏訪高信の一挙一動が理解できる、剣客が剣客を想うゆえの涙であった。

その宗次の心が判ってか、ババ様も桔梗も無言であった。

宗次は脇に置いてあった童子切り安綱を手にして静かに腰を上げた。

「おババ様、谷を見て参ります。お許し下され」

「ひとりで行くか」

「はい」

「現場の様子を見るとな、葵の紋付き駕籠が街道より谷へ急斜面を転がり落ちたことから、争いの場が街道から谷底へと移ったことが、よう判る。見ておくがええじゃろ」

「それでは……」

「気を付けてな」

宗次が二人に一礼をすると、その様子を見ていたかのように回廊側から扉が開けられた。

宗次が回廊に出て、足を急がせる。

「桔梗……」と、ババ様が桔梗を見て頷いて見せる。

「心得てございます」

桔梗は立ち上がると、宗次が出ていった部屋の出入口に足音もなく近付いた。

と、回廊側からそれを待っていたかのように、再び扉が開けられた。

ひとりの若いくノ一が部屋に入ってきて、桔梗が囁いた。

「定吾郎殿が谷へ向かわれた。付かず離れずでな」

「承知いたしました」

「何事が生じても絶対に姿を現わしてはならぬ。宜しいな」

「心得ております」

二人の間で交《か》わされた囁きは、それだけであった。

セイと出会うこともなく守護館を出た宗次は、横穴を抜けて栃の巨木が林立する〝表の世界〟へ戻った。長く人の手が加えられていない原生林なのであろう、ここの栃の巨木はいずれも高さ凡そ十丈《じょう》（凡そ三〇メートル）以上、差し渡し（直径）凡そ一丈（凡そ三メートル）以上はありそうだった。ただ間伐《かんばつ》だけは丁寧《ていねい》に行き届いており、そのため木洩れ日が豊かに降り注いでいる。

それだけを見ても、食料林としてこの森を、くノ一たちが大事にしてきたことが窺《うかが》えた。

宗次は、この巨木の間《あいだ》間《あいだ》に見え隠れする丸太組の住居に注意を払いながら、ババ様の館へと向かった。

洗物を干している女たちの和《なご》やかな姿も、木木の向こうにチラチラ見えたりする。

忍び装束ではない、何処《どこ》でも見られる農婦の姿であった。

木洩れ日の中を、子供たちが元気に走り回ったりもしている。

昨夜の刺客の来襲が、まるで嘘のような穏やかな花房の里の光景だった。

「おーい、沢へ山女《やまめ》を獲《と》りに行こうぜえ」

男の子の黄色く甲高《かんだか》い声と、それに応える幼い喚声《かんせい》が森の奥から聞こえてきた。

宗次は（この里で生まれた男の子は、成人に達する前には村から出されるのであろうか。男子禁制の慣例《しきたり》など現在《いま》は無きに等しい、とババ様は言っていたが……）と、疑問を覚えながら足を少し早めた。

ババ様の館が彼方の高台に見えてきた。

と、同時に森の上の空が広がり出した。ババ様の館の周辺だけは常緑樹の高さが低く抑えられている。それとも低い樹木の地を選んで、村長としてのババ様の館が建てられたのか。

宗次は歩みを緩めることなく、まわりの樹木を改めて眺めた。

栃の森が、いつのまにかヤマグリの林にかわり出していた。これは規則正しい間隔を置いていることから、どうやら長い年月をかけて、野生種を計画的に植えた栽培林らしかった。

（忍びの村はいずれも、自給自足の伝統を守っていると聞くが……さすがにお見事）

と、宗次は思った。山野に自生する樹木は体力に優れ、多少の日照りや長雨にはへこたれずに耐えて、果実を付けてくれる。人間の過保護の手が及ぶようになると軟弱な体質となるのは、樹木も人間《ひと》も同じだ。

宗次は山道を、ババ様の館の日当たりよい東側を経るかたちで、玄関の前へと回り込んだ。

宗次の顔が「おっ」となって辺りを見まわした。夜には美沙の手によって厩《うまや》へ入れられていた筈のアオが、いつでも出かけられるよう玄関前の木に手綱を巻かれていた。

宗次と判ってアオが目を細め鼻を鳴らした。

あたりに人の姿はない。

宗次は玄関を入って美沙の名を口にしたが、応答がないため再び外に出た。

アオは厩へ入れられる時は当然、馬体を休めるため鞍《くら》などの備えは取り外された筈だ。この花房の里で文武に随一と言われている美沙がそれを怠《おこた》る筈がない。

が、アオの背には鞍が載っていた。

宗次はアオに近寄ると、鼻面、頬、背、腹と撫でてやった。

そのあと鞍、鐙《あぶみ》、腹帯《はらおび》などを調べていったが、緩みなくしっかりと取り付けられている。

宗次は馬上の人となって春の日を仰いだ。

「セイ殿は里の西側の、薄紅色の花を咲かせたコヒガンザクラの巨木が〝危難の谷〟への降り口、と言っていたな」

ひとり漏らして宗次は、アオの腹を軽く蹴り手綱を右へ引いた。

アオが栗林に入って常歩《なみあし》でゆっくりと進みはじめた。馬体に負担をかけず長時間の持続が可能な、最もゆったりとした歩みである。人が穏やかに七、八回呼吸する間に、半町《はんちょう》ばかり（凡そ五五メートル）進む速さ、と思えばいいだろうか。

馬上の宗次は、もう一度日を仰ぎ見て方角を確かめた。

間違いなかった。アオは西に向かっていた。

それにしても日当たりのよい栗林であった。計画的に充分な間を取って植樹したからであろう。地面にさんさんと春の日が降り注いで林の暗さはない。

暫《しばら》く進むと、それまでの栗林が蕗《ふき》（薬草）の青葉がよく育っている広広とした畑にかわって、その畑の向こうに薄紅色花を満開に咲かせたコヒガンザクラの巨木が一本あった。

ババ様の館からは、さほど遠くはない。三、四町ばかり来たであろうか。

（花房の里にこれほど近い所で葵の紋付き駕籠が青装束の忍びに襲われたとなると、そりゃあ花房たちは緊張するなあ……無理もない）

宗次はそう思いながら、蕗畑の畦道《あぜみち》をコヒガンザクラの巨木目指して真っ直ぐに進んだ。常歩の速さは変えない。

悠然《ゆうぜん》たる馬上の人であったが、しかし宗次の目つきは鋭くなっていた。

小野派一刀流の皆伝者、諏訪左衛門高信がめった斬りにされた現場が、間もなくである。

「どう……」

コヒガンザクラの木の下で、宗次が手綱を僅かに引くと、常歩だったアオはぴたりと動きを止めた。

危難の谷へ降りる道らしいのが、確かに目の前にあった。道幅六尺ばかり。思っていたよりは広い降り道なため馬上にあっても降りられたが、しかし宗次はアオの背からヒラリと地に立った。

「アオよ。お前は此処にいろ。そしてな、私が指笛を吹き鳴らしたら一気に駈け降りてこい。指笛はな、こういう音だ」

宗次はアオの耳元へ顔を近付けて、指笛を小さく二、三度吹き鳴らした。

アオが首を幾度も縦に振り、右の蹄で脚元の土を叩いた。

「そうか、判ってくれたか。お前は本当に凄い馬だ」

宗次はアオの首筋を撫でてやり、鼻面を抱きしめ、そして危難の谷への降り口に立った。

青葉の灌木が密生しており、谷底は全く見えない。

「死ぬなよ、諏訪高信……」

呟いて宗次は、危難の谷へ一歩を踏み出した。

栗林の方角から流れ込むように一陣の強風が吹き抜けて、谷が人の悲鳴のような鋭い音を発した。

二十一

斜面をじぐざぐと、くの字型に縫っている石塊《いしころ》だらけの下り道を、宗次は急がず静かに谷底へと向かった。石塊を蹴り飛ばし疾風《はやて》の如《ごと》く駈け下《くだ》るのは訳もないことであったが、谷底で何が待ち構えているか知れない。

ここはひとまず、気配も音も殺して谷底へ迫ることを選択した宗次であった。

斜面を覆っているのは樹高低い灌木《かんぼく》とは言え、背丈《せたけ》ある宗次を超える高さがあるため、くの字型の下り道から谷底の様子を窺うのは無理だった。

またしても一陣の強風が谷を吹き渡って、人の悲鳴のような甲高い音が鳴り響いた。

そのあとは、小鳥の囀《さえず》りさえもない重重しい静寂。小さな石一つ転がり落ちる音でさえ谷全体に轟《とどろ》きわたりそうな異様な程の静けさだった。

宗次は九曲がりまで数えたところで「そろそろかな……」と足を止め、じぐざぐ道を振り仰いだ。おそらくこの小道は、長い年月をかけて、くノ一たちが踏み固めてきたものであろう。

アオを残してきた蕗畑の台地は、谷底に近いらしいこの位置からは見える筈もない。

「頼むぞ、アオ」

と、宗次は再び下り出した。何の花なのであろうか、薄紅色の花を枝いっぱいに咲かせた灌木が先にあって、下り道は其処《そこ》でまたくの字に左へ折れていた。

あれが恐らく最後の曲がり道、と宗次は読んだ。

宗次の左手が名刀童子切り安綱の鞘口《さやぐち》に触れて、くいっと僅かに——二寸ばかりか——引き上げる。

薄紅色の花の直前まで近付いた宗次は、そっと腰を下げて目を閉じ聴覚に全神経を集中させた。

だが、〝不審〟と判断する音は捉えられなかった。

次に宗次は、足元そばの石塊を音立てぬよう幾つも取り除いて、その下に隠されていた赤土を露出させ、耳を押し当てた。

これはかなり長かった。

「微かな足音一つ捉えられない事こそを、はてさて〝不審〟と判断すべきか……」

立ち上がった宗次の口から漏れた呟きであった。

最後の曲がり、と読むそこを宗次は足元に気を配りつつ左へゆっくりと折れた。

（なんと……）と、宗次の胸の内が驚いた。

真っ白な、しかも広大な平坦地が宗次の目に飛び込んできたのである。

谷底は、峻険《しゅんけん》な山が連なった谷に見られる刃のような鋭い形状を成してはいなかった。見事に平坦であったのだ。しかも〝広大〟という形容が決して言い過ぎでも誤りでもないほどに幅も長さもすこぶる遠大な谷底だった。

日が降り注ぐ谷底の目に眩《まぶ》しいほどの白さは、もしや大名旗本屋敷などの白壁塗りに用いられる石灰質の岩石によるものではないか、と宗次は思った。

その真っ白な谷底の全容を出来るだけ正確に捉えようと、宗次の足は谷の中央に向かって踏み出した。

（これほど平坦であっても、小さな流れくらいはあるはず……）

そう考えつつ中央付近に立った宗次の予想は、裏切られた。

小さな谷川どころか、一つの水溜まりさえ目に触れない乾燥した、ただひたすら眩しい白い谷底だった。

それに、目を細めて見渡せども青装束の忍びの遺骸や、葵の御紋入りの駕籠などは、どこにも見当たらない。

谷底に無数の巨岩が転《ころ》がっておれば見通しが悪く見つけ難《にく》いが、巨岩と呼べるものは全く無い。それこそ白壁塗りの谷底、と言ってもよい程に見通しのきく平坦だった。

「くノ一たちの説明に偽りがあったとは思えねえが……しかし、何一つ見当たらねえときたか」

いつものべらんめえ口調で呟きをこぼした宗次は、暫くの間その場に立ち尽くしていたが、やがてアオを残した台地の反対側の崖――灌木に覆われた斜面――に向かって歩き出した。甲州路はその崖の上に位置している。

「ねえな……何一つ」

と、宗次の口から低い声がまたこぼれた。

しかし足は休むことなく反対側の崖へと近付いていく。

いつしか宗次の目は、青装束の忍びの遺骸や、葵の御紋入りの駕籠を探すことから、別のものへと変わりつつあった。

血痕である。

扇姫の護衛番士と思われる十数名が白木の墓標と化す程の激しい闘いがあった以上、そこかしこに「敵味方」両者の血痕が夥《おびただ》しく飛び散っている筈である。

けれどもそれが簡単に見つかるほど、狭い谷底ではなかった。

反対側の崖下にまで来て宗次は上を見まわした。はるか上方彼方の甲州路は目に入る筈もないが、駕籠が落下したことによる灌木の折れ倒れといった乱れも窺えない。尤《もっと》も、密生した灌木に沈み込むようにして転落しておれば、傷ついた樹木の乱れは表面からはかなり見つけ難《にく》いだろう。

とは申せ、将軍家御紋入りの惣黒漆金蒔絵《そうくろうるしきんまきえ》の駕籠となると小さなものではない。担《かつ》ぎ棒もかなり頑丈な長さとなり、この駕籠が斜面を転がり落ちたとなると、若い灌木なら根こそぎ倒されていることも考えられる。

宗次は崖下の灌木沿いに、辺りを注意しつつ谷を下り出した。下り出したとは言っても、どちらが上方か、どちらが下方か判らぬ程に平坦な白い谷底である。

谷に沿うかたちで連なる山並が次第に低くなっていく方角を下方、と読んで歩み出すしかない宗次だった。真っ白な〝畳〟の上を。

(それにしても此処《ここ》の石灰質は本当に綺麗だ。江戸の棟梁《とうりょう》たちが知れば大喜びするだろうが……そうなりゃあ、幕府が採掘権とやらを振翳《ふりかざ》して先に飛び込んできやがるかもな)

人知れず今のままでいいのかも知れねえ、と宗次はひとり頷いた。

だが、扇姫襲撃を終えて引き揚げた青装束の忍びが、この石灰質の存在を幕閣に告げればそれ迄だ。

三、四町《ちょう》ばかり下ったかと思われる辺りで、「おっ」と宗次の表情が動いた。

半町と行かぬ先の少しばかり凸凹《でこぼこ》した所に、なんと三度笠と道中合羽が投げ捨てられたもののようにして、あった。見間違いではなかった。確かに三度笠と道中合羽だ。

宗次は足音かまわず駈け寄って、それを手に取った。

「こ、こいつあ……」

宗次の顔つきが険しくなった。見覚えのある三度笠と道中合羽だった。

品川は大崎一家の大親分文助に「甲州石和の繁次郎と言やあ、儂《わし》らの社会じゃ凄腕の無宿人として知られた男……」と言わせた、その繁次郎の三度笠と道中合羽と思われた。

嫌な予感がして宗次は道中合羽を広げてみた。

その予感は的中していた。道中合羽の背中が斜めに切られていた。ちょうど右肩の下あたりから左腰にかけて斬られたらしいことが、宗次には判った。

宗次は手にしている三度笠と道中合羽を足元に戻し辺りを丹念に見まわした。だが血痕は目に入らなかった。何者かの切っ先は、道中合羽だけを掠《かす》め切ったのであろうか。

宗次はさらに谷を下方に向けて足を運んだが、幾らも行かぬうちにその足は、いきなり駈け出していた。

仰向けに倒れている者——男——を見つけたのだ。

駈け寄って片膝ついた宗次が「やっぱり繁《しげ》さんかい……私《あつし》だ繁次郎さん、宗次だぜいっ」と、目を閉じてしまっている男の肩を大声で抱き起こした。

その声が谷に轟き渡り、こだました。

繁次郎は左脚を白骨《しらぼね》が覗くほど縦に長くザックリと割られ、夥しく出血していた。

「しっかりしねえ繁さん、目を開けなせえ、宗次だっ」

「おお……宗次……先生」

と、繁次郎がようやく弱弱しく薄目を開けた。

「いま傷口を縛《しば》るからよ、目を閉じてしまうんじゃねえぞ」

頷く繁次郎の肩をそっと〝白い畳〟の上に下ろした宗次は、繁次郎の脚側へ回った。

自分の腰帯を解き二寸幅ほどに裂いた宗次は、それで繁次郎の傷口を縛ったが「こいつあ危ねえ」と感じた。縛った帯布の間間《あいだあいだ》から、激しく血が噴き出してくる。尋常の出血ではない。

宗次は帯を元通り腰にしっかりと巻いて名刀童子切り安綱を通し、再び繁次郎の顔の前に片膝をついた。

繁次郎の方から先に、消え入るような声で言った。

「そ、宗次……先生。ふ、深手で……あることは判ってまさあ……今さら気休めの言葉は……い、いらねえ」

「確かに深手だい。一体誰《いってえ》にやられた」

「それよりも……何でまた先生は……こ、此処に？」

「そんなこたあ、どうでもいいやな。一体誰にやられたんでい繁さん」

「青い色の……まるで……し、忍び装束の……ようなものを着た」

そこで繁次郎は苦しそうに顔を歪め、大きく二度、息を吸い込んだ。

「人数は？」と、宗次はまた繁次郎の肩を抱き起こした。

「十五……六人ぐれえだ……襲って……来たのはその内の……一人」

「その連中、突然現われたのかえ。繁さんは長脇差《どす》の鯉口さえ切ってねえようだが」

「崖下の……木立《こだち》の中から……お、音もなく不意に」

「傷の様子から見て、それはつい先程の事だな繁さん。違うかえ」

繁次郎は、はっきりと頷いたが呼吸は次第に弱くなっていた。

「何か私《あつし》に言っておきたい事はねえかい。何でもいいぜ」

「先生……俺《おれ》は……セツの仇《かたき》を……う、討ちた……かった」

それが凄腕の無宿人として知られた繁次郎の最期の言葉に近付きかけていた。

宗次には、それが判った。

「しっかりしなせえ繁さん。もっともっと、この私《あつし》にあれこれと話してくんねえ」

「そ、宗次先生……」

「おうっ」

「か、帰り……てえ。帰り……てえよう、先生」

「承知してるぜ繁さん。この私《あっし》が必ずお前《めえ》さんを石和の大庄屋までな」

「ち、違う……」

「え？」

「ち、違う……俺は花房の里……へ帰りたい」

「なにっ」

衝撃を受けた宗次を残して、繁次郎はがっくりと首を折った。

こと切れていた。

宗次は〝白い畳〟の上へ、凄腕の無宿人の亡骸《なきがら》を静かに横たえて下唇を噛んだ。

「どういうことだ」

春の空を仰ぎ、ポツリと漏らす宗次であった。

このとき彼方——宗次が谷底へ下り立った辺り——に小さな人の姿が現われ、遠目が利く宗次には即座に花房のくノ一だと判った。

その小さな姿がこちらに向かって駈け出した。さすがに速い。

その姿はみるみる、鍛《きた》え抜かれたはち切れそうな若い肉体を宗次に近付けてくる。

だが、目的は宗次ではなかった。またしても驚くべき事態が、宗次を待ち構えていた。

「兄様《あにさま》っ」

駈け迫ってきたその若いくノ一が、悲痛な叫びを漏らすのと、繁次郎の亡骸《なきがら》にしがみつくのとが同時であった。

宗次はくノ一の様子を見守るよりも、辺りに注意を払った。なにしろ繁次郎が左脚を裂かれたのは、つい先程の事と思われるからだ。

青装束の忍びが、その辺りの灌木の繁みの中に潜んでいる恐れは充分にある。

(どうやら青装束の忍びたちは、仲間の死体や葵の紋付き駕籠を片付けにやって来たようだな。不幸にも繁次郎はそれに出くわした……)

宗次は、そう思った。

(それにしても、本格剣法を身につけたと伝えられている凄腕の繁次郎は、鯉口さえも切っていなかった……)

という事は、相手の忍びは信じられないような動きの速さで繁次郎に襲い掛かったに相違ない――宗次は、そう読んだ。

繁次郎の亡骸にしがみついて背中を震わせていたくノ一が、ようやく我れを取り戻したのか宗次に向き直って正座をした。

「申し訳ありません。私《わたくし》の名は弥生《やよい》。絶対に定吾郎殿の前に姿を晒《さら》してはならぬ、とおババ様と桔梗様にきつく戒《いまし》められておりましたのに、情なくも我れを失ってしまいました。お許し下さい」

くノ一はそう言って〝白い畳〟に両手をつき、頭を深く下げた。

「弥生さんとやら、いいから立ちなせえ。繁さんの亡骸がこの谷底にあると判って、駈けつけて来なすったんだな」

「この〝危難の谷〟は別名〝轟《とどろ》きの谷〟とも言われておりまして、囁き声でもよく通ることから、我我くノ一は此処では手話を用いるのです。ですから定吾郎殿と兄様の会話は一部始終が……」

「なある……で、弥生さんの実の兄さんなのかえ、繁さんは」

「はい。血を分けた実の兄でございます」

「差し支えなけりゃあ弥生さん、そこんところを、も少し聞かせてくんねえ。私《あっし》は手話は出来やせんから、なあに、普通に話してくれて結構でござんすよ」

「はい。兄繁次郎は六歳のとき、おババ様の言葉に従ってこの花房の里から石和の大庄屋へ養子に出されました。その大庄屋はご夫婦揃って、おババ様の遠縁《とおえん》に当たります」

「するてえと、大庄屋のご夫婦ってえのも、元を辿《たど》れば信玄公直参《じきさん》の忍びの血筋ですねい」

「はい。その通りです。けれども大庄屋ご夫婦のお血筋を溯《さかのぼ》りまするると、武田家が滅《ほろ》びると同時に男忍《おとこしの》びもくノ一も一斉《いっせい》に忍びの道から去って普通の人としての生活の中に埋まり、苦労して苦労して現在《いま》の大庄屋の地位に辿り着かれたのです」

「そのような物語があったのですかい。太平の世は、忍びにとっては生き地獄だとよく言いやすが、その通りなんですねい」

「決して誇張《こちょう》などではなく、本当に事実を語っていると思います。忍びの道を去った者の中には、裏切り者として仲間に殺された者、生きてゆく術《すべ》を見失って自ら命を絶つ者など、その数、数え切れなかった程であったとおババ様から聞かされたことがありました」

「うむ……」

「そのことに危機感を抱かれたおババ様の先代様《せんだいさま》が、くノ一を統率してこの山深い里に籠《こも》られたのです」

「よく判りやした。さて、繁さんの亡骸をどうしやすかねい。ご当人は息を引き取る間際に、花房の里へ戻りたい、と漏らしやしたが」

「え……そのようなことを兄様が？」

「花房の里こそ我が古里、の思いが心の中に強くあったんでござんしょ……きっと」

「定吾郎殿」

「へい」

「兄様を何処で知ったのでしょうか。どうかお聞かせ下さりませ」

「よござんすよ」

宗次は、石和で老舗《しにせ》と言われた温泉宿「菜の花」の一人娘セツをなるたけ話の中心に据えて、余分な枝葉は切り落とし省略するかたちで、繁次郎との出会いについて淡々と語った。

聞き終えて、弥生は目に涙をいっぱい浮かべ、こっくりと大きく頷いた。

「定吾郎殿に最期を見とられ、兄様はきっと満足だったと思います」

「亡骸をおババ様の元へ運んでやりやしょう。それでいいですね」

「はい。宜《よろ》しく御願い致します。兄も喜びましょう」

宗次はアオを待機させている台地の方角に向けて、鋭く指笛を二度吹き鳴らした。「何者」かの耳に入る事は覚悟の上だった。

と、すぐさまアオの嘶《いなな》きが返ってきた。

「やはり凄い馬《やつ》だ」と宗次は呟いた。

二十二

宗次は繁次郎の亡骸をアオの背に乗せてやった。乗せてやったとは言っても、遺体は腹部で俯《うつぶ》せ状に二つ折りとなり、両脚は手前側に、両手は向こう側にダラリと垂《さ》がるのは已《や》むを得ぬことだった。

「ともかく弥生さんは一足先におババ様の館へ戻りなせえ。私《あっし》は探し物もありやすから、もう暫く此処に残りやす」

「判りました」

「この馬は大人二人が乗っても、しっかりと走りやす。登り坂も乗ったままで恐らく大丈夫だ。さ、急ぎなせえ」

「おババ様にお伝えする事はありませぬか」

「ありやせん。私《あっし》も押《お》っ付《つ》け戻りやすから」

「では、くれぐれもお気を付けなされて」

弥生はそう言って一礼すると、身軽にアオの背に跨《また》がって手綱を胸元に引き寄せた。

「頼むぞアオ」

宗次がアオの尻をポンと叩くと、アオは白い粒を弾き飛ばす勢いで駆け出した。

弥生は兄繁次郎の遺体の上に覆いかぶさるようにして、姿勢を低くしている。

鉄砲で狙撃されることでも警戒しているのであろうか。

だが、狙撃銃弾など振り切ってしまうのでは、と思われる程にアオの力走は素晴らしいものであった。〝白い煙〟を巻き上げて、たちまちその馬体を小さくしていく。

それが蕗育つ台地への登り口に消えて行くのを待って、宗次は今度は崖下沿いに戻り出した。

が、数歩と行かぬ内に三度《みたび》強い風が鋭い音を鳴らして谷を吹き抜け、〝白い煙〟が空を覆う程に舞い上がって置き忘れたような三度笠と道中合羽が絡まり合い転がった。

気まぐれな風で長くは続かない。天の雷神《らいじん》様がからかい半分に地上に向かってプッと息を吹きかけているような感じだった。まさしく一陣の風という他ない。

宗次は灌木の中に身を潜めて〝白い煙〟が鎮まるのを待ち、再び動き出そうとした。

このとき宗次は、谷底の中央あたりで目映《まばゆ》く光るものを捉えた。

しかし、それは一瞬のことだった。

「はて？」

と、宗次は上体を揺らすようにして足を半歩戻した。

鋭い一条の光が目を射て、宗次は思わず顔をそむけた。

その方角へ、宗次は急ぎ足を向けた。

なんとそれは差し渡し一尺半ばかりの小さな円《まる》い泉ではないか。

ひと筋の流れさえも見つからぬ白いばかりの乾燥した谷、と思い込みかけていた宗次であったが、やはり潤いを忘れてはいない自然であったのだ。

日を浴びて輝く小さな泉は透明な水をこんこんと湧き出し、その水の中で色とりどりな砂粒と日の光が踊っている。

けれども、その湧き出す水は幼い流れさえも地上に拵《こしら》えてはおらず、一滴も余すこと無く泉の白い壁に吸収されていた。

〝白い畳〟の下を人目を憚《はばか》るようにして、音も波打ちも消し伏流水となって低い方へ低い方へと流れていっているのであろう。

宗次は人指し指の先を湧き水に浸《ひた》し、その指先を舌に触れてみた。

どうやら大丈夫のようであった。

いささか喉のかわきを覚えていた宗次は、両手で湧き水をすくって泉の外側で手をもみ洗いした。

その行為を二度繰り返してから、宗次は両手ですくった水を口に含んだ。

「こいつあ冷たくて美味《うめ》え。酔ってしまう程に美味《うめ》えや」

思わず呻くように漏らして、宗次は三度もすくい飲んだ。

その三度目を飲み終えたときであった。宗次の目つきが「ん?」となった。そして視線を一点に集中させた状態で、泉のそばから離れた。
五、六間《けん》と行かぬところで宗次の足が止まり、そして腰を下ろした。
「あった……」

呟いた宗次の指先が、目の真下にある平《たいら》で真っ白な石灰岩を撫でた。

明らかに血痕と判る薄赤黒いシミであった。血痕そのままなら、もっと赤黒い筈であったが、かなり薄くなっている。

(ひょっとすると……泉の水で洗い流しやがったか)

そう思った宗次は腰を上げて、辺りを見まわした。

すると同じようなシミが、そこかしこの石灰岩の上に次次と見つかった。

(青装束の忍びたちは、扇姫襲撃の痕跡が人目についちゃあまずいと考えて消しに掛かりやがったな。尤も、博徒姿の繁次郎一人の亡骸を残しておいたくらいじゃあ、扇姫襲撃の証なんぞにはならねえからなあ……)

宗次がそう思った時である。風を切るような鋭い音が耳に届いた。

と、同時に宗次は反射的、いや本能的に伏せていた。

宗次の右の頬すれすれに〝白い畳〟へ何かが音立てて食い込んだ。

飛び散った無数の白い欠《か》けらが宗次の頬を打つよりも先に、その体は左方へ激しく二回転。

それを追って休まず次次と襲いかかったものが、ガッガッガッと鈍い音を発して〝白い畳〟を打ち砕き、その粒が白くきらめきながら高高と舞い上がる。

目を見張る打撃力。

忍び、あるいは忍び侍が暗殺時に用いる八方手裏剣であった。

それを凄まじい速さで横転を繰り返し避けた宗次が、何度目かで立ち上がりざま腰の童子切り安綱を抜刀。

このときには既に、崖下の灌木の中から出現した青装束の十数名が、声も足音も立てず〝白い畳〟の上を風のように滑って宗次の眼前にあった。

宗次は待ち構えてはいなかった。童子切り安綱を右の肩へ刃を下にして乗せ、なんと下にしてだ、膨《ふく》れあがっている殺気の真っ只中へ疾風の如く突っ込む。

「激」対「激」、「速」対「速」の爆発的な戦闘が開始された。

先頭を切っていた青装束がまるで絡まり合うかのように宗次にぶつかる。

ガチン、ギンと鋼が二度打ち鳴ったか鳴らぬ内に、青装束の右腕は忍び刀を持ったまま殺気団の頭上に舞っていた。

ほとんど刹那《せつな》的な一撃。

右腕を体から離されたと気付かぬそ奴が尚も宗次に斬りかかろうともがくのを蹴り倒した宗次に、唸りを発して次の殺気が打ちかかった。

童子切り安綱が峰《みね》で凶刃を受け、次の瞬間には刀身を反転させて、切っ先で相手の首を撫でる。

サクッと微かな音。

それでも宗次の動きは止まらない。右側から一条の光と化して斬りかかってきた青装束の刃を、やはり安綱の峰で受けて巻き込むように弾き上げるや、そのまま切っ先と共にぐぐっと相手に踏み込んだ。まるで相手に吸い込まれていくような、美しい全身の伸び。

安綱で喉を突き貫《つらぬ》かれたそ奴が、もんどり打って仰向けに叩きつけられるのと、先に首を裂かれた奴が頬を張られたように横転するのとが、殆ど同時であった。

その間《かん》に宗次がした息継ぎは、僅かに一呼吸《ひとこきゅう》。

まさに一瞬の勝負である。

さしもの選《え》りすぐられた殺気団も、閉じられていた扇が開くように、ザザアッと足元から白い煙を巻き上げ一斉に退がった。

だが宗次は、まだ動きを休めない。退がった殺気団の陣形を打ち破るかのように、安綱を肩に乗せ真っ向から殴り込んだ。

そう、殴り込むという形容そのままの、猛烈な真っ向勝負であった。

ギンッギンッギンッとぶつかり合った双方の鋼が三度甲高い音を発するや否《いな》や、三人の青装束の脚が、腕が、首が胴より斬り離され、赤い花火のように血をまき散らして高高と宙に躍る。

まさしく、あっという間《ま》であった。青装束たちは我が目を疑う他なかった。そのあっという間に、手練の六名が、断末魔の悲鳴をあげる事も許されずに薙《な》ぎ倒されたのだ。

こともあろうに、赤子の手をひねるが如く薙ぎ倒されたのである。

「何をしておる。殺《や》るんじゃ、四人攻《ぜ》めで行けい」

青装束の陣形の右端で、はじめて曇った怒声が生じた。

若くはない声質だ。四十過ぎか。

頭《かしら》、と読んだのかまだ動きを止めない宗次が安綱を肩に、飛燕《ひえん》の如くそ奴に迫る。

そ奴は覆面の奥に覗かせた双つの血走った目を吊り上げ、四股《しこ》を踏む身構えで腰を下げ抜刀した。

頭危《かしらあや》うし、とでも思ったのであろうか青装束の扇の陣形が崩れ、宗次と頭《かしら》と覚しきそ奴との間へ、四人が雪崩《なだれ》込む。

白煙が四人を飲み込まんばかりに舞い上がった。

何らの臆《おく》する様《さま》も見せず、宗次が四人と激突。

打ち合う鋼、攻守の刃が、ギンッバチンッと大きな音を発し、さんさんと降り注ぐ春の日の下、赤い火花を散らして毀《こぼ》れた刃の粒が双方の顔面を叩いた。

「ぬん」「ぬん」と宗次が踏み込んで打つ、打つ、また打つ。

安綱、雷《いかずち》の如し。

四人が四人とも忍び刀を真っ二つに折られ、利き腕の手首から先を断ち落とされて、声もなく地に沈んだ。

頭《かしら》と覚しき奴が、数歩の幅をふわりと飛び退がり、右下段に構える。背丈は宗次よりも少しばかり高いであろうか。

宗次の動きがここにきて、ようやく鎮まった。

「お前《めえ》ら……一人たりとも生きてはこの谷から出さねえ」

聞き取り難いほど低い声で、宗次が凄みを放った。そのまわりで息絶えた者、のたうつ者、既に十名を数える。

俊足であることに抜きん出て優れる彼ら忍びにとって、それは驚愕以外の何ものでもなかった。闘いは「たった今」始まったばかりであるにもかかわらず、信じられぬ〝惨状〟であった。

残された三名の青装束が、頭《かしら》を守らんとしてまたしても宗次の面前に立ちはだかり、腰低く身構えた。

三名とも刃を宗次へ向けた左下段の構えである。頭《かしら》にとっては、その三名がこの場に於《お》ける最後の手下《てか》であった。

宗次は再び春の空を仰ぎ、ふうっと一つ息を吐いてから安綱の刃を眺めた。刃毀れは全く無かった。そのために峰を用いて相手と打ち合ったのだ。峰には点点と傷が付いている。

「肉を斬らせて、骨を断てい」

頭《かしら》の抑え難い怒りの命《めい》が、危難の谷に響きわたった。

それに呼応するかのように、三名の青装束が左下段の構えを微塵も崩さず、三歩を滑るように前へ出る。

その足の下で石灰砂《せっかいさ》がザザッと泣いて、幾条もの白く細い煙が立ち上り、涙のように心細気に忍びたちの脚にまとい付いた。

宗次の五体が静かに身構えへと移ってゆく。それはまるで優れた絵師がひと筆ひと筆「無《む》」から「かたち」へと成してゆく過程の美しさに似ていた。

左脚をゆっくりと大きく前へ踏み出しつつ腰を沈めると共に、後方へ強めに引いた右の足先が背中の中心線と結ばれる位置にピタリと静止。

一見、右への平衡《へいこう》を失し易《やす》く思える身構えだ。

そして左腕は目の高さに水平に横たえ、右手にした安綱は刃を上にして左腕の手首に乗っていた。それこそ絵のように美しい構え。

その美しい構えの切っ先が三名の手下《てか》を突き抜けるようにして真っ直ぐ自分に向けられていると察した頭《かしら》の双眸が、覆面の中で思わず強張った。

「殺《や》れいっ、臆するなあ」

頭《かしら》の命《めい》が谷に轟くよりも僅かに早く、三名の忍びは気迫をうち揃えて宗次に挑みかかっていた。

宗次は今度は動かない。

三本の刃が宗次の眉間に空気を鳴らして叩きおろされた。

瞬間――。

童子切り安綱が思い切り低く沈みざま、左手首の上で目にもとまらぬ速さで往復運動を繰り返す。

手首の皮膚がシュシュッと鳴った。

春の日を浴びた切っ先が槍の穂先と見紛《みまご》う鋭い光の尾を描き、忍び二人が大筒《おおづつ》で撃たれたかのように、後方へ吹き飛んだ。

この時はもう、安綱の切っ先は跳ね上がるようにして、残った一人の顔面を顎から左耳にかけ斜めに斬り砕いていた。

が、三人はまだ気付かない。

後方へ吹き飛ばされた二人は瞬時に体を起こし、宗次に対し揃って大上段で挑もうとした。ザックリと裂かれた腹部から六腑《ろっぷ》が殆ど垂れ下がっているというのに。

顔面半分を失った忍びは、まだ直立して身構えている。

しかし宗次の姿は既に彼らの面前からは消えていた。

なんと忍びの頭《かしら》に、第一撃を打ち込んでいたのである。

かろうじて受けた頭《かしら》が後方へ飛び退がったが、安綱はその横面に吸い着いたかの如く、面、面、面、面を連続した。猛烈であった。激烈であった。これが攻めに転じた時の揚真流である。相手に息を継がせなかった。

第五撃目で、頭《かしら》の右脚が平衡を失ってガクッとなった。

安綱はそれを見逃さない。

「むんっ」と、宗次の含み気合が胆《はら》から放たれるや、安綱は相手の右膝から下を斬り離していた。

たまらず頭が、どおっと横倒しになる。それでも倒れながら己れの舌を根深く噛み切って、宗次に対し血粒と共に吹き飛ばした。含み針を標的に向け正確に放つ忍びである。それは宗次の左耳を平手打ちの如く叩いて、〝白い畳〟の上に落下した。

「な……なんという……凄……さ」

それが、一撃さえも返せず完敗した頭《かしら》の、最期の言葉であった。

宗次は名刀安綱に刃毀れが無いことを確かめると、刀をひと振りしてから血脂を懐紙で拭い、鞘に納めた。鍔鳴りがせぬよう、左手親指のハラで鍔裏を支えるようにして。それが激闘を潜り抜けた名刀に対する宗次の労《いたわ》りであった。

蹄の入り交じった音が宗次の耳に届いたのは、この時だった。

見ると先程アオが姿を消した台地への登り口から、人馬が次から次と現われこちらへ向かってくる。馬上にあるのは、むろん武装したくノ一たちと判らぬ宗次ではない。

あざやかな手綱さばきで先頭切って駈けてくるのは、まぎれもなく花房の「攻《せ》め頭《がしら》」美沙であった。

美沙は宗次の前まで来て手綱を引き、辺りを見まわして目を見張った。

「どう……どう」

「なんと凄い……」

美沙の呟きは、言葉尻が少し震えさえしていた。

「息のある者がいるやも知れぬ。用心して確かめよ」

馬上の美沙の命《めい》を受けて、配下のくノ一たちが身軽に馬上から下りた。

宗次は、美沙の馬に近付いて鼻面を撫でてやった。

「定吾郎殿、繁次郎の最期を看取《みと》って下されたとのこと。感謝致します」

そう言いながら、馬上の美沙の目が、ふっと遠くなったのを宗次は見逃さなかった。

「繁次郎さんの、花房の里へ戻りたいという思いは、相当強うござんしたねえ」

「花房の里の男の子は、七歳になる迄に主に甲州の富裕な家庭へ養子に出されます。花房の里へ帰省が許されるのは二年に一度の五日間のみ」

「なるほど、二年に一度の五日間だけですかい」

「幼馴染でもあった繁次郎の郷愁、この美沙にはよく判ります。弥生の強い願いもあり、繁次郎の墓はこの花房の里に、とおババ様にお願いしておきました」

「そうしてやりなせえ。それがよござんす」

宗次はそう言いながら、(目黒・養安院に埋葬したセツも繁次郎の墓に入れてやりてえ……)と思った。

「お怪我はありませぬか定吾郎殿」

美沙に訊かれて、宗次は黙って首を横に振った。

繁次郎が苦しい息の下から言い残した言葉、「……俺は……セツの仇を……う、討ちた……かった」が宗次の脳裏《のうり》に甦《よみがえ》っていた。

二十三

それから三日後の月のない深夜、一寸先も見えぬ闇の中を花房の里から静かに出る騎馬の一団があった。

その数十七騎。それぞれの間を三、四間《けん》ばかり空《あ》けている。

一団は手さぐりであってさえ進めぬような漆黒《しっこく》の山の中を、一列縦隊となって進んだ。

誰もが無言である。

やがて暗夜の道は次第に勾配《こうばい》を増していくが、蹄の音は皆無であった。長い年月の間に降り積もった落葉が、雨や朝夕の霧靄《きりもや》によって湿り、腐葉《ふよう》の土と化して蹄の音を吸収しているのだ。

くノ一たちは、鬱蒼《うっそう》たる原生林の中の凡《およ》そ一里半に及ぶこの道を、「湿り道」と呼んで大事にしていた。大事にするということは、不要不急の件でこの「湿り道」を日常的に使うことは避ける、という意味である。

腐葉の道が傷《いた》み、はては枯れて〝忍びの道〟に適さなくなるからだ。日常の道として荒さぬ限り、鬱蒼たる原生林の中にあるこの「湿り道」は、枯れてガサガサと音立てる心配はない。

この騎馬の一団の中央付近に今、宗次が跨《また》がるアオと扇姫の騎乗する馬があった。その前後の十五騎は護衛のくノ一たちである。

先導するのは明智光秀の血を受け継いでいるという「攻め頭《せがしら》」の美沙、殿《しんがり》には「守り頭《まもがしら》」のセイがいた。いずれも大小刀で武装し、うち五名には花房で開発された強力な二連装の弓矢があった。

それを所持しているということは、暗闇でも目が利《き》いて矢を放てる、ということなのであろう。

やがて先頭が坂道を登り切って平坦道に入り、馬たちの足並が次々と軽くなっていった。

山道の右手は原生林の緩斜面が一町ばかり下がって甲州路に接していることを、宗次も扇姫も出発前の美沙の説明でむろん承知している。

どれほどか進んだとき、先導する美沙のあたりで梟《ふくろう》のやわらかな鳴き声が二度生じた。美沙によるものに相違ない。

「見事だ……」と、おそらく宗次が感じたであろうほど、それは実に自然な鳴き方であった。

と、宗次の直ぐ前にいた二連装の弓矢を所持する一騎が、仲間の脇をすり抜けるようにして、前の方へ静かに移ってゆく。

その動きとて当たり前の者には決して見えるものではなかったが、闇と一体化したそのくノ一の動きを、宗次の目はしっかりと捉《とら》えていた。

おそらく、そのくノ一は抜きん出て夜目《よめ》が利くなど、斥候《せっこう》の術にひときわ長《た》けているのであろう。

一団は暫《しばら》くその場で待機状態となったが、そのくノ一が宗次の前に戻ってくると、騎馬の隊列は再び殆《ほとん》ど音を立てることもなく動き出した。

この隊列に、扇姫護衛番組頭で小野派一刀流の皆伝者、諏訪左衛門高信が加わっていないのは、容態が未だ一進一退を繰り返しているからである。

それに比して扇姫の回復ぶりは、宗次も驚くほどであった。

小半刻ばかり進んで一団は緩やかな坂道をくだり、平坦道に出た。

梟の鳴き声が一度だけあって、それによって宗次は甲州路に出たと判った。

「姫、先頭へ行くぞ」

直ぐ後ろの馬上の人に、宗次は囁きかけ、「はい」と応答があった。

宗次は扇姫を従えて、先導者美沙に近寄っていった。

「美沙殿、大層お世話になり申した。ババ様に何とぞ宜《よろ》しく御伝え下され」

「江戸までの御無事をお祈り致しております。諏訪様については、花房の者が一生懸命に看病させて戴《いただ》きますゆえ、ご安心ください」

「ひとつ宜しく御願い申す」

宗次は馬上で頭を下げるとアオをほんの少し先へ進ませて馬体を反転させ、後ろに控えていた扇姫に美沙のそばの位置を譲った。

「美沙殿、此度お世話になったこと、この扇は生涯忘れませぬ。心より感謝いたします」

「勿体《もったい》ないお言葉でございます。当然のことをさせて戴いたに過ぎませぬ。江戸までの途中、定吾郎殿、あ、いえ宗次様が姫様のおそばにいらっしゃいますゆえ心配ないとは思いますけれど、身辺くれぐれも御油断ありませぬよう」

と、定吾郎が実は宗次であると、すでに承知している美沙であった。美沙だけではない、護衛のくノ一たちも今では皆知っている。

「それでは美沙殿これにて」

「諏訪高信がこと宜しくお頼み致します」

宗次は馬体を反転させ、扇姫は美沙とその配下のくノ一たちに馬上で丁重《ていちょう》に頭を下げてから馬腹を軽く蹴った。

それを待ち構えていたように、アオの蹄が地面を叩いた。並外れて強力な四脚が、一気に全力疾走へと入ってゆく。

それに従う扇姫の馬も、花房では選《え》りすぐりのシバと名付けられた雄《おす》の一頭であった。

〝闇と一体〟となった二頭が次第に蹄の音を小さくさせていくのを待って、美沙が配下のくノ一たちへ静かに命じた。

「出発前に申し渡してあったように、半数はセイに従って『湿り道』から花房へ、残り半数は私と共に甲州路から花房へ戻る。途中で万が一、怪し気な集団を認めた場合は、甲州路を一歩たりとも江戸方向へ進ませてはならぬ。たとえ総倒れとなろうが、相手を殲滅《せんめつ》させよ」

「承知」

くノ一たちが穏やかな曇り声で、一斉に応答した。

たとえ相手が恐るべき青装束の忍び集団であっても、こうと決めたら一歩も退《ひ》かぬ。それが花房の忍びの本性《ほんしょう》であった。

本性とは「ふだんは隠れていて見えない、生まれつきの性質」(『新明解国語辞典』)を意味する。花房の忍びの「こうと決めたら一歩も退かぬ」は、まさしく甲斐の猛将武田信玄公直属の旗本忍び〝花房〟の本性であり、伝統でもあった。

宗次が跨がるアオは、暗夜を突き破るかの如《ごと》く、すばらしい速さで走り続けた。騎手である宗次をすっかり気に入ってしまったのであろう、己れの能力に挑みかかるかのような疾走であった。馬体が、ぐいぐいと前方へ伸びるかのような走りなのだ。

その後ろを、四、五馬身ほど間を空けて扇姫の馬が力強く追《シバ》う。

扇姫もまた、念流剣法の達者であるだけに、あざやかな手綱《たづな》さばきだった。

多数の護衛番士が次々と倒されていくのを間近に見た扇姫は、真剣を手にした集団対集団の闘いの余りのむごたらしさに、心をひどく傷めていた。とりわけ「影姫」役の侍女が胸をひと突きにされて殺害されたと知ったとき、冷え切った横洞《よこあな》ふかくに安置された遺体にとりすがって、子供のように泣きじゃくった。

その傷ついた心を、少しなりとも癒《いや》してくれているのが、宗次が約束通り駈けつけてくれたこと、そして宗次と二人して江戸へ馬を走らせている現実、であった。

これからは全て宗次の言う通りに従う、そう自分に言い聞かせて扇姫はいまシバの手綱を手にしていた。

「どう……」

どれほどか走って宗次は手綱を軽く引いた。

アオが襲歩《しゅうほ》（全力疾走・競馬速度とも）から駈足《かけあし》（分速五〇〇メートル前後）へと速さを落としてゆく。その呼吸は見事という他ないものであった。馬ながら後方四、五馬身空けて僚馬の従走があることを承知しており、一気に間が詰まらぬように心得た速度の変化は、宗次の手綱さばきを超えたものだった。アオ自身の判断が働いていた。

（この馬は是非とも欲しい……）と、ついに宗次は思った。しかし、八軒長屋で馬を飼う訳にはいかない。どうしてもアオをそばに置きたいのなら、それなりに広い住居《すまい》を得《え》るか、信頼の出来る誰かに預ける他ない。

扇姫がゆったりと追いついてアオと馬体を並べたので、宗次は手綱をチョンと右へ引いて崖側いっぱいに馬身を寄せた。この辺《あた》りは甲州路で最も道幅が狭いところだ。

「そちらへ寄り過ぎると、脚元が危のうございます」

「兄が可愛い妹の馬の脚元を案じての幅寄せだ。心配ない」

「アオは馬体もひときわ大きく大変に優れた馬のようですのね。ほとんど疲れているようには見えませぬ」

「姫のシバも、なかなかに良い馬のようだな。年若いなりの疲れは少し出ているようだがの」

「アオには大人二人が乗れましょうか」

「ん？」

「シバの脚を休めてやりとうございます」

「判った。では兄の前に移られよ。但《ただ》し鞍《くら》は無いぞ」

「構いませぬ、乗馬の練習は裸馬で行なうことが少なくありませぬゆえ馴れております」

「ほほう、左様《さよう》か……」

宗次がアオの馬体を左へ寄せると、シバの背の扇姫は宗次の方へ上体を差し出すかのように横向きのまま傾けた。

宗次の左腕が扇姫の左腋から胸に回って、軽々とアオの肩に乗せる。

「手綱を持ちなさい。兄は手綱なしでも大丈夫だ」

「はい」

扇姫は宗次に言われた通り素直に従った。素直に従えることが嬉しくて仕方がなかった。

浮世絵師宗次――このひとが、どれほど〝凄い人〟か、扇姫にはその見えぬ部分までが判りかけていた。おそらく父である四代将軍徳川家綱の血を受け継いでいる自分などよりも、はるかに位高《くらいたか》い人なのではないか、と。

だが、それが具体的にどのようなかたちなのかは、扇姫にもさすがに判らない。

(たとえば、月から訪れた天の人なのであろうか……)

年若い空想をして扇姫は、月の出ていない真っ暗な春の夜空を仰いだ。

「いかがした。夜空に何かあるのか?」

「兄上様のことを、月からの人かな、と思って……」

扇姫は、はじめて「兄上様」という言葉を用いた。抵抗も恥ずかしさも全くなかった。さらりと言えた。母の愛情も知らずに育ち、兄弟姉妹さえもおらぬ扇姫であった。胸の内の激しい慕情を抑《おさ》えて宗次を「兄上様」と呼べたことは、扇姫にとってたとえようもない喜びだった。

扇姫はまだ知らなかったが、宗次もまた母の愛情を知らなかった。兄弟姉妹もいない。

同じ境遇である二人のその偶然を、扇姫の身の上について豊肥藩《ほうひ》(大分)二十万石・有馬豊信《ありまとよのぶ》公の御正室お円《えん》の方様から聞かされて宗次はすでに承知しているが、扇姫はむろんまだ知らない。

宗次は今、その豊肥藩の江戸上屋敷を目指していた。

そこは将軍家綱の娘である扇姫が密《ひそ》かに、十五歳まで育てられた屋敷である。有馬豊信公は言わば育ての父であり、お円の方様はつまり育ての母であった。

とにもかくにも、その上屋敷へ暫《しばら》くの間、扇姫をかくまって貰《もら》うことを考えていた宗次であったが、これはまだ己れの胸の内に秘め、誰にも打ち明けてはいなかった。

二十四

同じ日の夜、江戸、八ツ半（午前三時頃）、安中《あんなか》藩江戸上屋敷・中奥御座《ござ》の間《ま》。

従四位下備中守の老中堀田正俊（四十五歳）は、領地安中（群馬県）から送付されてきた十八通に及ぶ決裁《けっさい》書類すべてに目を通し終えると、それらを収めた黒漆塗《くろうるしぬ》りの手文庫《てぶんこ》の蓋《ふた》を静かに閉じて、小さな溜息を吐いた。

眉間《みけん》に深い皺《しわ》を刻み、沈痛《ちんつう》な面持《おも》ちである。山林水田開発や河川修理、殖産振興などに絡んだ決裁書類に、深刻な問題点が見られた訳ではなかった。それら書類の内容については、将軍家綱及び幕閣への決裁に欠かせぬ事前の根回しはすでに済ませている。

「無事でいてくれ……」

堀田備中守は呟いて立ち上がると、少しよろめき、両脚をふん張って耐えた。脳裏《のうり》には血まみれの宗次と扇姫の顔が浮かんでいた。

大老酒井雅楽頭忠清（五十六歳）から怒りに任せて申し渡された蟄居《ちっきょ》謹慎は、一昨日に解かれている。病床にある将軍家綱（三十八歳）の了承を得ず酒井忠清独断によるもの、と家綱に通報した者がいたからだ。

その通報者が誰であるか家綱は明かさなかったが、酒井忠清は家綱から「老中、若年寄に対する叱《しか》りは、事前に余《よ》の耳に入れるように」と、強く諫《いさ》められていた。

「少し眠るか……疲れた」

堀田備中守は二つの大行灯の明りはそのままにして、中奥御座の間に襖を隔てて隣接する「ひと眠《ねむ》りの間《ま》」へと入り襖を閉じた。

大名家上屋敷に於《お》ける中奥とは、藩主の日常生活の殿舎であり、御座の間は執務室・書斎を指していると思えばよいだろう。

「ひと眠りの間」は、備中守が隣接する六畳の質素な小部屋に名付けたもので、政務で頭が疲れると堀田は好んでこの小部屋で心身を休めた。

したがって備中守が御座の間で仕事を始めた場合、「ひと眠りの間」には朝昼夜の区別なく、侍者《じしゃ》の手によって必ず床が延《の》べられた。

「よいしょ……っと」

小声を出して備中守は行灯の明りは点さず、寝床に体を横たえた。欄間《らんま》から隣室の大行灯の明りが入ってくる。

ドロリとした疲労が備中守の体を包んではいたが、眠れる訳がなかった。

扇姫とその一行の行方について一刻も早く知りたかったが、誰彼に命じて捜索させる事は極めて難《むずか》しかった。大老酒井忠清とその命《めい》によって動いている見えない組織の目がある、と考える必要があるからだ。無理にでも探索行動を起こすとなれば、身に迫る問答無用の危険を覚悟せねばならない。

「八方塞《ふさ》がりだ……」

溜息を漏らして目を閉じる備中守であった。音立てて煮えくり返っている大老酒井の権力の凄まじさが、備中守にはよく判っているのだった。

老中でありながら、いや老中であるからこそ、堀田正俊にはこういった場合の強力な相談相手がいなかった。孤独であった。

どれくらい経ったであろうか。痛いほど頭が冴《さ》え切って僅かな目蕩《まどろ》みさえも覚えない備中守は、フワリ……とした微《かす》かな気配――やわらかな――が左肩の斜め上あたりで生じたような気がして、薄目を開けた。

「お休みのところ御無礼つかまつります」

澄んだ女の小声がして、備中守は驚いて、しかし取り乱すこともなく寝床に上体を起こした。

「何者じゃ」

と、備中守は薄暗がりの其処《そこ》へ目を凝《こ》らした。直感で、声を高くしてはならぬ、という配慮が働いていた。

蹲《うずくま》る者が答えた。

「甲府宰相徳川綱豊様の命《めい》により参上致しました。綱豊様の身そばにお仕《つか》えする者と思《おぼ》し召《め》し下さい」

「なにっ。甲府殿の命《めい》とな。此処《ここ》を老中堀田の屋敷と知っての事であろうな」

「もとより……」

「老中堀田の前に現われた以上は、名乗ってくれ。忍びじゃな」

「天房《あまふさ》。綱豊様の身辺警護を務《つと》めておりまする者」

「雨《あめ》に乳房の房か」

「雨ではなく天《てん》でございまする」

「聞こう。甲府殿の御用とは？……」

「なお声を低く致さねば。いま少し間を詰めさせて戴きたく」

「許す。膝詰めでよい」

「はい」

延宝四年（一六七六）に元服した甲府二十五万石の藩主徳川綱豊は現在十八歳。いま従三位左近衛権中将の地位にあって、御水尾《ごみずのお》天皇につながる京の上流公家近衛家《このえけ》（当主・基熙《もとひろ》）の姫熙子《ひろこ》を妻に迎えたばかりであったが、すでに参議・正三位への昇進と十万石の加増が幕府より内示されていた。文武への関心が高く、とりわけ学問を好む「英邁《えいまい》な君主《くんしゅ》」として、幕府の要職に就《つ》く者の間で高く評価されており、なかには「次か、次の次の将軍」と囁く者さえいた（宝永六年五月一日、六代将軍に)。

くノ一、天房の囁きは続いた。薄暗い中での二人の間は、いまにも額が触れ合う程であった。

「……そのような次第で、この御老中様上屋敷は少なくとも十を数える姿無き何者かの目によって囲まれており、したがいまして私《わたくし》がこうして御殿様の前に現われましたのは、予定していたよりも半刻以上も遅れておりまする。先ず、それにつきまして私《わたくし》の力不足をお詫び申し上げねばなりませぬ」

「なんの。そのような厳しい中をよくぞ訪れてくれた。この屋敷が何者かによって監視されるであろう事は覚悟しておったことじゃが、して、姿無き一団について、忍びである其方《そなた》でも正体の見当はつかぬのか」

「相手も忍びであることは間違いないと申せまする。ただ、男忍《おとこしの》びかそれともくノ一かの判断はつきませぬ。辛うじて十を数えるまでは僅かな気配を捉えましたが、様子《ようす》や身形《みなり》などについては皆目……」

「うむ。左様か」

「ただ……御殿様」

「ん？　いかがした。遠慮のう言うてくれ。不快なことでもよい」

「両袖口に凡そ四分の一寸幅の銀線の刺繡《ししゆう》を回した青装束。もしも、これを着た忍びなら相当に厄介《やつかい》でございまする」

「青装束の忍び？……はじめて耳にするが」

青装束の忍びについて、老中なりの知識はある堀田であったが取り敢えず、そのように応じた。

「血筋素姓などは複雑怪奇でよく判ってはおりませぬが、当たり前の権力者の命《めい》では決して動かぬ凄腕揃いの忍び集団と思し召し下さい」

「当たり前の権力者の命では動かぬ忍び……となし」

「はい。尤《もつと》も、これとて忍び社会に於《お》ける噂の一端として私《わたくし》の耳に入ってきたに過ぎませぬが」

神経を研《と》ぎ澄ませて聞く堀田備中守の脳裏《のうり》には、宮将軍の実現を謀《たくら》む大老酒井忠清の顔が、浮かんだり消えたりしていた。

天房の囁きが一段と低くなり、備中守はくノ一の方へ上体の傾きを深めた。

「わが殿徳川綱豊様より、委細《いさい》漏らす事なく御老中様に御報告するよう命じられましたる件は、その青装束の忍びと深くかかわってございまする」

「なんと……誠か」

「御殿様がいま最も胸を痛めておられますることは、越後高田へ旅立たれました扇姫様とその御一行の安否《あんぴ》ではございませぬか」

「おお、その通りじゃ。その話を持ってきてくれたのか。なにか判っておるのじゃな」

思わず背すじを伸ばし、声を高めてしまった堀田備中守であった。

「抑えて下さりませ」

と、天房が唇の前で人差し指を立てたが、薄暗いなかボウッとしか認められぬ備中守だった。

「すまぬ。で、扇姫様はご無事であられるのか。一行はどうなのじゃ」

「結論から申し上げまする。扇姫様はご無事でいらっしゃいます」

「おお……」

「次に扇姫様を護衛なされておられた十数名の番士は、激烈な戦闘の果てに一名を除いて全滅いたしました」

「あの手練《てだれ》たちが……あの手練たちが、一名を除いて全滅したというか」

備中守は、がっくりと肩を落とした。自分がいまどれほど苦し気な顔つきをしているか、よく見えていた。

「ですが御殿様。扇姫様はご無事でいらっしゃいまする。姫様護衛番士の皆様は立派に責任を果たされました。襲いかかってきた青装束の忍び多数を倒し……」

「待て、襲いかかってきたのは、青装束の忍びだというか」

「三十名を超える青装束の忍びが姫様ご一行を奇襲いたしましたのは、北に滝子山、南に三ツ峠山、西に笹子峠が屏風《びょうぶ》となっておりまする甲州路の難所中の難所でござりました。血みどろの闘いは甲州路から、〝危難の谷〟と呼ばれている谷底にまで長時間に亘《わた》り広がったのでございまする……其処は御殿様、私《わたくし》が生まれし〝花房の里〟に近き所でござりました」

「花房の里とな」

「はい。強力な甲斐のくノ一が棲《す》む里でございまする。このことが扇姫様に大きく幸い致しました。その里での事について詳しくお話し申し上げる前に、他の御一行の安否について御報告致さねばなりませぬ」

「うむ。か弱い腰元たち、戦力なき事務方の侍たちも多数加わっていたのじゃ。その者たちは如何《いかが》なっておる」

「多くは傷つき、息も絶え絶えとなりながらも夜を日に継いで歩き続け、甲斐の百姓町民に助けられてそれこそ喘《あえ》ぎ喘ぎ甲府城に辿り着きましてございまする」

「おお、辿り着いたか……」

「なれど、辿り着いてから直ぐに十一名が気の緩《ゆる》みからか息を引き取り、なお五名が予断を許さぬ状態でございまする」

「そうか……そうであったか」と、備中守はもはや涙声であった。

「甲府宰相徳川綱豊様はご一行のうち比較的元気な者たち数名を身近に呼んで事情をお聞きなされ、すぐさま身そばに仕える我らくノ一たち三名に命じられたのでございまする。先ず花房の里へ走り、実情を把握したあと一名つまりこの天房が御老中堀田備中守様の元へ走るようにと」

「そなたが選ばれし理由《わけ》は？」

「天房なら必ず備中守様の元へ参れると……参れると我が殿が信じ……信じなされて」

天房の囁きが急に乱れ出し、呼吸《いき》が早くなった。

「どうした。疲れが一気に噴き出したか？」

「も、申し訳ありませ……ぬ。皆までご報告が……ご報告が出来ませぬ」

「しっかりせい」

備中守は立ち上がって御座の間との仕切り襖を開いた。

行灯二つの明りが「ひと眠りの間」に流れ込んで、備中守がくわっと目を見開く。

蹲るくノ一天房の腰のまわりに、血の海が広がっていた。

「そなた、傷を負うていたのか……」

言うや備中守は血の海の中へ片膝ついて、その膝へ天房を抱いてもたれかけさせた。

「この屋敷を見張っていた姿無き者にやられたのか」

「は、はい。忍び対……忍びの闘いの初めは……お互い……姿が見えませぬ。い、いきなり……十字手裏剣で」

「判った。もうよい。喋るでない」

「御殿様……私《わたくし》も花房の里の……くノ一。四名を……四名を十字手裏剣で……倒しました」

「そうか。よくぞ死力を尽くしてくれた。この備中守、最高の言葉を用いて其方《そなた》の見事なる勇気を、甲府殿にお伝えしておこうぞ」

「ありが……とうござい……ま……する」

「其方の顔が見たい。見せてくれい。覆面をとるぞ」

天房が頷いた。死期がそこに迫った呼吸《いき》の弱弱しさであった。

備中守は、覆面を取り除いてやった。色白の二十歳《はたち》前後と思われる顔があらわれた。

「何と若若しく綺麗《きれい》じゃ、何と優しい面立《おもだ》ちじゃ、この備中を父と思うて安らかに眠るがよい。抱いていてやるぞ」

「うれしい……」

微笑んだ天房の、それが最期の言葉であった。

「このような、このような無常があっていいものか」

心優しい備中守は天井を仰《あお》ぎ、若く美しいくノ一のために声を殺して男泣きに泣いた。

「浮世絵師宗次は斬首！」と裁断した大老酒井忠清の声が、耳の奥に甦ってもいた。

備中守の父、堀田正盛《まさもり》が三代将軍家光《いえみつ》の腹心として老中の地位に昇りつめたのは、なんと二十五歳の若さの時である。また備中守は一歳の時に家光の命《めい》で諸大名や幕閣から「静かな権力者」と恐れられた春日局《かすがのつぼね》の養子となっている。つまり備中守はいい意味にも悪い意味にも権力というものが常に「よく見える」名門環境の中にあって、今日《こんにち》に至っていた。それだけに、ひとたび沸騰《ふっとう》した時の権力の怖さ凄さをよく承知しているのであった。また、それが正しく作用した時の素晴らしさについても、よく判っていた。

「時として権力は将軍家をも潰《つぶ》しかねない」とさえ眺めてもいる。

小半刻ほども天房の体をしっかりと抱いてやっていた備中守は、「安心せい。其方《そなた》の亡骸《なきがら》は疎《おろそ》かには扱わぬ」と告げながら、次第に冷えていくその若い体を寝床にそっと横たえてやった。

二十五

同じ夜、寅《とら》ノ刻《こく》（午前四時頃）。大分豊肥藩二十万石有馬家の江戸上屋敷。

藩公有馬豊信は家臣の知らせを受け、小書院を出て長い廊下を表玄関へと急いだ。

柱《はしら》柱《はしら》に掛けられた行灯の明りの中、只事でない藩公の表情である。

宿直《とのい》の家臣からの知らせは「書院番頭加東備前守忠介様が突然のお見え」であった。

知行取（地方取）八千石の大身旗本である加東備前守忠介は、有馬豊信の正室お円の方の父親である。

これほど大身の書院番頭の権勢ともなると、雁間《かりのま》詰めの無役《むやく》の万石大名などはとても頭が上がらない。

書院番は、江戸城虎《とら》の間《ま》及び中雀門《ちゅうじゃくもん》・上埋門《かみうずみもん》の警衛、将軍出行の際の身辺警護、江戸市中の治安維持、駿府《すんぷ》城の在番などを「表の任務」としていたが、実はもう一つ、諸大名たちを震えあがらせる任務を背負っていた。それが「諸国監察」である。

大名政治の監察では中央高級官僚である大目付が圧倒的な存在として、下は民百姓にまでよく知られている。が、しかし大目付は職制に沿って表向きに動く場合が多く、これに対し書院番士による監察の動きは、大名たちからは見え難《にく》い場合が少なくなかった。つまり隠密監察である。

有馬豊信が宿直《とのい》の家臣を従えて表玄関に出向いてみると、城中菊の間詰めの書院番頭加東備前守はちょうど大刀を手に駕籠から降りて立ち上がったところであった。

有馬家の宿直《とのい》の家臣たちが、玄関式台の両側に平伏している。なにしろ藩公がこの上もなく愛している正室お円の方の父親である。

「よくぞ参られた」

「このような刻限に突然……」

「なになに気になさるな。ささ……」

藩公、備前守すでに双方通じ合うところがあるのか、交わされた言葉はそれだけだった。

藩公が先に立って、加東備前守がその後に従った。大刀は右手にしたままだ。念流の達人だけあって、さすがにがっしりとした体つきである。

小書院の前まで戻った有馬豊信が障子を開けて体を横に開き「さ……」と加東備前守を促した。

備前守がきちんと一礼して小書院に入ると、藩公は従ってきた宿直《とのい》の家来に命じた。

「誰も小書院へは近付けるな。そなた達も離れていよ。宿直からはずれている家老たちを呼び出すこともない」

「承知仕《つかまつ》りました」

小書院へ入って障子を閉じた藩公は、綺麗な姿勢で正座をしている妻の父親と文机《ふづくえ》を挟んで向き合った。

「このような刻限まで、書類に目を通しておられましたか」

「我が領地から送付されてきたものでな」

「ならば一層、神経を使いましょう」

「うむ。この江戸からは我が領地が見えぬゆえ、書類の一行一行から、あれやこれやを読み取らねばならぬのでのう」

「名君と評されるお方のご苦労は、並大抵のものではありませぬなあ」

「名君などとは思うてはおらぬが……」

そう言うと藩公は、ついと立ち上がって先程閉じたばかりの障子に近付くや、さっと引き開けた。

柱柱に掛けられた行灯で明るい真っ直ぐな長い廊下には、人の姿はなかった。

小書院の左右は、藩公の許しがなければ絶対に入れない十二畳の控えの間となっている。つまり小書院での会話は、控えの間が存在することで漏れにくくなっていた。

障子を閉めて文机の前に戻った藩公は、

「膝を崩そう」

と備前守に気軽な口調で持ちかけて、自ら先に胡座《あぐら》を組んだ。だが表情は硬い。

声には出さなかったが（うん……）と頷いて見せた備前守も、硬い表情で膝を崩した。

「今日あたり見えるのでは、という私の予感が見事に当たったなあ」

「これも以心伝心《いしんでんしん》でございましょうかな」

「かも知れぬ。木刀を手にこの上屋敷の道場で備前殿と向き合うと、近頃は加東念流の業《わざ》の心がよう見えるようになったわ」

「これは恐ろしい」と、備前守が唇の端にチラリと笑みを見せたが、すぐに元の表情に戻った。

「で?……」

藩公有馬豊信が促すような目つきで、上体を少し前へ傾けた。

「とうとう堪忍袋《かんにんぶくろ》の緒を切ってしまい申した。こう切り出せば有馬様にはもう何もかもお判り下さりましょう」

「矢張り備前殿であられたか。大老酒井殿が怒りに任せて老中堀田殿に蟄居謹慎を命じた直後、その専横《せんおう》を、善《よ》しとしない、と上様に強く詰め寄られたのは」

「大老酒井様のあの専横に鉄槌《てっつい》を打ち込む者がなければ、宮将軍招聘《しょうへい》を不満とする幕府要人の中に、第二、第三の蟄居謹慎者が出ましょう」

「確かに……」

「それよりも何よりも私《わたくし》が恐れておりましたのは、扇姫様の育ての親であられる有馬様が動き出しはせぬか、という事でござりました。越後高田を目指して江戸を発《た》たれましたる姫様ご一行に襲いかかった予期せぬ重大事、すでに有馬様へのお耳へも入ってございましょう」

「無論のこと。噂はたちまちにして諸大名の間にも広がっている様子。大老酒井殿の謀略では、と囁く大名もかなりの数いるとか」

「もし私《わたくし》が動く前に有馬様が動いておれば、事は更に大事《おおごと》となっていたでござりましょう。怒り狂った大老権力は豊肥藩を潰しにかかったやも知れませぬ」

「なんの、大人しく潰されなどはしないが、一両日中には扇のこと、いや扇姫様と老中堀田殿のことで上様に詰めよる考えはあった。城内に於いては老中堀田殿は、扇姫様のよき理解者であり後ろ盾でもあられたからのう。私としては黙って見過ごせなかった……正直のところ備前殿が動いてくれて、ホッと致しておる」

「それにしても……」

「ん？」

「扇姫様ご一行に不埒《ふらち》なる集団が襲いかかりたる情報は一体どのスジから齎《もたら》されたのでありましょうや。そこのところが、もう一つはっきりと致しておりませぬ」

「大老スジじゃ。間違いござらぬ。不埒集団は大老権力下に潜《ひそ》みしもの、と囁く大名が少なくないことが何よりの証左《しょうさ》」

「大老自らの側から情報を発し、大老権力の凄みというものを幕閣内外へ一層のこと強く思い知らせようと致したのでありましょうや」

「左様。その通りじゃ備前殿」

「なんと恐ろしい」

「まこと恐ろしいのう。あれこれと尤《もっと》もらしい理由を並べ立てて宮将軍招聘を謀《はか》り、征夷大将軍への道すじから徳川家を外してしまおうと動きなさったのじゃから」

「宮将軍というものは、政治《まつりごと》をお知りにならない。さすれば政治は大老酒井様の思いのまま。そのうち、我こそが将軍の座に、と言い出すやも知れませぬ」

「それよ。つまるところは、それよ備前殿」

「扇姫様ご一行が襲撃された情報は幕閣内外に流布《るふ》されているものの、安否に関しては全く判っておりませぬ。育ての母であられた奥方様（備前守の娘）は心を痛めておられましょう」

「会われなさるか。此処に呼んでも宜《よろ》しいが」

「いや、今は……」

「奥は扇姫様の安否を思うて、この一日二日ですっかり元気を失くしてしもうた。食事も殆ど喉を通っておらぬ」

「おいたわしい事です。事態がこのようになっては、もはや黙ってはおれませぬ。大老権力に内心反感を持たれている要職にある方方も、一人一人のお立場では酒井様を恐れる勇気なき弱者であられる」

「そこのところが難しい」

「その勇気なき方方を結束《けっそく》へと持ってゆけば、大きな力となりまする。何としてもそれを致さねばなりませぬ」

「だが、先頭に立って強力に音頭《おんど》を取る者が要《い》る。それも二人か三人は欲しい」

「私《わたくし》が先ず立ちましょう」

「私も立とう」

「いや、扇姫様の育ての親であられる有馬様は、自重《じちょう》なされて下さい。あと二人、私《わたくし》に心当たりがございます」

「と、申されると？」

「一人は老中堀田正俊様」

「なるほど。堀田殿には是非立って戴きたいもの」

「もう一人は私《わたくし》と同じく城中菊の間詰めの大番頭六千五百石津木谷能登守定行《つきやのとのかみさだゆき》殿です。上様の信任ことのほか厚くなかなか豪放磊落《らいらく》なる人物。剣を取っても恐らく私《わたくし》よりは上かと」

「大番頭津木谷能登守殿なら常日頃よく耳にする名じゃ。私との交流はないが、そのような傑物《けつぶつ》が老中堀田殿、備前殿と並んで立ってくれると大変心強い」

「では今宵《こよい》の内にも接触を試みると致しましょう」

加東備前守がそう言い終えたとき、廊下を踏み鳴らして駈け近付いてくる者があった。只事でない気配である。

険《けわ》しい表情を拵《こしら》えて立ち上がった有馬豊信が、障子を開けざま「何事じゃっ板垣《いたがき》」と語気鋭く放った。

「た、大変でございまする。只今、加東備前守様のお屋敷より、火急の御使者として式葉広規殿《しきばひろき》と申されるお方が見えられましたが、全身の七、八か所に十字手裏剣を深々と打ち込まれ、虫の息でございまする」

加東備前守は、有馬家宿直《とのい》の臣の言葉が皆まで終らぬ内に、藩公の脇をすり抜けて廊下を駈け出していた。

藩公の指示が、宿直の臣に向かって飛んだ。

「板垣、家老の由木鎌之《ゆぎかまゆき》に伝えよ。家臣に総呼集をかけて屋敷の内外を厳重に警戒せよとな」

「承《うけたまわ》りました」

「それから侍医の良庵《りょうあん》を玄関式台まで急ぎ来させるように」

「はっ、直ちに……」

有馬豊信は廊下を踏み鳴らして備前守の後を追った。追いながら（しまった。大刀を腰に帯びるべきだった）という思いが脳裏をかすめた。

有馬公と備前守が玄関式台に駈けつけてみると、横たわっている侍を有馬家加東家双方の家臣と大行灯四つが取り囲んで、重苦しい雰囲気であった。

「どれっ……」という備前守の声で、家臣たちの囲みの一部が左右に開いた。

腰を下ろした備前守は大行灯の明りの中、血まみれの侍の上体を抱き起こした。

「式葉、儂《わし》じゃ。お前ほどの一刀流の達者が一体どうした」

「おお、と、殿。扇姫様はご無事……ご無事でございまする」

「なにっ。どういう事じゃ、何処の誰からご無事と伝え聞いたのじゃ」

「老中堀田様の秘命を……秘命を帯びた御使者が……ここ有馬様……上屋敷へ密かに……密かに向かう途中襲われ……近くだったわが殿お屋敷へ……ち、血だらけで逃げ込みまして……ございます」

「その堀田様の使者が、扇姫様はご無事、と明言したというか」

「は、はい。そ、そして、有馬様に至急……至急お伝えしてほしいと言い残し……事切《こと き》れましてございます」

「なんと。亡くなったというか」

「は、はい。全身に十字手裏剣の……傷を負い」

「式葉、お前はどの辺りで襲われたのじゃ」

「この御屋敷……北側の……稲荷神社の前……」

と、そこまで言って、式葉広規は背すじを苦し気に反《そ》らせた。

式葉の言葉を聞いて有馬家の家臣数名が、表御門に向かって脱兎《だっと》の如く走る。

そこへ藩公の侍医良庵が息を乱して駈けつけたが、この時にはもう式葉広規は弱弱しい呼吸はあったものの白目をむいていた。

備前守に抱き支えられた式葉の体の傷の全てを診ていった良庵が、備前守と目を合わせて首を横に振った。

「よう伝えてくれたな式葉。よくやったぞ。残された家族のことは心配せずともよい」

備前守はそう告げながら、式葉の体を静かに横たえて立ち上がり有馬公と目を合わせた。

「一刻の猶予《ゆうよ》も許されぬ状況となりましたな備前殿」

「先に堀田様にお会いした方がよさそうですが、しかし、此処からでは大番頭津木谷邸の方が、うんと近《ちこ》うございます。ともかく先ず津木谷能登守殿と話を交わし、それから堀田様の元へ駈けつけまする」

「津木谷能登守殿は大丈夫であろうな。よもや大老酒井殿の側に付く心配は……」

「絶対にないと確信致して宜しいかと。津木谷能登守殿は見事なまでの武人でござる。大丈夫です」

「では、護衛として、わが手勢を三十ばかりお貸し致そう。いま備前殿に大事があってはならぬゆえ」

「有難くお言葉に甘えさせて戴きまする」

大名家の江戸屋敷内には、町民にはとうてい想像がつかぬ数の家臣・小者たちが詰めている。大藩ともなると数千人は珍しくなく、小藩でも数百人は当たり前だった。

「護衛としてわが手勢を三十ばかり……」備前守に随行させることなど、二十万石大名有馬家にとっては痛くも痒《かゆ》くもない数字だったのである。

二十六

江戸城本丸の正門に位置付けされている大手門を出て直ぐ北側に在《あ》る大老酒井雅楽頭忠清邸。その宏壮さを見ただけで権力の凄さが判る譜代《ふだい》の名家中の名家である。

江戸幕府が開かれてからの「譜代」とは、慶長《けいちょう》五年（一六〇〇）九月十五日に美《み》濃《の》国関《せき》ヶ原《はら》を戦場とした豊臣家、徳川家天下分け目の戦い（関ヶ原の戦い）の以前から徳川家に忠誠を誓っていた勢力を指している。

「外様《とざま》」とは、その逆、という眺め方で、ま、差し支えないだろう。

いま大老酒井忠清はひとりの老臣を残し、宿直《とのい》の家臣全てを遠ざけて小書院の広縁にひとり正座をし、静かな苛《いら》立《だ》ちの中にあった。

「今宵はお心の波立ちがこの爺にまで届いておりまするぞ」

老臣が穏やかに言った。

「わかるか……」

「判りますとも。苛立ちは大老職としての判断を狂わせまする。今宵は明日に備えてお静かに……なにとぞ心お静かに」

「心得ておるよ爺、心配いたすな」

「で、いかがなされました」

「いやなに……」

自分の後ろに、一間《けん》半ほどの間を空けて控えている老臣に穏やかな言葉を返した忠清であったが、その口元には明らかに苛立ちが覗いていた。目は庭の暗闇の一点に向けたままである。

老臣の名は、市宮三郎助高清《いちのみやさぶろうすけたかきよ》八十八歳。現在《いま》は無役引退の身であったが、忠清の父忠行《ただゆき》（寛永十三年・一六三六没）の腹心の臣として、忠清に幼い頃から接して面倒を見、可愛がってきた立場にあった。それもこれも、忠清の父忠行が三十八歳という若さで世を去ったからである。

それだけに市宮三郎助は職務に疲れた時の忠清が最も気の許せる人物であり、老いた引退の身に申し訳ないとは思いつつもつい、こうして身そばへ呼び寄せてしまうのであった。

「のう爺……」

「はい」

「余《よ》にはどうして敵が多いのかのう」

「敵は大勢つくりなされ。敵の多さが更に若を大きくさせまする。若にはその力がおありなさる」

老臣市宮三郎助にとっては、忠清は今も「若」であり、市宮と二人だけの時は五十五歳の忠清もその「若」に抗《あらが》わなかった。むしろ、なつかしい心地良さに浸《ひた》ることさえあった。

「祖父忠世《ただよ》様が三代様（徳川家光）の大老を務めなされた譜代の名門酒井家の筆頭には、泣き事は許されませせぬ。しっかりなされませ。若様は久松《ひさまつ》松平家の祖である伊勢《いせ》桑名《くわな》十一万石、松平定勝《さだかつ》様（徳川家康の義弟）の姫様（菊姫・光寿院）のお子様であらせられまするぞ」

「とは言うても爺、敵が多いと疲れる。気が休まらぬわ」

「いまお腰に帯びてなされる脇差を何と心得なされまするか」

「これか、これは今は亡き神君《しんくん》家康公が祖父忠世に下賜《かし》なされたものを、私が祖父から譲り受けたものじゃ」

「その若が〝敵が多いと疲れる〟などと泣き事を申されたなら、神君家康公は天の国で失望なされましょうぞ。徳川将軍家のために信念を持ってお尽くしなされ」

「そこじゃ爺。お世継ぎおられぬ四代様（徳川家綱）の御体調宜しくないなか、大老としては徳川家安泰《あんたい》のため次期将軍について心を配らねばならぬ」

「そこで京都から有栖川宮幸仁親王《ありすがわのみやゆきひと》を五代将軍に招聘なさろうとした若のお考えは、決して誤ってはおられませぬ。お世継ぎがおられぬ四代様の後継者として養子となられるのは、期待されていた英邁《えいまい》なる甲府宰相徳川綱豊様ではなく、優先順位が低かった筈の資質劣る徳川綱吉《つなよし》様だという噂……」

「爺、もっと声を低くしてくれい。今は大事なとき。壁に耳あり障子に目あり、と思うてくれねば困る」

「は、はい……なれど、徳川綱吉様は一国を統帥する者としての資質極めて低く、人間としての器量にも期待が持てず……」

「は、はい……」のあとは、ぶつぶつと声低く呟いた市宮三郎助であったが、聞こえたのか聞こえなかったのか忠清は黙って深深と頷いて見せた。

お世継ぎ、つまり第五代将軍については誰にするかについて、かなり早くから権力内で検討が加えられていた。が、こういう話には権力が二分三分して動き出すのが世の常である。つまり「自分都合」が絡んだ権力対権力の葛藤《かっとう》であった。

大老酒井忠清は、「四代様の末弟でお世継ぎ順位の低い徳川綱吉様を四代様の養子にすべく老中堀田正俊が隠密裏に御三家と接触していること」を早くから察知していた。

市宮三郎助が呟いたように、忠清も「綱吉様だけは駄目だ。余りにも資質が劣る」と思っている。大変な政治をやらかして、民百姓を苦しめると確信してもいた。

そこで甲府宰相を強力に推《お》していたが、堀田正俊が御三家を後ろ盾として巻き返すなど、「五代将軍徳川綱吉」は、ジリジリと実現化の方向で台頭し始めていた。

そこで忠清の打った手が鎌倉《かまくら》幕府にもあったような「宮将軍の招聘」だった。

鎌倉幕府の第五代執権北条時頼《ほうじょうときより》が、京から後嵯峨《ごさが》上皇の子の宗尊《むねたか》親王を招聘して実権なき宮将軍(親王将軍とも)の座に就けたように。

むろん忠清も長期政権を宮将軍に預けるのではなく、四代様の亡きあとの空白を埋めるための「一時的な仮政権」のつもりであった。大老・老中の合議制で「仮政権」を充分に乗り切れると考えていた。その間に英邁なる甲府宰相徳川綱豊の登場舞台をきちんと整える胆積《はらづ》もりであったのだ。

「徳川綱吉様は将軍の器《うつわ》にあらず」を鋭く見抜いた大老酒井忠清の眼力は凄い、と高く評価されるのは後世になってからの事であるが、綱吉が「生類憐《しょうるいあわれ》みの令」なる極端な悪令を発して二十一年もの長きに亘《わた》り世の中を苦しめるとは、さすがの忠清もそこ迄は予測できていなかった。

暫く無言で庭の闇を見続けていた忠清は、やがて軽く一度だけ咳《せき》をすると広縁から座敷に戻って障子を閉め、床の間を背に座って市宮三郎助と向き合った。

「のう爺……」

「はい」

「余は無能なのであろうか。このままでは間違いなく、綱吉将軍は実現する」

「若を長く眺めてきた者として言葉を飾らずに正直に申し上げましょう。若は権威というものに溺れる性格でもなければ、策謀家でもありませぬ。誠に有能でいらっしゃる。若のように、幼少の頃から厳格なる奏者見習《そうじゃみなら》いを務められ、高度でむずかしい殿中儀礼を完璧に修得なされし幕府要人は、若を除いては他に一人たりともおりますまい。だからこそ老中にさえ就いていない二十代の若さで、将軍名代として朝廷へ向け上洛《じょうらく》の指示が出されたのですぞ」

「おお。上洛のう。大事な、なつかしい思い出じゃ。爺にもあれこれと、よう助けて貰《もろ》うた」

「また三十歳で老中に就かれましたるとき、若は他の先達《せんだつ》ご老中方《がた》を超えて一気に筆頭老中の地位に就かれました。しかも、各老中の務めである御用番（ひと月ごとの交代）や評定所寄合への面倒な出座も免除されるという異例のご抜擢であられました」

「うむ……そうであったな」

「若が抜きん出て優れた政治的能力の持主、大きな器量の人物、と徳川家ご一門や長老すじから評価されたがゆえの、ご抜擢であったのですぞ。それに、なんですなあ。若は、きりりとした端整な容姿であられるゆえ、妬《ねた》みの敵、嫉《そね》みの罠《わな》、湿《しめ》った陰口《かげぐち》、などが育ちの悪い心貧しい者たちによってつくられてしまうのです」

「大老がこれほど大変な地位だとは、思わなかったわい」

「ご自分の考えに確信を抱いて、黙黙と打ち込みなされ」

「だがのう爺。美しい扇姫様が四代様の血をひく者として全く突然に表舞台に現われた時はさすがの私も驚き、うろたえてしもうた。しかも姫は、老中堀田の気性をこのうえもなく気に入っているときた。これだけは見逃せぬ」

(おのれ堀田め！)と、忠清は胸の内で叫んだ。大老として、堀田に対し下した蟄居謹慎が、上様によって覆《くつがえ》された事が悔《くや》しくてならなかった。

「扇姫様が、名家の血を引く若武者を婿《むこ》に取れば、状況は一気にややこしくなりまするからなあ」

「そこへまた、人気役者のように容姿端麗なる浮世絵師宗次とかいう者がいきなり出現し、扇姫様がこの男に夢中になるや、四代様もいたく気に入るという有様《ありさま》じゃ。まったく怪異この上もない様相となって参った。さすがに余の頭も、いささか混乱致しておる」

「だが若のお力をもってすれば、浮世絵師などは簡単に、扇姫様からも四代様からも遠ざけられましょう」

「うむ、それについては試みた……爺にはまだ打ち明けてはおらぬが、宗次なる浮世絵師に幾人もの手練を何度かに分けて向かわせたのじゃが、いずれも一撃で倒されてしもうてのう……」

言い終えて一瞬だが、目に凄みを見せた忠清だった。

「なんと。一撃で、といま申されましたか」

「これがな、ひとたび剣を取れば、強い、という生易《なまやさ》しい形容では済まぬ程の強さらしいのじゃ」

「一体何者でございまするか。その宗次なる者の真《まこと》について、爺が調べてみましょう」

「いや、爺は動いてはならぬ。危険じゃ。皆伝級の凄腕がことごとく一撃で倒されたからには、宗次なる者、只者ではない、と見なければならぬ。本気でキバをむかれたなら、面倒がまた一つ増えてしまう」

「だが、老中堀田様贔屓《びいき》の扇姫様をなんとか越後高田へ向かわせる事には、成功なされたではありませぬか」

「確かに成功したにはしたのじゃが……」

「？……いかが、なされました。言葉に力がございませぬぞ」

「真《まこと》を爺に申してよいものかどうか」

「この爺に対し、左様な迷いを抱かれまするほどに、何かまずい事をなされましたか」

「……………」

「今宵の若に窺《うかが》えまする異様なる苛立ちは、その……爺に申され難いほどのまずい何事かに原因があるのですな」

「実はな爺よ、動かしてしもうたのじゃ……とうとう動かしてしもうたのじゃ爺」

「動かし？……え……まさか若」

「その、まさかだ」

「銀線《ぎんせん》刺繍《ししゅう》の青忍びの存在については耳に致しておりまするが、それを動かした、と申されまするのか」

「うむ」

「では先程申されました浮世絵師宗次に対する威嚇《いかく》は、青忍びを動かしたということでございまするな」

「宗次に対してだけではない」

「と、申されまするとか？……どうか打ち明けて下さりませ若」

「越後高田へ向かった扇姫様ご一行に対しても青忍びを放ってしもうた」

「な、なんと……」

市宮三郎助は茫然となって、忠清の顔を見つめた。信じられぬような「若」の言葉であった。何かが崩れてゆく大きな音がしたように、市宮三郎助は感じた。

忠清は言った。

「難問を抱えておる越後高田藩の重役及び要人たちは、文武に長じ極めて聡明《そうめい》と噂の高い扇姫様の輿入《こしい》れに、戦戦兢兢《せんせんきようきよう》として薄氷を踏むが如し、なのじゃ。下手をすると高田藩取り潰し、という結果を生むのではないか、とな。つまり、扇姫様の輿入れを歓迎してはおらぬのじゃ」

「そこで越後高田藩の刺客たちが動いた、と見せかけて青忍びに扇姫様の暗殺命令を出されたのでありまするか」

「扇姫様はいずれ、余の大敵として力を付けていかれる、と読んだのじゃ。大きな壁となって余の前に立ち塞《ふさ》がる、と思うたのじゃ。今はまだ若くお美しい扇姫様じゃが、それほど大きく優れた器量を持っておられる有能で末恐ろしいお人じゃ」

「扇姫様と浮世絵師宗次の双方に青忍びを刺客として放ったということは、宗次なる者は扇姫様の身そばに付いていた、という事でございまするな」

「うむ。そう言い切っても誤りではない」

「で、扇姫様ご一行に襲いかかった青忍びに成果はござりましたのか若」

「扇姫様の護衛番士は予想以上の反撃力を見せたらしいが、ほぼ全滅した模様じゃ。が、青忍びの方も相当に傷つき勢力を落とす結果となった。姫の暗殺に成功したのかどうかも判ってはおらぬ。とりわけ宗次に襲いかかった最高の手練集団十数名は、いまだ誰ひとり戻らぬとの報告を受けている」

「な、なんという……宗次なる者たった一人に、青忍びの手練が十数名揃っても歯が立たなかった、と申されまするのか」

「余が受けた報告では、そう判断する他ないのじゃ。青忍び百名のうち、優れた三十有余名を失《うしの》うてしもうたわ」

「それは大変な責任でございまするぞ」

　そう言って市宮三郎助は戦慄《せんりつ》した。そして、声を落として更に加えた。

「扇姫様も宗次なる者も生きているとしたなら、これは相当に厄介《やっかい》でございまするぞ若。場合によっては若の大老たるお立場は一気に……」

「覚悟はできておる爺。覚悟はな。青忍びは下総《しもうさ》国古河《こが》藩十六万石の藩主土井《どい》大炊頭利勝《おおいのかみとしかつ》（一五七三～一六四四）様が、寛永《かんえい》十五年（一六三八）十一月七日に初代大老の座にお就きになったとき、未曾有《みぞう》の国難に迅速に対処するための……」

「わ、若……青忍びについては、爺など門外漢に詳細を漏らされてはなりませぬ。青忍びは確か幕閣の最高機密に属する……」

「構わぬ。聞いて正しく知っておいてくれ爺」

「ある程度のことは噂の範囲でありまするが、この爺の耳にも入っておりまする。爺などには、その範囲だけでもう充分。それ以上のことは知りたくありませぬ」

「ま、そう言うな。青忍びは爺、初代大老の土井利勝様が未曾有の国難に対し大老権限で即座に動かせる大老直属の秘密部隊として創設なされたものじゃ」

「は、はい。国難に対処するための秘密部隊、という程度のことは爺のような者でも存じております。ただ創設者が、初代ご大老土井様であられたという事は、いまはじめて知りましてございます」

「土井様は神君家康公の御落胤《ごらくいん》だけあって常に熱烈なる国士《こくし》であられてな。ご気性は激しくとも、お心は常に真っ白なお人であったそうじゃ」

「譜代のお家柄でもない土井様の出世の早さから、もしや神君家康公の御落胤ではないか、という噂は巷《ちまた》に漂《ただよ》っていたようでございますね。矢張り真《まこと》でありましたか」

「三十数年前にご他界なされた土井様にとっては、御落胤云云《うんぬん》など、もはやどうでもよい事なのであろうがな。で、その青忍びの秘密部隊だが、全国三十有余の忍び流派より厳選されし剛の者たち百名で構成され、土井様が握っておられた指揮権は、十数年前に世を去られた酒井讃岐守《さぬきのかみ》忠勝様（大老職を明暦二年・一六五六辞す）を経て余が引き継いだ訳じゃ」

「それほど強力なる秘密部隊の統帥権を若がお持ちであるとは申せ、部隊創設の目的はあくまで未曾有の国難に対処するため。それをこともあろうに、将軍家の姫君暗殺に向けて動かしたとなりまするると、先程も申し上げましたるように、ご大老である若のお立場は一気に……」

「それでも余は、『その人柄、真《まこと》この上もなく暗愚《あんぐ》』と、直属の臣たちにさえ囁かれている徳川綱吉様が将軍に就かれることには断固として反対してゆく。幇間《ほうかん》重役たちによって、学問好き、などと偽りの形がつくられているようじゃが、綱吉将軍が実現したならばその暗愚なる人柄は必ず、昼夜にわたって奢侈《しゃし》なる芬芬《ふんぷん》生活を招き、弊政《へいせい》に陥《おちい》って幕府財政を著《いちじる》しく傾かせ、それによって弱者を困窮させていくに違いない」

忠清は目に熱を孕《はら》ませて一気に喋った。

「わ、若、お声をもう少し低く……」

先程同じように忠清から窘《たしな》められた市宮三郎助が、今度は逆に慌《あわ》てるほど忠清は高ぶっていた。

それでも忠清は続けた。

「もし暗愚将軍が実現したならば、天に居《お》わす神君家康公は必ずや激怒なされ、その結果江戸は大火に包まれ、霊峰富士は大破裂《だいはれつ》して幾万量《いくまんりよう》の灰を降らせ、田畑山林は枯れに枯れて人々は大飢饉《ききん》に見舞われるじゃろう」

「わ、若。そのような恐ろしい予言はなされまするな。それでなくとも英邁《えいまい》この上もなき若は、千里の彼方《かなた》までを見通せる眼力の持ち主なのですぞ。不吉な予言をなされてはなりませぬ。か弱い人民のためにも」

「だがのう爺。余には本当に見えるのじゃ」

「それよりも若。扇姫様とそのご一行及び宗次なる者をどうなさるのです。その後の行方は判っておりませぬのか」

「いま青忍びが懸命に動いておるが、まだ摑めておらぬ」

「見つけたなら、どうなさるのです」

「すでに命じてある。二人とも斬首せよ、とな。絶対に斬首じゃ。ここまで来たなら、それしかない。大老の地位、いや名門酒井家がこの世からなくなろうとも斬首じゃ。爺は先程、名門酒井家の筆頭には泣き事は許されぬ、と申したではないか」

「そうでしたな。判りました、それが信念ならば思い切りやりなされ若。武士道にはその頑《かたく》なさが大事なのかも知れませぬ。斬首結構。この爺はどのようなことがあろうとも、若の身そばに控えておりまするから」

「そうか爺、余のそばに居続けてくれると言うか」

「安心しなされ。爺も侍じゃ。幾千本の矢が飛来しようとも、爺はたじろぎませぬ。安心しなされ」

「爺……」

大老酒井雅楽頭忠清は思わず下唇を噛んで目を閉じ、胸の内からこみ上がってくるものを抑えた。爺に手をひかれ、弁当を背負って蝶やトンボを追い、野山を歩きまわった幼い頃の光景が、脳裏に甦っていた。

二十七

同じ日卯《う》ノ刻（午前六時頃）。

品川南本宿《みなみほんじゆく》の如苔寺《によたいじ》境内の竹林《ちくりん》に、二頭の馬と二人の人間が潜んでいた。馬の名はアオとシバ。そして二人の人間は言うまでもなく、浮世絵師宗次と美しい若武者身形《みなり》の扇姫であった。

空は東方面が灰色の雲で覆われ、その雲の切れ目切れ目から朝の日差しが幾条も扇状に広がって江戸の町に降り注いでいる。

西方の朝空には、雲一つ無い。

「扇《せん》、どうやら下屋敷は大丈夫のようだが、あと少し様子を見よう」

「はい。その方が宜しいかと思います」

宗次の囁きに、扇姫も頷き囁き返した。

竹林の向こうには扉を開いたままの裏三門があって、通りを隔てたその筋向かいに有馬家下屋敷の勝手口小門(通用門)が見えていた。

宗次と扇姫は、はじめ有馬家上屋敷へ向かったのであったが、藩士多数による屋敷まわりの警備が異様なほど厳しかったため、「何かあったな」と読んで下屋敷へやって来たのだった。

「疲れてはおらぬか扇《せん》」

「大丈夫です。兄上様がそばに居て下さいますゆえ」

扇姫は微笑んだ。宗次に「扇《せん》」と呼ばれて胸が熱くなるほど嬉しい扇姫であった。

「有馬家上屋敷を扇はどう見る」

「何か重大事があったに相違ありませぬ。只事ではない警戒ぶりでございました」

「ひょっとすると、私と扇の二人が有馬家上屋敷を訪ねると読んで、たとえば刺客などが先回りしたのやも知れぬな」

「だとすれば兄上様、目の前の下屋敷も危険、と見なければなりませぬ」

「だが避けてばかりでは、この兄と扇にまとい付く問題はいつ迄も解決せぬぞ」

「それは、その通りですけれど……」

如荅寺は、シンと静まりかえっていた。江戸の卯の刻と言えば、江戸城三十六見附《みつけ》の門や町木戸が開けられ、商家も動き出す刻限である。

尤も三十六見附の門の「三十六」とは、「多数の門」あるいは「主たる門」を意味するものに過ぎなかった。

なぜなら、江戸城の門の数は百近くにものぼっており、また「主たる門」の数も三十六にはとうてい合致しないからである。警戒あるいは見張りを意味する、見附と名付けたる赤坂《あかさか》見附や四谷《よつや》見附などの門の数もまた同じ。

「それに致しましても兄上様……」

と、扇姫はまわりを見まわして、少し眉をひそめた。

「この寺は妙に静かでございますのね。空が明るくなって参りましたのに、物音一つ致しませぬ」

「この寺は如苔寺という創建百年になる名刹《めいさつ》だったのだが、悲しいことに今は無《む》住《じゅう》でな」

「まあ、殆ど荒れてもおりませぬのに、無住でございましたか……」

「石灰岩を巧みに利用した日当たり良い庫裏《くり》の枯山水の庭などは、なかなかに見事なもので、しかも一面みどり美しいハマキゴケ（日本特有のコケ）に覆われておって、それを見に如苔寺を訪れる者が絶えなくてな」

宗次はそう言いながら、指先で如苔寺の字を宙に書いて見せた。

「それほどの名刹が、どうして無住寺となってしまったのでございますか」

「女だ」

「え？」

「女が原因したのだ。この如苔寺の住職が女体に狂うてしもうてな」

「まあ……」

「私とは絵仕事を通じての交流は一度もなかったのだが、非常に真面目《まじめ》ひとすじな温和で頭の切れる若い住職だったらしい。それがどうしたことか品川女郎の熟した女体に日夜狂うてしもうた」

「日夜……でございますか」

「そう。昼も夜もな。以来、この如苔寺《にょたいじ》は女体寺《にょたいじ》と人々から蔑《さげす》まれ、それが御《お》上《かみ》の耳に入って女犯《にょぼん》の住職は断罪。寺は無住のままとなった」

「にょぼん、とは何でございますの兄上様」

「お、若く純真無垢《むく》な扇はまだ知らなんだか。女犯《にょぼん》とはな、僧が僧の務めたる戒律を犯《おか》して女体と交わることをいうのだ」

「きっと魔《ま》が差したのでございますよね。その真面目ひとすじとかいう若い御住職……」

「魔が差そうが、日が差そうが、蚊《か》が刺そうが、僧たる者戒律を破ってはならぬ。だが現実にはこの江戸では殊《こと》の外《ほか》、女犯が多いらしくてのう。困ったことだ。剣客には剣客の、藩士には藩士の、幕閣には幕閣の戒律というものがあるのだが」

「幕閣には幕閣の戒律？」

「うむ」

「でも兄上様。戒律とは仏教の……仏の世界の言葉ではありませぬのか」

「つまり、尊《たっと》ぶべき戒《いまし》め事、と解すればよい」

「あ……はい」

「さて、そろそろ行くぞ扇。上屋敷のものものしい警戒ぶりに比べ、下屋敷の静けさがいささか気にはなるが……」

二人は、青竹に手綱をくり付けたアオとシバをその場に残し、足音を殺して竹林を出た。

宗次は裏三門の陰から、筋向かいに位置する有馬家下屋敷の勝手口小門を用心深く眺めた。

小門にはちょうど、龕灯提灯《がんどうちょうちん》を当てられたように朝陽《あさひ》が何故か丸く当たり出していた。

小門の脇には格子が入った物見窓があって、中間《ちゅうげん》で独《ひと》り者《もん》の老爺《ろうや》戸吉《ときち》がその物見窓を持つ小さな「番部屋」で寝泊まりしていることを、宗次は知っている。戸吉は口入屋から派遣された渡り中間ではなく、もう数十年に亘《わた》って有馬家に仕えている中間であった。したがって有馬家の家臣たちの戸吉に寄せる信頼は厚い。

暫《しばら》く、戸吉の「番部屋」にじっと視線を注いでいた宗次は、(はて……)と小さく首を傾げた。

宗次の背中に触れるようにして控えていた扇姫が「何かおかしいのでございますか兄上様」と囁いた。

「まだわからぬ」と宗次が小声を返す。

宗次は、扇姫が安堵できる場所は、生まれた時から育てられた家、有馬家の他にはあるまい、と考えていた。つまり育ての父、育ての母の手に扇姫を戻すことが、最も姫の幸せには近道である、と信じてやまないのであった。

むろん、この考えについては、扇姫もすでに同意している。

宗次が小声で言った。

「扇、まず私が下屋敷に忍び入って、あの勝手口小門を開けよう。動きの邪魔になるのでこれを預かっていてくれぬか」

「内部が見えませぬゆえ、お気を付けなされませ。ご油断ありませぬよう兄上様」

宗次が腰帯から抜き取った名刀童子切り安綱を右手で受け取りながら、不安そうに左手で宗次の腕《かいな》に触れる扇姫であった。

「大丈夫。心配致すな」

宗次はそう言い残すや、身を翻《ひるが》えした。

扇姫は宗次の刀を胸に抱《いだ》くようにして、離れてゆく宗次の背中を見守った。

宗次が、高さ六尺以上はあろう土塀の手前で、身構えも見せずいきなり跳躍した。

扇姫は目を見張った。まるで蝶が舞い上がるようにして、ふわりと土塀の向こうへ飛び越えたではないか。しかも、地を蹴ったときも、宙へ舞い上がった時も、土塀の向こうへ恐らく何事もなく着地したであろうときも、全く音を立てなかった。

兄上様は只者ではない、と判りかけてきていた扇姫にとって、それはまた重要なる一つの発見だった。いよいよ只の御人《おひと》ではない……と。

下屋敷の勝手口小門が細目に開いて、宗次が手招いた。

扇姫は通りの左右に人の姿が無いのを確かめてから、裏三門を出て、ごく普通の落ち着いた足どりで小門へと向かった。その方が、誰かに万が一見られていたとしても、不審感を与える事はないだろうという計算があった。

扇姫が小門を入ると、宗次は扉を静かに閉めて閂《かんぬき》を通した。

宗次の手に童子切り安綱を返した扇姫は、目を細めて奥へと広がっている庭を見まわした。

「なつかしいか」と、刀を帯に通しながら宗次が囁き、扇姫がこっくりと首を縦に振ってから矢張り囁いた。

「月に一度は母上様（有馬公御正室お円の方）の御供《おとも》をして下屋敷へ参り、必ず幾日か泊まって二人で御殿山《ごてんやま》（桜の名所）とか神社仏閣を観て回ったり致しました」

「そうか、この界隈《かいわい》は寺院が多いからのう」

宗次は再びそれが出来るようにしてやりたい、と思った。

「それにしても静かだこと。戸吉は元気にしているのでしょうか」

扇姫は思い出したように囁いて、小門脇の戸吉の「番部屋」へ視線を移した。

「中に居るのかもしれぬ。見てみよう」

宗次は「番部屋」の板戸へと足音を消して近付いていった。

扇姫は一応は用心して辺りを見まわしながら、左手を刀の鯉口《こいぐち》へと持っていった。甲州路で青装束の刺客たちに全く突然に襲われたとき、一人の刺客をも倒せなかったことが悔《くや》しくてならぬ扇姫だった。幼い頃から念流に打ち込んできた者として、腕には自信があったのだ。自分の腕は免許皆伝級だ、とも思っている。

それが、刺客の刃を受けた途端、その凄まじい打撃力でよろめき、崖から滑落してしまったのだ。

その無様《ぶざま》を誰にも知られたくなかったし、語りたくもないと思っている。

幸いなことは大好きな兄上様が、青装束の刺客に襲われたときの状況を、何故か殆どあれこれと訊ねないことであった。また青装束の刺客たちについても何一つ語ってくれず、また花房の里の者たちも一様に口が重かった。

一人の刺客をも倒せなかった負けん気の強い扇姫にとって、それは有難いことではあった。

（やはりこれは……静かすぎる）

扇姫は、不自然だ……、と思った。

「戸吉はおらぬな。室内はべつに、荒らされているとか、おかしい点はないが……」

そう言いながら、宗次が「番部屋」から出てきた。声の調子が普通の話し方に戻っていたので、扇姫もホッと肩の力《りき》みを緩ませた。

「のう扇……」

「はい」

「どうやらこの下屋敷からは人の気配が失《う》せておるぞ。かと言うて不審《ふしん》な気配が漂うているという訳でもない。今のところはな……」

「今のところは、と申されましたが兄上様。何か嫌な予感を覚えておられるのですか」

「今のところは、今のところ、ということじゃ。扇も武芸者であろう。文字や言葉に注意を奪われるのではなく、研《と》ぎ澄《す》ませた神気《しんき》でまわりを眺めるよう心がけなさい」

「はい。判りました」

「庭内を見て回ったあと、誰もいなければ屋内に立ち入ってみるとしようか。いずれにしろ今日はこの下屋敷で泊めて戴くことになる。扇にとっては久し振りのことであるな」

「今宵《こよい》ここで泊まれるのかと思いまするると、なつかしさで心が温かくなって参ります」

「そうか。さ、行くぞ」

「ねえ、兄上様……」

「ん？」

「手をつないでお宜しいですか」

「剣客というのはな扇……」

「ね、手をつながせて下さいまし」

扇姫は目を細めてそう言うなり、宗次の左手に自分の白い指を絡ませた。

「仕方のない剣客じゃな」

宗次は苦笑し、左手を扇姫に預けたまま歩き出した。

扇姫は幸せを感じた。疼《うず》くような幸せであった。

だがこのとき、恐るべき魔手《ましゅ》がジリジリと二人との間を詰《つ》めつつあったのである。鋭いキバを剝《む》いて。

二十八

宗次と扇姫は全く無人と化している下屋敷の、奥御殿の大台所に程近い二間《ふたま》続きの御客の間で何事もなく静かな日暮れを迎えた。

扇姫がお円の方と下屋敷を訪れた時に決まって寝泊まりする部屋だった。風呂場も広い廊下を隔てて向き合っている。

大台所には下屋敷奥御殿詰めの侍女たち及び上級家臣のための料理が、作りかけてそのままであったし、浴槽には水が張られ、此処《ここ》を〝宿〟に選んだ宗次と扇姫にとっては、まさしく恰好《かっこう》の場と言えた。

とは言え、大台所と浴槽が〝日常のかたち〟を見せたまま、下屋敷が全く無人と化しているのは、尋常ではない。

（下屋敷守《も》りの藩士たちはもとより侍女、中間、小者までを含めた全ての者が、有馬公の非常呼集で上屋敷へ向かったのであろう……）

と、思う他ない宗次であった。

「なかなか美味しかった。それにしても扇《せん》が料理を心得ているとは意外であった」

宗次は箸を膳に戻して相好を崩した。

「ほとんどが温めればいいだけの状態でございましたもの。扇《せん》でなくとも誰でも出来まする」

「風呂の湯加減もそろそろいい頃だろう。食後のひと休みが済めば入るがよい」

「兄上様から先にお入りなされませ」

「私が見守っていてやる。花房の里から馬を走りに走らせたのだ。安心して疲れた体を湯に預けなさい」

「はい……では、お言葉に甘えさせて戴きます」

「厩《うまや》のアオとシバも大人《おとな》しく静かだな。二頭ともなかなかに優秀な馬だった」

「ほんに、そうでございました。よく言うことを聞いてくれて……兄上様、私《わたくし》、シバを頂戴する訳には参りませぬか」

「さてな。花房の里と連絡が取れる機会が訪れれば、私の方から打診してはみようかのう。それまでは大事に面倒を見てやりなさい」

「はい。宜《よろ》しく御願い致します」

「間もなく日が落ちて江戸名物の〝大闇〟となろう。その前に庭をひと回りしてくるとするか」

「では私《わたくし》も参ります」

「いや、扇は食事の後片付けをして、風呂に入る心積もりでいなさい。屋内《おくない》で移動する場合であっても、油断せず大刀は腰に帯びているように」

「あのう……兄上様」

「なにかな」

「扇に真《まこと》のご素姓をお教え下さりませぬか。只の町人浮世絵師でないことは、もはや自明の理でございますれば、なにとぞ扇に兄上様のご素姓をお明かし下さりませ。ひとり、この扇の胸にとどめておきまする。決して漏らしは致しませぬ」

「うむ……」と、宗次は迷った。さすがの宗次も、(妹のように可愛い……)という感情が頭を持ち上げつつあった時だけに、振り切れぬ迷いではあった。ましてや相手は、四代将軍徳川家綱の姫君だ。

「その前に、もう一つお訊《たず》ねさせて下さりませ。兄上様のご素姓の全てをご存知の御人《おひと》は、今この世にいらっしゃるのでございましょうか」

「素姓の全てをか……うむ、ひとりいる。だが名は明かせぬ」

「では扇を、二人目にお加え下さりませ。お願いでございます」

宗次は暫《しば》し沈黙した。扇姫の安全を確実なものとするためには、もはや全責任を負うしかない、と覚悟を決めている宗次である。

それに何よりも、知れば知るほど純真で可憐《かれん》な人柄の扇姫であった。

この子を政争の犠牲にする訳にはいかぬ、という思いも強固となっていた。

「いいだろう。打ち明けると致そうか。そのかわり今後、如何《いか》なる場合であろうと私のことを町人絵師と思って接すること。約束できるかな。兄上様と呼ぶことも、二人の時だけじゃ……」

　宗次が厳しい口調で言い、険しい目つきとなった。

「できまする。お約束できまする」

「うむ。ではもう少し兄のそばへ来なさい」

「は、はい」

　扇姫は碗や小皿にまだ夕餉《ゆうげ》を少し残している高脚膳を回り込むようにして宗次のそばに近寄ると、綺麗な姿勢で正座をしている宗次に膝頭《ひざがしら》を横からくっつけた。くっつけたという形容以外には似合わない、なんとも幼い近寄り様《よう》だった。

　このような動き一つ取っても、宗次は扇姫が可愛くて仕方がなかった。

「扇は六十五年前の慶長二十年（一六一五）に生じた大坂夏の陣について、当然のこと学び知っていような。扇が生まれる、まだずうっと前のことだが……」

「豊臣家《とよとみ》が滅びた戦《いくさ》でございましょう。つまり徳川が事実上、天下を握った年でもありまする。すでに秀吉《ひでよし》様は亡くなっておられ、ご側室淀君《よどぎみ》様とそのお子でお世継ぎの秀頼《ひでより》様が豊臣天下を願っての戦でありましたけれど徳川には敵《かな》わず、母子ともに自害なされました」

「うむ、が事実はいささか違う」

「え？」

「淀君様、秀頼様ともに自害ではなかった」

「なんと申されます兄上様。淀君様秀頼様ともに自害でないとすれば一体……」

「大坂夏の陣が生じる二月《ふたつき》前、尾張《おわり》五十二万石が放った刺客集団の手によって、秀頼様は暗殺された」

「なんと、暗殺……と申されましたか」

「そう。暗殺じゃ。詳しくは申せぬが、極めて信頼度が高いとされる文献にこの兄が目を通して、直接に確かめたことじゃ」

「では淀君様は？」

「刺客集団の手によって密《ひそ》かに尾張へ拉致《らち》された。これから後については、庭を検《み》て回ってからゆっくりと話そう。わかったな」

「承知いたしました。では夕餉の後片付けを済ませておきまする」

頷《うなず》いた宗次は、少しぬるくなってしまった茶を静かに飲み干すと、脇に置いてあった刀を手に立ち上がった。

「兄上様……」と、扇姫が座ったまま宗次を見上げた。

「是非とも先にお教え戴きたいことがございまする。もし宗次というお名前が、世を渡るための仮のお名であるならば、真《まこと》の名を扇にお教え下さりませ」

「徳川宗徳《むねのり》。淀殿は私の曾祖母に当たり、三代将軍家光様は祖父に当たる……これでいいかな」

言い残して宗次は座敷を出た。

あとに残された扇姫は茫然となった。わが耳を疑う宗次の言葉であった。

扇姫の父、四代将軍家綱は、三代将軍家光の嫡子《ちやくし》として生まれており、つまり扇姫にとっても家光は祖父であった。

その余りの偶然の衝撃で、扇は座ったその場から立ち上がることも出来ず、やがて両の目から大粒の涙をこぼし始めた。

二十九

戸外《こがい》にはすでに江戸名物の〝大闇〟が訪れているであろうと思いつつ庭に出た

宗次は、思いがけない明るさに迎えられて夜空を仰いだ。

白い大きな月が頭上にあって、その穏やかな輝きを邪魔する雲の流れは一片もない。

月明りに助けられ、宗次はゆっくりとした足取りで庭を検《み》て回った。

有馬公ご正室お円の方から、「何時如何《いついか》なる場合も屋敷への出入り自由」を許されている宗次であったが、広い庭の全てを眺め知っている訳ではなかった。二十万石大名ともなると下屋敷とは言え、その敷地はさすがに広大である。

扇姫を屋内に残していることから、宗次は庭を検て回りながらも聴覚を研ぎ澄ますことを忘れなかった。

「いい庭だ。小堀遠州《こぼりえんしゅう》翁作の庭を思わせるような香気を感じる……」

呟いて宗次は足を止め、息を鎮《しず》めて月明りが降り注いでいるまわりを眺めた。

三十数年前に他界した小堀遠州（天正七年・一五七九〜正保四年・一六四七）は、豊臣家から徳川家三代様にかけて仕えてきた武人としても大芸術家としても知られた逸材であった。茶道・歌道・書道及び陶芸に長じ、造園に於《お》いても優れた感性を発揮するなど、浮世絵師宗次が学びの対象として尊敬する文人武将の一人でもある。

宗次はまた歩き出した。

が、いくらも歩かぬ内に、宗次は再び歩みを止めた。

どこからか「唐桃《アンズ》の花のもの……」と判るいい香りが漂ってくる。

この屋敷をこれ迄に幾度となく訪れて来た宗次であったが、唐桃を見かけたことはなかった。

この春の香り漂う穏やかさの中で、何としても扇姫のための安全を得てやりたい、と宗次は思った。

それにしても、とにかく広い庭であった。

参勤交代という制度的行為の無駄には、こういった巨大邸宅が従者の江戸生活のためにどうしても欠かせなくなってくる、と改めて思う宗次だった。

江戸幕府が江戸城を中心にして、その東西南北の近・遠に諸大名の上屋敷、中屋敷、下屋敷を置いたのは、「おそらく江戸城もしくは江戸防禦のためではないか」と宗次は読んでいる。

たとえば品川の海に近い有馬家下屋敷をはじめとする諸大名の屋敷は「海岸防禦」の性格を有しているのでは、という具合にである。

尤《もつと》も、敵は何処其処《どこそこ》の誰彼《だれかれ》、という論拠には極めて乏しいのだが。

江戸に於けるこれら諸大名の屋敷の定着を促進させたのは、寛永《かんえい》十二年（一六三五）に改定して発布された「武家諸法度《ぶけしよはつと》」による参勤交代の〈制度化〉であることは明らかだった。

しかし宗次は、それ以前の慶長二十年（一六一五）のいわば旧「武家諸法度」の第九条に「諸大名参勤作法之事」と定められているのを学び知っていたし、さらにそれ以前に溯《さかのぼ》っては、家康公が天下の覇者《はしや》となった時点から諸大名の天下様《てんかさま》に対する〝自発的参勤交代〟がすでに生じていたことも亡父が残してくれた文献を読むなどで把握していた。

この〝自発的参勤交代〟の有用性を認識した覇者家康公が、次第に強制的な雰囲気を強めてゆき、その結果として、慶長二十年の旧「武家諸法度」の「諸大名参勤作法之事」へとつながっていったのであろう、と宗次は思っている。

また慶長の旧「武家諸法度」には「多数臣下を引卒せぬこと」とあって参勤規模の大行列化が抑えられており、また寛永十二年の改正「武家諸法度」にも「参勤の大行列化は周辺人民に迷惑を及ぼす」という意味のことが記されていることなどから、「参勤交代は諸大名の体力を弱めさせようとする幕府の謀略だ」とする外様大名らの地下に潜《もぐ》っての幕府批判は当たっていない、と宗次は確信してもいた。

事実、徳川幕府は新旧「武家諸法度」にとどまらず、参勤行列の臣下抑制については度々に亘《わた》って通達（法令）を出している。それにもかかわらず行列の威風堂堂化はむしろ諸大名の間に競争的かつ自発的に拡大していったと思われるのであった。わが藩こそは、とばかりに。

「有馬公のご行列は極めて質素、とは耳にしているが……」

殿舎を左横に見て呟いた宗次は、ふっと歩みを緩め、思わず左手を童子切り安綱の鯉口へと持っていった。ほんの一瞬ではあったが、何かが動いたような気配を捉えたからだ。

宗次は月明りの向こうへ目を凝《こ》らし、耳を研ぎ澄ませて暫くの間、息を殺した。

だが、不審な気配はとくに感じられなかった。

「風……であったか」

宗次は微細な稲妻《いなずま》に打たれでもしたかのような、己れの五体に広がっている硬さをそっと緩めていった。

考えてみるまでもなく、このところ満足に眠っていない。

さすがに少し神経が疲労し出したか、と宗次はひとり小さく苦笑した。

庭には大型の石灯籠が規則正しく考えられた位置に幾つも設けられているが、もちろん中に立てられている蠟燭《ろうそく》には炎《ひ》は点されていなかった。

また、充分な月明りでその必要もない。

宗次は殿舎をひと回りするかたちで庭を見終えると、勝手口小門を入って正面に位置している勝手口玄関の式台に腰を下ろした。

こぢんまりとした玄関式台である。

「はて先ほどのは……本当に風であったのか」と、宗次は首をちょっとひねった。少しの寝不足ぐらいで己れの五感が狂うとは思えなかった。己れの積み重ねてきた鍛練が、どれほど苛酷なものであったかは、誰よりもよく判っている宗次だ。

「たとえ風であったとしても……あれは……西から東へと走ったな」

呟きながら宗次は、月明りの中へ指先で下屋敷の形状を描いて見せ、斜めに横切るかたちで風の矢線を走らせた。

その矢線が、扇姫がいる御客の間を貫《つらぬ》いたかも知れぬと判って、宗次は立ち上がり雪駄《せった》を脱いだ。

だが式台から先へ行きかけて、宗次は思い直したように戻り雪駄を履《は》き直した。玄関から御客の間へと続く廊下の鴨居《かもい》のところどころには、宗次が掛けた行灯が明りを点している。

その明りを避けた宗次は、庭伝いに御客の間の裏側へと回った。

御客の間は細長い路地土間——屋根の無い——を挟むかたちで局《つぼね》部屋（腰元部屋）と並んでおり、この路地土間の二か所に御客の間と局部屋をつなぐ長さ二間《けん》ばかりの短い渡り橋が架けられていた。

宗次が、足音を忍ばせてその路地土間へと入っていく。

障子に、扇姫の後ろ姿と判る影が映《うつ》っていた。

宗次は先ず真っ暗な無人の局部屋を巻いている広縁にそろりと上がり、扇姫の影を正面に捉える位置に佇《たたず》んだ。

そこは二つの部屋を結ぶ渡り橋の渡り口でもあったのだが、宗次はその渡り橋を通って御客の間に近付く積もりはなかった。

この下屋敷が質素ながら非常に頑丈な造りであることを承知している宗次は、ほとんどの廊下がひと軋《きし》みさえもせぬことを経験している。

「屋内自由勝手」をお円の方から許された宗次が、この屋敷での絵仕事の合間に侍女に案内され、あるいは事前に御正室の許諾を得て自分勝手に見て回った部屋の数は大小合わせて三十三を超えていた。

その間《かん》に廊下の軋みに注意を払うことを忘れなかったのは、剣客としてのごく基本的な心構えではあった。

だが、屋内の数か所に確かあったと記憶している渡り橋については、一度として通らなかった。経験的に屋敷内の「渡り橋は必ず軋む」と判っているからである。とくに虹《にじ》状の曲線を描く太鼓橋《たいこばし》は、その造り様《よう》のちょっとした特徴で足音の殺し業《わざ》が利《き》かなくなるため、曲者《くせもの》であった。

宗次は暫くの間、扇姫の影を見続けた。

しかし、身じろぎ一つしない。いい意味では武芸者らしく泰然《たいぜん》と、悪い意味では金縛りに遭《あ》ったように全く動かなかった。

宗次は局部屋のかなりの長さがある広縁に沿って、遠まわりするかたちで御客の間へと近付いていった。足音を見事なまでに消している。

屋根を持たない路地土間は、その広縁がコの字状となって御客の間の広縁とつながっている所で、尽きている。

宗次の足が、御客の間の広縁へと移った時であった。いや、その瞬間を待ち構えていたようにと言い改めるべきであろうか。

御客の間の障子が開いて月明りが斜めに差し込む広縁に扇姫が現われ、そこに宗次がいることを当初から承知していたかのように真っ直ぐに見て軽く頭を下げた。その美しい面《おもて》は硬く、顔色は月明りのせいか真っ白だった。

宗次は扇姫の腰から両刀が消えていることに気付いて、(抜かった……)と思った。そのことだけで、客間が尋常でない事態に陥っていることが想像できた。

もう足音を消す必要などはない。

宗次が足取りをやや速めて扇姫に近付くと、「申し訳ございませぬ」と扇姫が肩を落として謝り下唇を嚙んだ。

宗次は、扇姫の肩越しに、客間に泰然と正座する白髪の老人を見た。見たことのない老人だ。

行灯の明りを受けて、異様とも言える眼光である。しかし表情そのものは柔《にゅう》和《わ》であった。

宗次が御客の間に入り、その後に扇姫が従って障子を静かに閉じた。

二人は、間を六尺ばかり空けて白髪の老人と向き合い正座をした。

老人は右に黒柄の大刀を置いて、腰に帯びているのは赤柄の脇差《わきざし》だった。

宗次は、当然のこと扇姫がその老人を紹介してくれるものと待ったが――ほんの二《ふた》呼吸か三《み》呼吸の間ではあるが――扇姫は口を開かず、視線を自分の膝に落としていた。

老人が口を開いた。

「ご立派になられましたな宗徳様。さすが大剣聖梁伊対馬守様がお育てになられただけのことはおありなさいまする」

老人は言い終えて慇懃《いんぎん》に頭を下げた。綺麗な御辞儀《おじぎ》であった。

一面識もない老人の言葉に宗次はさすがに驚いたがそれを言葉にも表情にも出

さず、老人の着ているものに無言のまままつい眼差《まなざ》しを注いだ。

一番表側は少し緑がかった青の肩衣半袴《かたぎぬはんばかま》である。当たり前なら、肩より少し下、胸より少し上のあたりに家紋が入っているのであったが無紋の肩衣だった。

また肩衣半袴の下には茶色の熨斗目《のしめ》（縦糸は生糸、横糸は練り糸の織物）を着ていたが、これも無紋だ。

ただ宗次にとって、見逃せないものがあった。茶色の熨斗目の両袖口が三本の銀線によって刺繍されていたことである。

「扇、目の前の御方《おかた》は私を存じておられるようだが、何処のどなた様じゃ」

宗次は老人から視線を外して、隣の扇姫を見た。

「まだ名乗って戴いてはおりませぬ。また、こちらからお訊き致してもおりませぬ」

「扇がこの客間へお通ししたのか」

「いいえ、私《わたくし》が気付いた時にはそこに座っておられ、ハッと身構えようとした時には腰の大小を奪われておりました」

「皆伝級の腕である筈の扇が、何の抵抗もせずに腰の大小を奪われたというか」

「は、はい。申し訳ありませぬ」

「わかった。もうよい」

宗次は老人へ視線を戻した。

「御老体、まず名乗って戴きたい」

と、穏やかな口調の宗次だった。が、目つきは険しい。

「関澤照玄《せきざわしょうげん》。年齢《よわい》八十六になる」

字綴《じつづ》りまで語る老人の声もまた物静かであった。

「八十六……」

「左様《さよう》じゃ」

「何処からどのようにして、この座敷へ入られたのか」

「ふふふ……風のように雨戸の隙間から」

「真面目にお答えなされよ」

「真面目じゃ」

老人はやわらかな笑みを見せながら自分の背側に右手を回すと、扇姫から奪った大小刀を姫の方へ滑らせた。

「女子《おなご》といえども、腰に両刀を帯びたなら、常に死の覚悟が必要じゃ。それが重荷なら、普通の女子《おなご》に戻りなされ」

老人に言われた扇姫は、大小刀を自分の膝前に引き寄せて悔しそうに相手を睨みつけた。

宗次が言った。穏やかさを失っていない口ぶりだった。

「袖口に三本の銀線刺繡の入った熨斗目の上に、しかも青の肩衣半袴を召しているということは、甲州路で扇の行列を襲った青忍びの頭領といったところか」

「その通り……」と老人は頷いた。隠しておく必要など、さらさら無いといった感じの頷き様《よう》だった。唇にまだ笑みを残している。

そして、老人は続けた。

「宗徳様のご素姓について、扇姫様はまだ詳細をお知りではなかったので、儂《わし》から詳しくご説明させて戴きました。扇姫様の驚きは大層大きゅうござったのう」

「ご老体は、今は亡きわが父を存じておられるのか」

「はい、よく存じ上げておりまする。も少し若い頃じゃが三度ばかりお目にかかったこともありましてな。武芸だけではなく、人間としても実にご立派な奥の深い御方であられた。今でも儂は尊敬致しておる」

「も少し若い頃とかに会ったその三度というのは？」

「果たし合いじゃ。道場での真剣による果たし合いじゃった。きちんと二人の立会人を揃えてのう」

「それで？」

「三度とも勝負はつかなんだ。つかなんだことが、その後の儂の大きな誉《ほま》れとなってな。つまり梁伊対馬守様とは、それほど大きく凄い御方であられたのじゃ」

「ご老体はもしや、尾張の忍びか」

「左様。尾張柳生の忍び群を統率し、且《か》つ今はご大老酒井様の指揮下に組み入れられて諸流派より選《え》りすぐりの青忍びを統率してもおる。むろん、尾張の藩公もご承知の上じゃ」

「矢張りそうであったか。しかし、そのような大事《だいじ》を我我に打ち明けて宜しいのか」

「なあに構わぬ、面倒は今宵で終わりじゃからのう」

「つまりは、私と扇を片付けるために、この屋敷へ参ったということか」

「お覚悟なされよ宗徳様。不憫《ふびん》この上もないが、あなた様は将軍家や尾張徳川家に僅《わず》かな歪《ゆが》みが生じてさえ、後継者の立場へと浮上できる方《かた》なのじゃ。しかし、それでは困る、と叫ぶ権力者が誠に多い。あなた様にその気がなくとも、あなた様の存在自体が権力者にとっては目ざわりなのじゃ」

「つまり、此度の扇の行列を襲撃した騒動は、徳川宗徳暗殺の好機でもあると言いなさるのか」

「まさしくご賢察。浮世絵師宗次として自ら扇姫様に近付きなされましたのでな。確かに好機と捉える権力方《がた》もおられましたわい。それも幕府内というよりは、尾張藩中にな……」

「だが、ご老体。この宗徳、いや浮世絵宗次は、まだまだ死ぬ訳には参らぬよ。扇とて同じじゃ。ご老体こそ大人しくこの場より消えなされ」

「もし儂が敗《やぶ》れることあらば、影の右腕ともいうべき儂を失ったご大老酒井様はおそらく力を落としなされて権力の座より自ら降り、したがって扇姫様には安堵が訪れることになりましょう。これはご大老酒井様が自ら儂に対し漏らされたことじゃ。しかしまあ、そのようなことにはなりますまい」

白髪の老人関澤照玄はニタリとすると、脇に置いた黒柄の大刀を手にしてゆっくりと腰を上げた。

背丈は宗次ほどもあろうか。年に似合わぬがっしりとした体つきである。

宗次も立ち上がり「心を研ぎ澄ませて見分しなさい。私が敗れても泰然としておられよ」と扇姫に告げた。

扇姫も頷いて立ち上がった。

関澤照玄が言った。

「宗徳様。儂が敗れるようなことは万が一にもありませぬが、もし敗れたならその亡骸《なきがら》は品川の海に沈め、魚にでも食わせてやって下され」

「承《うけたまわ》った」

「勝負はこの屋敷の庭をお借りするということで、異存ありませぬかな」

「異存はない」

「宜しい。では参ろうか」

関澤照玄から、座敷を出ていった。

宗次は関澤照玄の背に声をかけた。老人を労《いたわ》るような優し気な口調であった。

「ご老体を倒せば、ご大老酒井様は自ら権力の座から降りられる、というのは真《まこと》ですか。偽りではありませぬな」

「笑止。この儂が宗徳様ごとき青二才の剣法に敗れると思うてか。宗徳様には青忍びの一騎当千多数を倒されたのじゃ。その恨《うら》みがどれほど凄まじいか、間もなくお判りになろう。扇姫様ともども、この儂に八つ裂きにされることを覚悟なされよ」

それ迄とは全く声の調子を変えた激しい口ぶりで言い終え、ギリッと歯を噛み鳴らす関澤照玄だった。

宗次はようやく、目の前の老人の本性を見たように思った。

三十

何処からともなく馥郁《ふくいく》たるアンズの花の香り漂うてくる月下の庭で、宗次と青忍びの頭領関澤照玄は凡《およ》そ三間《げん》を空けて向き合った。

「参る……」と告げて先に刀の柄に手をかけたのは照玄であった。

宗次は相手の足元に注意を払って、まだ動かない。

照玄の鞘が刃にこすれて、チリリと微かに小さく鳴った。

「三年前の秋、藩公徳川光友《みつとも》（尾張二代藩主、一六二五〜一七〇〇）様より直直《じきじき》に頂戴せし小龍景光《こりゅうかげみつ》（現・国宝、東京国立博物館蔵）じゃ。宗徳様の実のお父上より下賜《かし》されし刀で立ち合うことになろうとは……運命とは皮肉なものじゃの」

そう言いつつ白髪の照玄は、小龍景光をピタリと正眼に構えた。

宗次の視線はと言えば、まだ相手の足元に注がれたままである。

手を刀の柄に触れさえもしていない。

忍びと対決するとき、その足の恐ろしさを充分以上に知り尽くしている宗次であった。その稲妻のごとき足の動きは刀よりも恐ろしい、と認識している。

相手の刀小龍景光に、南北朝時代の名将楠木正成《くすのきまさしげ》（一二九四〜一三三六）の佩刀《はいとう》伝説が付きまとっていることは、宗次も剣客として学び知ってはいた。

だが、その名刀が実の父である尾張藩公の手元にあったとは、むろん今の今まで知らなかった。尤も、尾張藩公を、実の父だなどと、針の先ほども思っていない宗次である。

大剣聖であり揚真流兵法の開祖である従五位下・梁伊対馬守隆房こそ「実の父」と〝確信〟して已《や》まない宗次だった。名刀小龍景光の名は、その「実の父」が残してくれた多数の文献の中の「刀匠列位名鑑」に見られた。

主として平安朝後期から戦国期中期について述べられた大層厚い文献であったが、誰の編纂《へんさん》であるかは不明である。

「どうなされた宗徳様。刀を抜きなされ。それともここに来て恐れをなしたかな」

相手の言葉を聞き流して、宗次は矢張り両手を下げたまま白髪の老人の足元を見続けた。身じろぎもせずに。

扇姫は広縁に座し息を飲んで月下の二人を見守った。

老人の切っ先が静かに上がって大上段となった。

扇姫は、忍びである筈の老人の大凡《おおよそ》忍びらしくないむしろ剣客と称してよい切っ先の動きに、宗次の不利を感じて掌《てのひら》に汗を覚えた。

「こいっ。若僧」

老人がついに大喝《だいかつ》し、扇姫は思わずビクンとなった。それまで慇懃であった老人の「こいっ。若僧」であった。これこそが目の前で大上段にふりかぶった老忍びの本性であろう、とさすがの女武芸者にも判った。

ただ、ここで扇姫には見抜けていないことが一つあった。それは尾張柳生忍びの総帥であり青忍びの頭領とまで言われている老人の足が、「動いていない」のではなく「動けていない」という驚くべき事実だった。

実は己れの足元に注がれる宗次の視線に老人は圧倒されていたのである。

老人の位置、つまり宗次に正対する位置から見る「若僧」の両眼は、月明りを吸って猛虎を思わす強烈なギラつきを放っていたのであった。

それが、広縁の扇姫には、そうとは見えていなかった。宗次がどうにも不安気に、ふわりと立っているようにしか見えていなかった。

「参れっ、若僧」

再び老人は大喝し、大上段の切っ先をスウッと正眼へと下げ戻した。

宗次の視線がようやくのこと上がって、老人と目を合わせる。

これで老人は、圧倒されていたことから解き放された。

沈黙のまま宗次の左手が童子切り安綱の鯉口に触れ、左足がほんの少しさがる。

宗次の雪駄の裏で、小石がジャリと鳴るのを扇姫ははっきりと耳にした。

かなりの間、宗次の動きはそのまま止まっていた。まだ構えに入り切っていないそのままで。

それに対し老人の構えは、扇姫には恐ろしいまでに完璧に見えた。

膝の上で固く手を握りしめ、扇姫は見守った。

やがて、宗次の左手が童子切り安綱をごく僅か、腰帯より引き上げた。そして右手五本の指をバラリと開いて前方に突き出し、舞台役者のように「ちょいとお待ちなせえ」を演じる。

正眼構えの老人が右足を引き腰を沈めつつ、刀身をゆっくりと反転させ、刃の天地が逆となった。

夜空に浮かぶ春の月を斬ろうとでも言うのか。

扇姫は固唾《かたず》を飲んだ。これこそが「必殺」の強い意思を抱いた一対一の対決なのだ、と心が震えた。膝先も震えた。息苦しくもあった。

「兄上様、ご加勢を……」と叫びたいのを、扇姫は懸命にこらえた。

こらえねば、宗次の面目《めんもく》というものが永遠に毀《こわ》れたままになる、と思った。賢明な判断だった。

宗次の端整な貌《おもて》が、扇姫には極度に強張《こわば》っているように見えた。

それに反して白髪の老人の威風堂堂たる身構え、これでは余りにも力の差がある、と悲壮感が膨《ふく》らんだ。

兄上様が敗れたなら次は私が立ち合う、扇姫は自分にそう言い聞かせた。

しかし宗次の極度に強張っているかに見える貌《おもて》は、五体の全感覚を「殺《さっ》」なる強固な意思へと集中させている事の証《あかし》であった。

宗次の若い五体は今、恐るべき相手を前に置いて、ギリギリと軋み出していた。血は煮えたぎるために熱さを増し、筋肉という筋肉は肉体の深奥を凶刃から守らんがために、鋼《はがね》の硬さに向け小さく痙攣《けいれん》し始めつつあった。

これが梁伊対馬守が宗次に授《さず》けた揚真流剣法であった。世の剣客たちから「撃滅剣法」の名で恐れられ敬《うやま》われてきた揚真流剣法であった。

老人が音なく間を詰め出した。足の裏で小石は鳴らない。まるで氷の上を滑るかのように三尺ばかりを詰める。

と、宗次も「ちょいとお待ちなせえ」のまま二尺ばかりを詰め、ようやくのこと腰を沈めた。そして、バラリと開いた五本の指が、枯れた小枝を折るような乾いた音を発しながら、親指から順に閉じられていき、拳となる。

相手の拳が真っ直ぐ己れの顔面に向けられたことで、老人の厳しい顔が何かを予感したかのようにハッと動いた。

（早く刀を抜いて下さい兄上様）

と、扇姫は胸の内で声にならぬ叫びを上げた。次の瞬間には、宗次の手足が斬り飛ばされているように思えてならない。

一気に攻めかからぬ老人の緩やかな動きにも、扇姫は苛立った。

老人の緩やかさが、宗次に構えを遅らせているように扇姫には見えた。

そこに道場剣法と格闘剣法の決定的な違い、〈差〉があることに扇姫は気付かなかった。扇姫は宗次の肉体に、父であり師である梁伊対馬守から付けられた無数の創痕《そうこん》があることをまだ知らない。

真剣を手にしての修練によって付けられた刀傷だった。

その創痕を知るのは、たった一人。

これ迄の幾多の事件で宗次が受けた傷を手当じてきた「夢座敷」の女将幸だけである。

尤も宗次の日常生活に於ける主治医である蘭方の名医柴野南州《しばのなんしゅう》は別として。

「死ねいっ」

老人が怒声を発し、一気に半間ばかりを詰めて双方の隔たりが狭《せば》まった。

と、同時に宗次が拳を柄頭《つかがしら》へと持っていく。その拳が柄を通すほどの穴を拵《こしら》えていることに気付いているのは、宗次自身だけだった。

その通り。

拳は童子切り安綱の柄を一寸ばかり静かに吸い込んで止まった。つまり柄の頭の部分を摑むかたちとなって止まったのだ。真剣を鞘から抜き放つためには最も不安定な位置を摑んだ、ということだ。ただ、袖口から覗く宗次の手首から肘にかけては幾本もの鋼のような筋《すじ》を激しく膨らませ、そのために皮膚は著《いちじる》しく紅潮していた。

刃を天地逆構えとした老人の切っ先が、地に向けて次第に下がってゆき右脚を充分に引いて腰を深く沈めたその姿の美しさに、扇姫はおののきつつ見とれた。

宗次は何と、まだ抜刀しない。だがもし、この場に今は亡き大剣聖梁伊対馬守がいたなら、目を細め穏やかに頷いたことだろう。それでよし、と。

老人が再び詰めた。宗次が抜刀したなら双方の切っ先が軽く触れ合わんばかりの位置だ。

月明りは一層皎皎《こうこう》として白夜《びやくや》の如し。

「参る」

ついに宗次の口から出て、扇姫は震えあがった。怯《おび》えは最高潮に達していた。甲州路でそれこそ雲霞《うんか》の如く襲いかかってきた青忍びの剣の嵐が脳裏に甦《よみがえ》って消える。

柄頭を摑んで宗次が抜刀を始めた。始めた、と形容する他ないほど、それは遅遅たる滑り様《よう》だった。視線はまたしても老人の足元を捉えている。

童子切り安綱の刀身が切っ先を残してほぼ鞘の外へ出たかと思われたとき突如、雲一つない夜空の東から西へ向かって、一条の稲妻が音もなく走って白夜が刹那《せつな》、真昼と化した。

その中で扇姫は、老人の刀が大蛇のようなうねりを見せて宗次の喉笛に挑みかかるのを見た。凄まじい速さだった。

扇姫が胸の内で叫び、反射的に両手で顔を覆う。

ガチン、バン、バン、ザンッと、鋼対鋼の激突とはとうてい思えない、まるで数梃の種子島《たねがしま》を一斉射したような音が扇姫の耳に届く。

怯えを振り払って扇姫は、顔を覆っていた両手を下ろした。

なんという事であろうか。対決する二人の構えは下段対片手正眼で静止しているというのに、二人に挟《はさ》まれた中空《ちゅうくう》には青白い小さな火花が蝶《ちょう》のように舞い残っていた。

扇姫も皆伝級の武芸者である。その光景から双方の間に速さの常識を超えた猛烈な数合の打ち合いがあって、それよりも遥かに遅れて火花が舞ったらしい、と判った。

これは見逃してはならぬ、見届けねばならぬ、と扇姫は己れに言い聞かせた。

扇姫はしっかりと目を見開き、膝頭を両手でわし摑みにした。

だがその直後、扇姫の口から「あ……」と小声が漏れた。

月明りを浴びている宗次の右の頰から、細長い何かがツウッと流れ落ちるのが認められた。

（血……）

と判って扇姫は脚に置いた刀を摑むや思わず片膝を立てた。

けれどもそれを抑え込む光景が直後に続いた。

青忍びの頭領関澤照玄の眉間《みけん》からも、糸のようなものが伝い落ち鼻筋を通って上唇の上で横に広がったのだ。

双方ともお互いに、浅くであろうが皮膚を割られていたのである。

扇姫は座り直し、（刀の柄を両手でお持ち下さい兄上様……）とかたちよい唇をわなわなと震わせて念じた。

が、このときになって扇姫は奇妙なことに気付いた。

見事に美しい下段構えと間違いなく見えている老人の切っ先、楠木刀《くすのきとう》の伝説がある名刀小龍景光の切っ先が、僅かにではあったが波打っているのだ。

「……その震えを剣の邪念鳴動《じゃねんめいどう》という」

扇姫は念流の師でもある〝有馬の父〟豊信公や、〝有馬の母〟お円の方の父親加東備前守忠介から、そのように教わったことがある。

それに対し、柄頭を右片手で持つ不安定この上もなく見える宗次の正眼構えは、名刀童子切り安綱の切っ先を針の先ほども乱していない。

白夜のような明るさだけに、武芸者扇姫にはそれがはっきりと窺《うかが》えた。

それが窺えたというのに、扇姫には矢張り関澤照玄の構えに、圧倒的なものを感じた。

一陣の冷たい風が庭を吹き抜けて、老人の白髪が夜空に向けてバアッと逆立《さかだ》つ。

「こぬかっ……小童《こわっぱ》」

吼《ほ》えて老人は、下段構えの小龍景光を素早く右肩へ引き寄せるや、八双《はっそう》上段の構えを見せ、これまた扇姫を（凄い……）と内心唸《うな》らせた。

豪快にして流麗な構えである。そのまま宗次に肉迫して打ち下ろせば、宗次の片手正眼は童子切り安綱を容易《たやす》く取り落とすのではないか、とさえ思われた。

宗次は依然として右片手正眼。

「おわりじゃっ」

言い放って老人が地を蹴った。

宗次が半歩を踏み込む。

扇姫はここで臆してはならじ、と二人に向けた目を大きく見張った。

月下で名刀と名刀がギンッギンッギンッと鼓膜を破らんばかりの音を発して数合を打ち合い、火花が四方へ散乱。

一瞬とも言うべき激烈な速さのぶつかり合いを終え、老人と宗次がふわりと跳び離れる。

けれどもそれは、老人の宣戦布告に他ならなかった。それ迄が単なる〝様子見〟であったことを、老人の矢のような変化の速さが扇姫に教えた。

跳び離れたと思われた刹那、老人は信じられない速さで宗次に挑みかかっていた。後退と前進が殆《ほとん》ど同時とも言うべきそれは、まさしく一流の忍び業《わざ》のそれだった。宗次が相手の足元を注視した理由《わけ》がそこにあった。

夜気が衣を裂くような鋭い音を発し、老人の小龍景光が宗次の右腋に滑り込んで掬《すく》い上げる。シュッという背すじの寒くなる音。

意表を衝《つ》かれて危うく避けた宗次が左へ大きくよろめき、その避けた体を支えた左脚を名刀小龍景光がまたしても閃光のように股間に滑り込んで掬い撥《は》ねた。

ブンという唸り音。

僅差《きんさ》で避けた宗次であったが、たまらずもんどり打って横転。

しかしさすが宗次。猫足立ちでしなやかに体を起こしたところへ、逃がさじと小龍景光が半回転して宗次の顎を抉《えぐ》った。

白夜に血しぶきが舞い飛び、扇姫が（ああっ……）と右手で口を押さえ左手で刀をわし摑みにする。

老人の刀が刃を天地逆転にした理由《わけ》を、扇姫はようやくのこと飲み込めた。

宗次が片手正眼のまま、よろよろと大きく退《さ》がる。

「刀を両手でっ」

扇姫はついに叫んだ。叫ばずにはおれなかった。

だが老人の攻めは壮烈《そうれつ》を極め、宗次の左手が柄へ伸びることさえ許さない。

近接戦へと持ち込んだ老人が低い位置から、それこそ鉄砲玉を撃ち込むかのように胴、胴、胴、胴と連打。

童子切り安綱がガチン、ガン、ガンと懸命に受ける、また受ける。

二人を包む無数の朱《あか》い火花。

たまらず扇姫は広縁から素足のまま飛び降りて鯉口を切った。

「ならぬ。大人しく見ておれ扇」

なんと、顎から下を血まみれにして雨あられの如き老人の連打に耐える宗次が、扇姫に白い歯を見せた。

笑ったのだ。見間違いではなく、月下で確かに笑ったのだ。

その不敵な笑いが影響を及ぼしたのかどうか、老人が後方へ飛燕《ひえん》の如く跳躍した。

宗次が月を仰いで、大きく一度だけ息を吸った。驚いたことに片手正眼は崩れていない。

「これからを、ようく見ておれ扇」

告げられて扇は宗次としっかり視線を合わせ「は、はい」と頷いた。

宗次が老人へ視線を戻す。

「揚真流奥傳《おくでん》巻之七　双《ふた》ツ竜《りゅう》その三、斬雪《ざんせつ》」

顎の先から血を滴《したた》り落としながら、宗次はゆったりとした口調で老人に告げた。優しい響きさえ感じさせる告げ方だった。

「双ッ竜……」

と老人が呟き返す。

宗次は黙って頷き、あろうことか刃の天地を静かにゆっくりと逆転させた。

「愚かな真似を……」

と老人の鼻先がフンと膨らみ笑う。嘲《あざけ》ったように。

宗次は左脚を引いて腰を深めに沈め、今度は左手五本の指を矢張りバラリと開いた。それは、中空に浮かぶ何かを摑み取りでもするかのような左手の高さであり、指五本のかたちだった。中ほどの関節で指五本が軽く鉤《かぎ》状に曲がっている。

刃を天地逆転させた右片手正眼は切っ先を老人の喉のあたりに向け、微動だにしない。

見つめる扇姫はこの時になって、宗次の構えに一貫して揺るがぬ一つの哲理、つまり剣学の奥深い道理の輝きがあるように思った。

(何かが起きる……)

とゾクゾクするものに襲われ出した扇姫である。

「斬るっ」と吐いて、老人が二歩を詰めた。

宗次が右片手正眼のまま退がる。

そうはさせじ、と老人の詰めが勢いを増した。

宗次がまた退がった。構えを微塵《みじん》も崩していない。風に吹き流される枯葉のように力みなく軽やかに退がっている。扇姫には、そのように見えた。が、不安は逆に膨らんだ。宗次の顎から滴り落ちる血が、勢いを増しているように扇姫には見えた。

「退がるなっ。小童《こわっぱ》」

宗次の後退に堪忍袋の緒を切ったのか、怒声を発するなり老人は白夜に跳躍。

それを待ち構えていたかのように、宗次も白夜に躍った。

月下で二つの影が宙で衝突するドスンッという衝撃音。

その衝突の中、刹那的な速さで二本の名刀が激突を繰り返し、バチバチバチッと火花が音立てて宙の四方へ飛び散った。

その火花を浴びて潜り抜けた二つの影が、背を向け合って着地。

だが、それは見つめる扇姫の勝手な想像でしかなかった。いや、それは当たり前の範囲の想像としては、自然であった。

その扇姫の想像を宗次が着地のはるか手前で打ち破る。全身を丸く縮《ちぢ》めてくるりと回転するや猫のように爪先《つまさき》で着地し、老人がふわりと地に足を着けた瞬間には一気にその背に迫っていた。それはまるで「宗次こそ忍び」を思わせた。

童子切り安綱が弧《こ》を描いて唸る。何かを摑まんとする左手五本指の〝鉤状〟はそのままだ。

「おおっ」と老人が横っ飛びに危うく避けた。

避けたがこのとき、食いつくようにして離れぬ宗次の左手が老人の腰から脇差を奪った。

「おのれっ」

と老人が、宗次の左手首に小龍景光を恐ろしい形相《ぎょうそう》で打ち下ろす。

だが絡み合う激烈な近接戦は、老人の刃の的《まと》を狂わせた。

切っ先が宗次の左手首ではなく、左肩から胸にかけてを斜めに走った。

宗次の顔が「うっ」と歪んだ。歪んだが全身の勢い全く衰えず、左手にある奪った脇差が老人の下顎を突きざま一回転して跳ね上げるように抉った。

「ぎぎっ」

老人はは じめて不気味な呻《うめ》きを発しながら退がり、殆ど反射的に小龍景光を宗次の右脇腹に打ち込んだ。

その閃光のような、老人らしからぬ容赦《ようしゃ》ない物凄い速さに、扇姫が顔をそむける。正視できなかった。

宗次の左手の脇差が敵の刃を受けてガチンと鳴り、刃が細かく砕けて白夜に舞った。

反撃を許さず、と小龍景光が二撃、三撃を信じられない速さで連続させた。光であった。稲妻であった。

脇差が悲鳴をあげる、またあげる。

その目に見えぬ速さの三撃目で、脇差が鍔元《つばもと》から折れて金属的な悲鳴と共に吹き飛んだ。

「いえいっ」と、四撃目を老人が放つ。

大きく踏み込んだ宗次の童子切り安綱が老人の右腋に滑り込んで、切っ先をひねり上げた。

「うむっ」

「ぐわっ」

双方苦痛で顔を歪め、宗次はぐらりと片膝つき、老人の右腕は小龍景光を握ったまま体から二間以上も横っ飛びに離れた。

ひと呼吸と置かぬ内に、老人の肩から激しい勢いで鮮血が噴《ふ》き出し、老人が後ろへ数歩よろめき退がってから仁王立《におうだ》ちとなる。

「さすが撃滅剣法、見事なり……」

嗄《しわが》れ声で言い放つや老人は、月を見上げて充分以上に舌を吐き出し、そして嚙み切った。

「兄上様……」

朽《く》ち木のように倒れる青忍びの頭領関澤照玄をしっかりと目に入れながら、扇姫は月明りの下を宗次に向かって走った。

「兄上様、兄上様……」

「取り乱すな扇、大丈夫じゃ」

「傷の手当を急ぎませぬと……」

「この傷は扇では無理じゃ。先ず上屋敷に向かってシバを走らせ、此処の事情を有馬公に打ち明けて手練《てだれ》の臣数十名と医師を差し向けて貰ってくれ」

「判りました」

「次に湯島《ゆしま》天神近くの蘭方の名医柴野南州先生に来て貰ってほしい。神田《かんだ》湯島界《かい》隈《わい》で柴野治療院を知らぬ者はない。誰に訊いても判ろう。夜のことゆえ、辻番所で訊くのが早かろう」

「はい、では行って参ります。本当に大丈夫ですね兄上様」

「剣客たるもの、それくらい判らぬでどうする。大丈夫だ。さ、早く行きなさい。途中油断なきようにな」

「とにかく座敷へ上がりましょう。ここではいけませぬ」

「左様なことは気にせずとよい。私は歩ける。急ぐべきことを優先させなさい」

「は、はい」

扇姫は頷くと、身を翻して厩《うまや》へと走った。

三十一

頃合の湯に入っているような、よい気分であった。心は浮き立って、居酒屋「しのぶ」の玉子焼で直ぐにでも軽く一杯やりたかった。

ただ、耳のそばで複数の誰かがヒソヒソ語り合っているらしいのを、邪魔に感じた。落ち着いた気位《きぐらい》ありそうな女性《にょしょう》の声、若い娘と判る声、それに老人らしい声などが入り交じっていた。どの声にも聞き覚えがある、と思った。それらの声と自分との間が急に詰まり出して、宗次は頬に触れている空気の冷たさを自覚した。

（あ……）と、声にはなっていないと判りはしたが、宗次は「声を出した積もり」で頭の中をはっきりとさせた。

薄目をあけてみると、目の前に白髭《しろひげ》の怖い顔が覗き込むようにしてある。その後ろ、高いところの見覚えある天井で、此処は有馬家下屋敷、と即座に思い出せた。

「気が付いたか……」

「南州先生」

「絵を描くのをやめてな、喧嘩屋宗次とでも看板を掲《かか》げたらどうじゃ。大勢の患者を抱えるこの儂《わし》に面倒と心配ばかりかけよってからに」

「も、申し訳ござんせん」

と、いつもの口調に戻っている浮世絵師宗次であった。

「何があったかは訊くまい。じゃが此度は脇腹の比較的太い血の道を断ち切られておった。もう少し儂の来るのが遅かったなら、南無阿弥陀仏《なむあみだぶつ》と合掌していたところじゃ」

「お世話ばかりかけておりやす。お許しくださいまし」

「儂が、よしと言うまでは、この屋敷で大人しく且《か》つ心から遠慮しつつ御世話になることじゃ。勝手に出歩くなどしたなら、やっとの思いで縫合した血の道は切れるだろうし、もう今後の面倒は見んぞ」

「はい。南州先生の〝よし〟が戴けるまで此処で大人しく御世話になっておりやす」

「約束できるな」

「致しやす」

柴野南州は頷くと、ほんの少しであったが膝頭の向きを変え、表情を改めた。それは宗次の右肩斜め上方向で、宗次の視野には入っていなかった。

「お円の方様。このたびは傷つきたる浮世絵師宗次に一方《ひとかた》ならぬ御温情を頂戴いたしまして、この柴野南州、医者と致しましても宗次の口やかましい後見人を気取る者と致しましても、この通り厚く御礼《おんれい》申し上げます」

言い終えて南州は膝をずらし、畳に両手をついて深深と頭を下げた。

その姿を見て、宗次の両の目にたちまち湿《しめ》りが湧きあがった。

「何を申されまする南州先生。宗次殿は有馬家にとって家族同然のお方。この屋敷への出入自由勝手を認められた身分でありまするから、妾《わらわ》としては当たり前の配慮を致したに過ぎませぬ。日常の体の様子につきましては侍医に注意深く診させ、何かあらば南州先生宛てに使いを走らせまするゆえ、どうか御安心なされますよう」

「勿体《もったい》ないお言葉、感謝に耐えませせぬ」

柴野南州はそう言うと、もう一度有馬公御正室に向かって深く頭を下げた。

「御正室様。このような無様な恰好で面目ありやせん。おわび致しやす」

宗次は視野に入っていないお円の方に向かって、寝床の中でわびた。

脇腹が一度だけだが、思い切り疼《うず》いて宗次の語尾がお円の方に気付かれない程度に乱れた。

「宗次殿とは、このあとゆっくりとお話し致しましょう。お伝えしなければならない大事なことが沢山ありまするゆえ」

そう言いながらお円の方は宗次の右側、南州の男の助手が座っている位置の隣へと移った。

「それでは私と助手はこの辺りで引き揚げると致しましょう。また明後日に診に参ります。羽平《うへい》や、言いつけておいた薬は念のため、二日分多めに御正室様に預かって戴きなさい」

「畏《かしこ》まりました」

言いつけられて若い男の助手羽平は、五段の薬箱の引出しをあけて取り出した小袋入りの薬を四袋、隣のお円の方の手にうやうやしく手渡した。

見届けた南州が「よいしょっと……」と腰を上げる。

「ありがとうございました」と寝床の中から告げる宗次に、南州は「うん」とだけ答えて座敷から出ていった。少し慌《あわ》て気味に助手の羽平がその後を追う。

お円の方と侍女が、見送りのために南州と羽平に従って座敷から出てゆき、宗次だけが残された。

宗次は天井を眺めて、小さな息を一つ吐いた。南州の治療を受けた体の感じから、少なくともまる二日か三日は経っているな、と思った。つまりまる二日か三日は眠り続けていたということになる。それほど出血がひどかった、という事なのであろう。

「ようやく静かになったのう。入るぞ」

隣接する座敷との間を仕切っている襖の向こうで、不意に太い声がした。

がっしりした体格、と想像させるような若くはない声だった。

誰の声であるか宗次には直ぐに判ったが、縫い合わせた血の道を思うと起き上がる訳にもいかず、寝床の中で威儀を正したつもりの表情を拵《こしら》えた。

襖をあけて、なるほどがっしりとした身形《みなり》正しい侍が姿を見せた。背丈は宗次ほど――五尺七寸以上――はあろうか。

「こ、これは、お殿様」

「うむ、えらい目に遭《お》うてしもうたのう宗次。扇姫様から何もかも詳しくお聞きしたぞ」

そう言って厳しい表情で宗次の枕元にドスッと畳を鳴らして腰を落としたのは知行取《ちぎようとり》（地方取）六千五百石の大身旗本で大番頭《おおばんがしら》の津木谷能登守定行四十五歳であった。この津木谷能登守も宗次に対しては「いつ、いかなる場合でも津木谷邸への出入り自由を認む」と許している。

宗次の強みは、清廉《せいれん》にして強力なこういった人物たちとの、この「絆《きずな》」にあった。

「深手を負うておるようじゃから儂は要点だけを話して引き揚げることにする。宗次と扇姫様の身辺に一体何が生じて、どのような形の結果が残ったかについてはすでに委細承知いたしておる、安心致せ」

「は、はい」

「顎の傷が痛むであろう。声に出さずともよい。聞いておくだけにしなさい」

宗次は言われるまま黙って頷いた。

「幾つかの情報が交差するかたちで御老中堀田様の周辺に前後して齎《もたら》されたのでな、堀田様の音頭により三番勢力（大番及び書院番、小姓組番を三番という）が素早く結束でき、扇姫様をお守りすることが出来た。扇姫様は現在《いま》、書院番頭加東備前守殿が指揮する書院番士の手練六十余名に厳重に護られて、上様の病床そばに付いておられる」

「おお、それはよござんした」と思わず応じた宗次は顎の痛みで思わず顔をしかめた。

「この屋敷はな宗次。儂が率いてきた大番の剛の者五十余名と有馬様の手練七十名によって警護されておるから心休めて、ゆっくりと養生するがよい。それにな、扇姫様を見事に守り切った其方《そなた》に対しては、上様が感謝の気持として小判五百枚を下されたぞ」

「え……」

「まあまあ、上様の気持を汲《く》んで素直に頂戴しておくことじゃ。隣の座敷の床の間に、葵《あおい》の家紋が入った五百両箱が置かれている。その金紋入りの五百両箱をも家宝として末長く大切にすることじゃ。さすれば扇姫様もお喜びなさろう」

「はい。では素直に……」

「何に使おうが宗次の自由ぞ。貧しい家庭の子供達の力になりたければ、それもよし。居酒屋で飲み潰《つぶ》れたくばそれもよし。はははは っ」

「と、ところで、お殿様……」まで言って、宗次はまたウッと顔をゆがめた。傷つき縫合された顎から、顔全体にかけて針で刺されたような鋭い痛みが広がった。

宗次はそれに耐えて言葉を続けた。

「扇姫様は上様御病床そばに戻る事が出来た訳でござんすが、そうなりやすと御大老酒井様は……」

「うむ。昨日より大手門そばの上屋敷に籠《こも》っておられるままでな。上様の御沙汰《さた》を何やら覚悟してお待ちのようだという」

「酒井雅楽頭家と言やあ徳川家に長く仕えてきた譜代の中でも名門中の名門として、江戸町民の下々まで知られたお家柄。上様も御沙汰の下し様《よう》にかなり苦慮なさいやしょう」

「恐らく大老職を解く内示をする程度で止め置きなさるだろうのう。だが、そう遠くない内に間違いなく現実のものとなろう第五代将軍徳川綱吉公によって大老酒井殿は厳しく処断されよう。なにしろ綱吉将軍の実現に強く反対した立場ゆえなあ」

「お殿様は、青忍びという大老直属の組織の実体について詳しくご存知でいらっしゃいやすか」

「詳しくとはいかぬが、ある程度はな。青忍びの存在については我ら三番の長官(頭《かしら》)の間でも常日頃から危惧《きぐ》されておったのだ。いずれこの青忍びは解体されることになろう。なにしろ頭領で関澤照玄という大変な忍びが、何処かの腕利き浮世絵師に倒されたと扇姫様が語っておられたからのう。ふふふっ」

そう言い終えて立ち上がった大番頭津木谷能登守定行は、「早くよくなってくれい宗次。また我が屋敷で盃《さかずき》を交わそうぞ。奥(妻の意)も一両日中には此処へ訪ねて参ろう」と、にっこりと笑みを残し勢いをつけて座敷から出ていった。

廊下の途中でお円の方と出会ったらしく、二人の小声が宗次の耳に届いたが何を語り合っているのかまでは聞き取れない。

宗次は天井をじっと見つめながら思った。やり残した幾つもの大事なことについて、一刻も早くきちんと片《かた》を付けなきゃあならねえ、と。

名刀童子切り安綱を研ぎに出して品川の大崎一家の大親分文助に礼を尽くして返却すること。

名馬と評して差し支えないアオとシバの今後をどうするか馬のためにも真剣に考えてやること。

扇姫護衛番組頭の諏訪左衛門高信を、出来れば自分が花房まで迎えに行ってやること。

そして甲州石和の博徒繁次郎と許婚《いいなずけ》セツの仇《かたき》を討ってやり二人の魂を花房の一つの墓に入れてやること。

これらを綺麗に済まさぬ内は、何処の誰に誘われようと「一滴の酒も飲むものか」、と自分に言って聞かせる宗次であった。

「そうだ、断酒だ」とも思った。

お円の方が侍女二人を従えて、優しい表情で座敷に戻ってきた。

「宗次殿、いま屋敷へ出入りの漁師が鯛《たい》と鱸《すずき》の新しいのを届けてくれましたからね。お昼はお刺身に致しましょう」

「恐れ入りやす。ついでに、あつかましい事を一つお願いしてよござんすか、お方様」

顎がズキンと疼いたが平気を装う宗次であった。

「心得ておりますよ宗次殿。鱸《すずき》のカマは塩焼きで、であろう」

「その通りで……すみやせん」

「私《わたくし》たちはカマの塩焼きくらいのことで、礼を申したり申されたりするような固苦しい間柄ではありますまい。南州先生のお許しを頂戴してありますゆえ、伏《ふし》見《み》の御酒《ごしゅ》を半合だけ添えて差しあげましょう」

「え……」

「いりませぬかえ」

「あ、いや……」

「いりまするね」

「は、はい」

クスリと笑いを漏らす、お円の方であった。

「津木谷能登守殿とは、大事なお話を殆ど終えられたようですね。この座敷は剛の者たちの手で厳重に護られておりますから、いっその事お住居《すまい》を鎌倉河岸から此処へお移しなさい。ね、そう致しましょう。ここに控えている侍女のお菊《きく》とお清《きよ》もそれがよい、と申しております」

「え、あ、いや、それは……」

「では私《わたくし》たちは台所へ行って、賄《まかな》いの者たちにお昼の用意をさせましょう。さ、お菊にお清……」

「ご、御正室様、ちょっとお待ち下さい。大事なことを一つ確認させて下さいやし」

「扇姫様のお輿入《こしい》れが今後どのようになるか、ですね」

「は、はい」

「これほどの大騒動が生じたのです。輿入れする側も、される側も尋常ではありますまいから、流れてしまいましょう。御老中堀田様も、三番の長官たちもそのように申しているようですよ」

「そうですかい。それを聞いてホッと致しやした」

「明日は有馬の殿様が扇姫様を伴って此処《ここ》へお見えになります。ひょっとすると扇姫様は宗次殿のことを想うているやも知れませぬよ。また新しい一波乱《ひとはらん》が起こらねばよろしいが」

お円の方はにっこりとすると、宗次に顔を近付けた。

「お宜しいわね、今日から此処があなたのお住居《すまい》ですよ……」と告げ終え、艶然《えんぜん》たる笑みを残して二人の侍女と共に座敷から出ていった。

こいつあえれえ事になりやがったい、と宗次は布団の中でブルッと体を小さく震わせた。なにしろ言い出したら、簡単には退《ひ》かぬお円の方だと知っている宗次である。それにあの名状し難い妖艶さだ。

「が、まあ、贅沢な悩みと言やあ贅沢な悩みだい……」

呟いて宗次は、多くの善人に囲まれている今の自分の幸せを、しみじみと感じるのであった。

脳裏に扇姫の少女から脱《ぬ》け切れていない明るい笑顔があらわれ、それがすぐに「夢座敷」の女将幸の透明な気品に満ちた美しい笑顔と入れ替わった。

（完）

あとがき

昨年から今春にかけて、実に久し振りに雑誌の連載で忙しい思いの中にあった。書き下ろしの場合だと「時間の自己管理という自由」の中での執筆や取材となるため心身の疲労は幾分調整しやすい部分がある。だが雑誌の連載の場合は容《よう》赦《しゃ》なく「締切」が襲いかかってくる。「きちんと約束通り書くこと」という信頼関係で迫ってくる。一本六〇枚前後の連載を月に三本も四本も持って、その執筆の間《あいだ》間《あいだ》に遠方へ取材に出かけるとなると、これはもう、たちまち時間不足に見舞われる。

ともかく私の場合は暗号なみの乱雑な字で原稿用紙の升目《ますめ》など忘れたかのように書き飛ばしてゆく。しかも塗り潰《つぶ》しや赤入れが当たり前な乱雑稿をベテラン編集者が巧《たく》みに解読し苦労して判読して、ようやく「編集者チェック満載」の最初のゲラが刷り上がる。このゲラを相手とする第二ラウンドがまた大変なのだが……。

二昔《ふたむかし》も三昔も前には「あの作家の原稿は、あのベテラン編集者しか判読できない」という国宝級の職人業《わざ》を持つベテラン編集者が出版界に幾人もいたらしい。私は小銭《こぜに》を数《かぞ》えているような音が嫌いだからキイ打ち原稿は作らない。サラサラというペン先の心地良い上品な音が好きなので必ず万年筆を用い乱雑な原稿を書き上げる。ただ、ペン先が「極太」の万年筆で書いているから原稿用紙の上でインクが溜まり文章や文字がどうしても潰れやすい。それで意味不明な場合が生じてもベテラン編集者はそこを殆《ほとん》ど百パーセント正確に推測し解読し判読してゆく。その作家の癖、好き嫌い、性格などをがっちり把握しているからこそ可能な職人業なのであろう。実に御苦労をかけている。

かつて、徹夜仕事で私の疲れた心身を癒《いや》してくれたのは、満天の星の下の散歩や、皓皓《こうこう》たる月の下のそぞろ歩きであった。しかし何が起きるか知れない物騒な世の中となって、迂闊《うかつ》に夜間のそぞろ歩きなどは出来なくなった。全く淋しい世の中になってしまったものだ。私はとくに月が好きで、天体望遠鏡で家族と共によく観測したものだった。およそ二十七日と八時間で地球のまわりを一周する直径三四七六キロ（地球の四分の一）の月へ天体望遠鏡を向けると、時速二〇〇〇キロの新幹線で八十日を要する宇宙に位置するこの「地球の衛星」の海（平坦な部分）や陸（山や谷などの凹凸部分）が、手を伸ばせば届くかのように間近に眺められる。幻想的なその世界が執筆に必要な「超空想」をたちまち掻《か》き立ててくれたものだった。その精巧な天体望遠鏡も今は我が家の手を離れてある施設に渡ったが元気に活躍してくれているのだろうか。

昨年の晩秋から今春にかけては空気が冷え切った夜が多かったせいか、明るく美しい満月を幾度となく仰《あお》ぎ見ることが出来た。

深夜、庭に出てまぶしいほど青白く輝く月を眺めて執筆で疲れ切った心身を労《いたわ》っていると、寒さで震えることすら忘れてしまう。場所を変え位置を移して月を仰ぐたび、足元で霜柱《しもばしら》がシャリシャリと鳴る夜もあった。このシャリシャリ音は、私が子供の頃など都会に於《お》いても珍しくない音だったが、地球温暖化の近頃では余り耳にしなくなった。

深夜庭に出て月を眺めるたび、実は私はもう一つのことに期待していた。深夜に執筆中、防犯装置の信号が幾度となく反応することがあるので、木刀を手にそろりと庭に出て家の周囲《まわり》をひと回りしてみるのだが、べつにこれといった異常はない。

そこで同じ町内に住む旧《ふる》い知人にこのことを打ち明けると「それは恐らくこの界隈《かいわい》に近頃棲《す》みつき始めた野生のハクビシンかアライグマですよ」と教えてくれた。

近年そういえば鎌倉逗子《かまくらずし》あたりでもハクビシンやアライグマ騒ぎが確かあったぞ、などと思い出したりした。

月と星とハクビシン。気性のおとなしい優しいハクビシンが庭先でじっと見つめてくれるなら、私の深夜執筆の疲れは一層癒されるのだろうが、その知人は「野生のハクビシンには素人《しろうと》は近付かない方がいいですよ」と釘を刺してくれた。体長二十八センチくらいと案外に小さく可愛いが油断は出来ないらしい。

さて、時代小説の一方で次は何を書き上げようかと迷っている。情報小説か国際陰謀《いんぼう》小説か、それとも政治・経済小説か。

一度書いたことのある国税局査察官の活躍にもいまだ強い関心があるのだが。

それはそうと最近電車の中などで「日本はもう終りだな」とか「日本は本当にヤバいわね」という若い男女の会話を耳にしたことがあった。

日本を支えるために働いて働いて働き続けてきた我我「戦争と敗戦を味わった世代」にとって、誠に寂しい現在の日本ではある。気のせいか、とてつもなく小さく見えるのだ、最近の日本が。

政治とその政治を支える人材のレベル、日本経済を支えてきた基幹企業の体力と経営陣のレベル、教育界とその教育を支える人材のレベル、それらが目に見えて矮小化《わいしょうか》しつつあるように思えてならない。とにかく、コンプライアンスに反する事件が後を絶《た》たない。

この矮小化は困ったことに同時に「矮性《わいせい》ウイルス」を生み出しているらしく、まぎれもなく社会全体に蔓延《まんえん》しているかに見える。ジリジリと。

一体どうすればよいのであろうか。日本国民は今あきらかに「日本と自分の将来を思って」不安におののき怯《おび》えているかに私には見える。老いも若きも。

「苛政《かせい》は虎《とら》よりも猛《もう》なり」

重税を国民に課してまるで平気な酷《むご》い政治は、虎《とら》よりも恐ろしい猛獣でしかない（礼記《らいき》・五経の一）

「言《げん》の悖《もと》りて出《い》ずる者《もの》は、亦悖《またもと》りて入《い》る。貨《か》の悖《もと》りて入《い》る者《もの》は、亦悖《またもと》りて出《い》ず」

政治家が道に背《そむ》く不徳《ふとく》の政令を出せば、国民の恨《うら》みと呪《のろ》いが跳《は》ね返《かえ》り、政治家が道に背く政令で手にした財貨《ざいか》は、うやむやな使い方で消えてしまうだろう（大《だい》学《がく》・経書、四書の一）

以上はいずれも中国春秋時代の大思想家として知られる孔子《こうし》につながる言葉だが、はてさて矮小化著《いちじる》しいとしか思えない日本の政治は、一体どこへ向かおうとしているのであろうか。

どう贔屓目《ひいきめ》で眺めても、勉強不足な素人にしか見えない似非《えせ》政治家多数を選んで国会へ送り込んでしまったのは、ひたすら「国民の責任」としか言いようがないから、次の選挙では国民一人一人がしっかり目を覚《さ》まさねばならないだろう。つくづく一票を投じる者として責任の重大さを感じる。などと私のような世代の者が今頃このような事を言っているようじゃあ、電車の中の若者じゃないが「日本はもう終りだな」だ。ほんと。

さて、次の作品の構想と取材スケジュールをそろそろ立てなければならない。とり敢えず早春の神楽坂《かぐらざか》あたりをぶらぶら歩いて、「夢座敷《ゆめざしき》」跡《あと》の手頃なお茶屋で一服し次の構想と取材を練りあげると致しましょうか。

読者の皆さん、では近日またお目にかかりましょう。

最後に……

「怨讟《えんどく》 四海《しかい》に溢《み》ちて、神明《しんめい》 其《そ》の禍辟《かへき》を降《くだ》すなり」

国民の怨《うら》みが国内に満ちあふれると、天の神はその原因をつくった政治家に対し天罰《てんばつ》を下す（後漢書《ごかんじょ》・中国の正史、二十四史の一）

三月　今宵《こよい》も満月を願ってひとり酒……

「門田泰明時代劇場」刊行リスト

ひぐらし武士道
『大江戸剣花帳』（上・下）　徳間文庫　平成十六年十月

ぜえろく武士道覚書
『斬りて候』（上・下）　光文社文庫　平成十七年十二月

ぜえろく武士道覚書
『一閃なり』（上）　光文社文庫　平成十九年五月

ぜえろく武士道覚書
『一閃なり』（下）　光文社文庫　平成二十年五月

浮世絵宗次日月抄
『命賭け候』　徳間文庫　平成二十一年三月

ぜえろく武士道覚書
『討ちて候』（上・下）　祥伝社文庫　平成二十二年五月

浮世絵宗次日月抄
『冗談じゃねえや』　徳間文庫　平成二十二年十一月

浮世絵宗次日月抄
『任せなせえ』　光文社文庫　平成二十三年六月

浮世絵宗次日月抄
『秘剣　双ツ竜』　祥伝社文庫　平成二十四年四月

本書は「しゃらくせえ」と題し、「小説NON」（祥伝社刊）平成二十三年一月号および平成二十三年八月号〜平成二十四年四月号に掲載されたものに、著者が刊行に際し加筆修正したものです。

一〇〇字書評

切り取り線

購買動機（新聞、雑誌名を記入するか、あるいは○をつけてください）	
□（　　　　　　　　　　　　）	の広告を見て
□（　　　　　　　　　　　　）	の書評を見て
□ 知人のすすめで	□ タイトルに惹かれて
□ カバーが良かったから	□ 内容が面白そうだから
□ 好きな作家だから	□ 好きな分野の本だから

・最近、最も感銘を受けた作品名をお書き下さい

・あなたのお好きな作家名をお書き下さい

・その他、ご要望がありましたらお書き下さい

住所	〒				
氏名		職業		年齢	
Eメール	※携帯には配信できません		新刊情報等のメール配信を 希望する・しない		

この本の感想を、編集部までお寄せいただけたらありがたく存じます。今後の企画の参考にさせていただきます。Eメールでも結構です。

いただいた「一〇〇字書評」は、新聞・雑誌等に紹介させていただくことがあります。その場合はお礼として特製図書カードを差し上げます。

前ページの原稿用紙に書評をお書きの上、切り取り、左記までお送り下さい。宛先の住所は不要です。

なお、ご記入いただいたお名前、ご住所等は、書評紹介の事前了解、謝礼のお届けのためだけに利用し、そのほかの目的のために利用することはありません。

〒一〇一‐八七〇一
祥伝社文庫編集長 清水寿明
電話 〇三（三二六五）二〇八〇

祥伝社ホームページの「ブックレビュー」からも、書き込めます。

www.shodensha.co.jp/bookreview

祥伝社文庫

秘剣《ひけん》 双《ふた》ツ竜《りゅう》 浮世絵《うきよえ》宗次《そうじ》日月抄《じつげつしょう》

平成24年4月20日　初版第1刷発行
令和3年12月15日　　第7刷発行

著　者　門田泰明《かどたやすあき》
発行者　辻　浩明
発行所　祥伝社《しょうでんしゃ》
東京都千代田区神田神保町3-3
〒101-8701
電話　03（3265）2081（販売部）
電話　03（3265）2080（編集部）
電話　03（3265）3622（業務部）
www.shodensha.co.jp

印刷所　萩原印刷
製本所　ナショナル製本
カバーフォーマットデザイン　中原達治

Printed in Japan ©2012, Yasuaki Kadota ISBN978-4-396-33754-4 C0193

祥伝社文庫の好評既刊

小杉健治
札差殺し 風烈廻り与力・青柳剣一郎①
旗本の子女が立て続けに自死する事件が続くなか、富商が殺された。なぜ目撃者を二人の刺客が狙うのか？

小杉健治
火盗殺し 風烈廻り与力・青柳剣一郎②
江戸の町が業火に。火付け強盗を利用するさらなる悪党、利用される薄幸の人々のため、怒りの剣が吼える！

小杉健治
八丁堀殺し 風烈廻り与力・青柳剣一郎③
闇に悲鳴が轟《とどろ》く。剣一郎が駆けつけると、同僚が斬殺されていた。八丁堀を震撼させる与力殺しの幕開け…。

小杉健治
刺客殺し 風烈廻り与力・青柳剣一郎④
江戸で首をざっくり斬られた武士の死体が見つかる。それは絶命剣によるもの。同門の浦里左源太の技か!?

小杉健治
七福神殺し 風烈廻り与力・青柳剣一郎⑤
人を殺さず狙うのは悪徳商人、義賊「七福神」が次々と何者かの手に…。真相を追う剣一郎にも刺客が迫る。

小杉健治
夜烏《よがらす》殺し 風烈廻り与力・青柳剣一郎⑥
冷酷無比の大盗賊・夜烏の十兵衛が、青柳剣一郎への復讐のため、江戸に戻ってきた。犯行予告の刻限が迫る！

祥伝社文庫の好評既刊

小杉健治
女形《おやま》殺し
風烈廻り与力・青柳剣一郎⑦

「おとっつあんは無実なんです」父の斬首刑は執行され、さらに兄にまで濡れ衣が……真相究明に剣一郎が奔走する！

小杉健治
目付殺し
風烈廻り与力・青柳剣一郎⑧

腕のたつ目付を屠った凄腕の殺し屋を追う、剣一郎配下の同心とその父の執念！　情と剣とで悪を断つ！

小杉健治
闇太夫《やみだゆう》
風烈廻り与力・青柳剣一郎⑨

百年前の明暦大火に匹敵する災厄が起こる？　誰かが途轍もないことを目論んでいる……危うし、八百八町！

小杉健治
待伏せ
風烈廻り与力・青柳剣一郎⑩

絶体絶命、江戸中を恐怖に陥れた殺し屋で、かつて風烈廻り与力青柳剣一郎が取り逃がした男との因縁の対決を描く！

小杉健治
まやかし
風烈廻り与力・青柳剣一郎⑪

市中に跋扈《ばっこ》する非道な押込み。探索命令を受けた青柳剣一郎が、盗賊団に利用された侍と結んだ約束とは？

小杉健治
子隠し舟
風烈廻り与力・青柳剣一郎⑫

江戸で頻発する子どもの拐かし。犯人捕縛へ〝三河万歳〟の太夫に目をつけた青柳剣一郎にも魔手が……。

祥伝社文庫の好評既刊

小杉健治
追われ者 風烈廻り与力・青柳剣一郎⑬
ただ、〝生き延びる〟ため、非道な所業を繰り返す男とは？　追いつめる剣一郎の執念と執念がぶつかり合う。

小杉健治
詫び状 風烈廻り与力・青柳剣一郎⑭
押し込みに御家人飯尾吉太郎の関与を疑う剣一郎。そんな中、伜の剣之助から文が届いて…。

小杉健治
向島心中 風烈廻り与力・青柳剣一郎⑮
剣一郎の命を受け、伜・剣之助は鶴岡へ。哀しい男女の末路に秘められた、驚くべき陰謀とは？

小杉健治
袈裟《けさ》斬り 風烈廻り与力・青柳剣一郎⑯
立て籠《こ》もった男を袈裟懸《けさが》けに斬り捨てた謎の旗本。一躍有名になったその男の正体を、剣一郎が暴く！

小杉健治
仇返《あだがえ》し 風烈廻り与力・青柳剣一郎⑰
付け火の真相を追う剣一郎と、二年ぶりに江戸に帰還する伜《せがれ》・剣之助。それぞれに迫る危機！　最高潮の第十七弾。

小杉健治
春嵐《しゅんらん》（上） 風烈廻り与力・青柳剣一郎⑱
不可解な無礼討ち事件をきっかけに連鎖する事件。剣一郎は、与力の矜持《きょうじ》と正義を賭け、黒幕の正体を炙《あぶ》り出す！

祥伝社文庫の好評既刊

小杉健治 春嵐（下） 風烈廻り与力・青柳剣一郎⑲

事件は福井藩の陰謀を孕《はら》み、南町奉行所をも揺るがす一大事に！　巨悪に立ち向かう剣一郎の裁きやいかに？

小杉健治 夏炎《かえん》 風烈廻り与力・青柳剣一郎⑳

残暑の中、市中で起こった大火。その影には弱き者たちを陥《おとし》れんとする悪人の思惑が…。剣一郎、執念の探索行！

小杉健治 秋雷 風烈廻り与力・青柳剣一郎㉑

秋雨の江戸で、屈強な男が針一本で次々と殺される…。見えざる下手人の正体とは？　剣一郎の眼力が冴える！

藤原緋沙子 恋椿 橋廻り同心・平七郎控①

橋上に芽生える愛、終わる命…橋廻り同心平七郎と瓦版女主人おこうの人情味溢れる江戸橋づくし物語。

藤原緋沙子 火の華《はな》 橋廻り同心・平七郎控②

江戸の橋を預かる橋廻り同心・平七郎が、剣と人情をもって悪を裁くさまを、繊細な筆致で描くシリーズ第二弾。

藤原緋沙子 雪舞い 橋廻り同心・平七郎控③

雲母橋《きらずばし》・千鳥橋《ちどり》・思案橋《しあん》・今戸橋《いまど》。橋廻り同心・平七郎の人情裁きが冴えわたる好評シリーズ第三弾。

祥伝社文庫の好評既刊

藤原緋沙子
夕立《ゆだ》ち
橋廻り同心・平七郎控④
人生模様が交差する江戸の橋を預かる、北町奉行所橋廻り同心・平七郎の人情裁き。好評シリーズ第四弾。

藤原緋沙子
冬萌え
橋廻り同心・平七郎控⑤
泥棒捕縛に手柄の娘の秘密。高利貸しの優しい顔――橋の上での人生の悲喜こもごも。人気シリーズ第五弾。

藤原緋沙子
夢の浮き橋
橋廻り同心・平七郎控⑥
永代橋の崩落で両親を失い、深い傷を負ったお幸を癒《いや》した与七《よしち》に盗賊の疑いが――橋廻り同心第六弾！

藤原緋沙子
蚊遣《かや》り火
橋廻り同心・平七郎控⑦
江戸の夏の風物詩――蚊遣り火を焚く女の姿を見つめる若い男…橋廻り同心平七郎の人情裁きやいかに。

藤原緋沙子
梅灯り
橋廻り同心・平七郎控⑧
生き別れた母を探し求める少年僧に危機が！　平七郎の人情裁きや、いかに！

藤原緋沙子
麦湯の女
橋廻り同心・平七郎控⑨
奉行所が追う浪人は、その娘と接触するはずだった。自らを犠牲にしてまで浪人を救う娘に平七郎は…。

祥伝社文庫の好評既刊

野口 卓
軍鶏侍《しやも》

闘鶏の美しさに魅入られた隠居剣士が、藩の政争に巻き込まれる。流麗な筆致で武士の哀切を描く。

野口 卓
獺祭《だっさい》 軍鶏侍②

細谷正充氏、驚嘆！ 侍として峻烈に生き、剣の師として弟子たちの成長に悩み、温かく見守る姿を描いた傑作。

宮本昌孝
陣借り平助

将軍義輝をして「百万石に値する」と言わしめた平助の戦《いくさ》ぶりを清冽に描く、一大戦国ロマン。

宮本昌孝
風魔（上）

箱根山塊に「風神の子」ありと恐れられた英傑がいた――。稀代の忍びの生涯を描く歴史巨編！

宮本昌孝
風魔（中）

秀吉麾下の忍び曾呂利新左衛門が助力を請うたのは、古河公方氏姫と静かに暮らす小太郎だった。

宮本昌孝
風魔（下）

天下を取った家康から下された風魔狩りの命――。乱世を締め括る影の英雄たちが、箱根山塊で激突する！